LUKAS ERLER

WINTER'S GAME

KRIMINALROMAN

TROPEN

Tropen
www.tropen.de
J. G. Cotta'sche Buchhandlung Nachfolger GmbH
Rotebühlstr. 77, 70 178 Stuttgart
Fragen zur Produktsicherheit: produktsicherheit@klett-cotta.de

© 2025 by J. G. Cotta'sche Buchhandlung Nachfolger GmbH, gegr. 1659, Stuttgart
Alle Rechte inklusive der Nutzung des Werkes für Text und
Data Mining i. S. v. § 44 b UrhG vorbehalten
Cover: Zero-Media.net, München
unter Verwendung einer Abbildung von © Mark Owen/Trevillion Images
Gesetzt von C.H.Beck.Media.Solutions, Nördlingen
Gedruckt und gebunden von GGP Media GmbH, Pößneck
Lektorat: Johanna Schwering
ISBN 978-3-608-50243-5
E-Book ISBN 978-3-608-12420-0

SOFIA – THESSALONIKI, MAI 2020

Sie bringt die Rückenlehne in eine bequeme Position, wirft einen Blick zur Seite und sieht, dass ihre Mutter eingeschlafen ist, kaum dass der Bus Sofia verlassen hat. Ihr Mund hat sich geöffnet und der Kopf ist auf die Brust gesunken, synchron mit den schnarchenden Atemzügen vibriert ihr Doppelkinn.

Ceija schließt ebenfalls die Augen und lässt ihre Gedanken herumwandern. Erst jetzt merkt sie, wie müde sie ist. Es ist alles so gekommen, wie der dicke Mann gesagt hat. Heute Morgen hat er sie in die Hauptstadt gebracht, ihrer Mutter ein Prepaid-Handy gegeben und ihr eingeschärft, dass sie anrufen muss, wenn sie Thessaloniki erreichen. Dann sind sie in den klimatisierten Bus gestiegen und waren fasziniert von der schicken Ausstattung und der guten Luft im Inneren. Ein grandioser Luxus. Obwohl fast alle Plätze besetzt sind und viele Fahrgäste bereits ihren Reiseproviant ausgepackt haben, riecht Ceija nichts. Keinen Käse, keinen Knoblauch, keinen Fisch, keine menschlichen Ausdünstungen. Der Kontrast zu ihrem gewohnten Alltag ist so überwältigend, dass ihr Puls beschleunigt.

Ceija Stojanov ist aufgewachsen mit meterhohen Abfallbergen an den Straßenrändern, deren Gestank im Sommer wie eine unsichtbare Kuppel über Stolipinowo hängt und im Winter mit der Kälte in jeden Teil des Körpers kriecht.

Das Ghetto, in dem sie lebt, ist ein Stadtteil von Plowdiw. Angeblich eine der schönsten Städte Bulgariens. Europäische Kulturhauptstadt, was immer das bedeuten mag. Sie ist nie da gewesen. Wieso auch. Leute aus Stolipinowo haben dort nichts zu suchen.

Überall im Land hasst man die Roma, aber in Plowdiw ist es am schlimmsten. *Die wollen nicht, dass wir dazugehören*, hat ihr Großvater einmal gesagt. *Für die ist unser Stadtteil wie ein Geschwür am Arsch der Venus von Milo.* Keine Ahnung, wer diese Venus ist, aber Ceija weiß, was ein Geschwür ist. Egal ... Großvater hat oft komische Sachen gesagt. Ihre Gedanken driften ins Abseits, und die Erinnerung an seine Stimme verblasst.

Dafür riecht sie auf einmal Blumen. Eine ganze Wiese. Das ist natürlich Unsinn. Wie soll man den Geruch einer Blumenwiese erkennen, wenn man noch nie auf einer gewesen ist. Doch die Wahrnehmung ist sehr real. Vielleicht sollte sie nachsehen, aber dafür ist sie zu müde. Gestern Nacht hat sie nicht viel geschlafen. Vorsichtig streicht sie mit den Händen über ihren kugelrunden Bauch. Ob das Baby von den Gerüchen etwas mitbekommt? Vergeblich versucht sie, darüber nachzudenken, die Frage irgendwie festzuhalten, doch sie verschwindet aus ihrem Kopf wie eine Traumsequenz nach dem Aufwachen. Ihre Gedanken kehren zurück zu dem dicken Mann und zu dem, was in den letzten sechs Wochen passiert ist.

Er versprach, sie hierherzubringen, und er hat Wort gehalten. *Sie* dagegen hat heute Morgen endgültig beschlossen, ihn zu betrügen, aber das weiß er noch nicht.

»Es ist die richtige Entscheidung«, hat er gesagt. »Du kommst in ein gutes Krankenhaus in Griechenland. Nur Privatpatienten. Mach dir keine Sorgen.«

Sie hat Fotos gesehen. Ein modernes Gebäude an einer belebten Straße mitten in Thessaloniki. Die Texte in dem Flyer waren auf Griechisch und Englisch, womit sie natürlich nichts anfangen konnte. Um genau zu sein, gibt es überhaupt keine Sprache, in der sie wirklich lesen kann. Der Dicke sprach mit ihr Türkisch, was sie am besten beherrscht. Wie die meisten Horahane-Roma in ihrem Viertel ist sie mit dieser Sprache aufgewachsen. Niemand, den sie kennt, spricht im Alltag Romanes oder Bulgarisch.

Die richtige Entscheidung. Alle haben das behauptet. Vor allem ihre Mutter. Immer in diesem giftigen Tonfall, den sie speziell für Ceija reserviert hat. *Was willst du machen, he? Wer sich mit sechzehn anbumsen lässt, hat keine große Auswahl. Ernähren kannst du es nicht, gefahrlos wegmachen kannst du es nicht, und wenn du es aussetzt, wird man dich erwischen und einsperren, so blöd, wie du bist. Soll doch irgendein reicher Gadjo das Balg bekommen.*

Ceija hat nur geweint und genickt.

Später trafen sie in der Garage ihres Onkels noch einmal den dicken Mann. Er wollte ihre Zähne sehen und war offenbar zufrieden. Mit einem anerkennenden Lächeln hat er ihren Bauch getätschelt und ihrer Mutter zehn Fünfzig-Euro-Scheine in die Hand gezählt. Einen der Scheine hat ihre Mutter an sie weitergegeben, vermutlich, um später sagen zu können, dass ihre Tochter mit allem einverstanden gewesen ist. Nach kaum drei Minuten war das Geschäft abgeschlossen. Niemand wollte wissen, was sie davon hielt, und sie hätte auch nicht gewusst, was sie sagen soll. Nach dem Treffen hat sie gar nicht mehr gesprochen. Bis gestern Abend ... da hat sie es zumindest versucht. Hat versucht, ihrer Mutter zu sagen, dass sie es sich anders überlegt hat. Dass sie das Kind behalten will. Dass sie das schon irgendwie hinbekommt, dass ... dreimal hat sie angesetzt und jedes Mal einen so bösen und vernichtenden Blick geerntet, dass ihr Magen krampfte und das Baby in ihrem Bauch zu treten begann.

In diesem Moment hat sie zum ersten Mal daran gedacht, abzuhauen. So wie Rana aus dem Nachbarhaus im letzten Jahr. Die ist per Anhalter nach Sofia gefahren und da in einen Bus nach Thessaloniki gestiegen. Dort ist sie blöderweise von der griechischen Polizei aufgegriffen worden, weil sie mit dem irrsinnigen Durcheinander am KTEL-Busbahnhof nicht klarkam. Die berühmte Macedonia Intercity Bus Station. Ceija hat davon gehört. *Ein riesiges Gelände mit einer Halle darauf, alles voller Leute und Busse. Geschäfte, Restaurants und überall Bullen. Ich habe mich verlaufen ...* Rana hat ununterbrochen geheult, als sie erzählte, wie sie geschnappt wurde.

Gestern Nacht hat Ceija sich an das Gespräch erinnert und ein winziges bisschen Hoffnung geschöpft. Sie ist schlauer als Rana. Schlau genug, um sich das Chaos am Busbahnhof zunutze zu machen. Nach der Ankunft in Thessaloniki muss ihre Mutter den dicken Mann anrufen und wird einen Augenblick abgelenkt sein. Wenn Ceija diesen Moment nutzt und in der Menge untertaucht … Sie kann nicht gut rennen in ihrem Zustand, aber schneller als ihre Mutter ist sie allemal. Auch die Bullen werden sie nicht erwischen, und wenn sie es bis nach Athen schafft, kann sie bei der Schwester ihres Großvaters unterkommen. Die schickt sie bestimmt nicht zurück. Der Gedanke an die resolute Frau beruhigt sie und hilft ihr einzuschlafen. Die Busfahrt nach Thessaloniki dauert fünf Stunden. Mindestens vier davon hat sie noch …

Sie wird wach von dem lauten Gerede und Geschnatter der anderen Fahrgäste, die aufgestanden sind und sich zum Aussteigen bereitmachen. Der Bus hat an einer der zahlreichen Plattformen außerhalb der großen Halle gehalten, und die Türen öffnen sich mit lautem Zischen. Ihre Mutter schaut mürrisch auf sie herab. »Steh auf und nimm das Gepäck!«

Ceija greift nach der billigen Tasche und drängelt sich mit den anderen Reisenden durch den Mittelgang. Das Aussteigen fällt ihr schwer. Sie geht ein paar Schritte weg vom Bus und dreht sich um. Ihre Mutter ist hinter ihr, macht aber keinerlei Anstalten, zum Telefon zu greifen, sondern starrt sie wutentbrannt an. Sie weiß es … Ceijas Kopf ruckt wieder herum und in der wogenden Menschenmenge entdeckt sie einen Mann, der ein großes Pappschild mit ihrem Namen darauf in die Höhe hält. Jetzt hat er sie offenbar entdeckt und kommt zügig auf sie zu. Auch von links und rechts nähern sich jeweils zwei Männer, die winken und ihren Namen rufen. Alles wirkt wie eine fröhliche Willkommensszene. Ceija Stojanow dreht sich noch ein letztes Mal um.

»Denk nicht mal dran«, sagt ihre Mutter.

»Life is infinitely stranger than anything which the mind of man could invent.«

SIR ARTHUR CONAN DOYLE

FRANKFURT AM MAIN, DEZEMBER 2020

EINS

Der Schock klingt langsam ab, aber noch immer schwitzt sie und das Adrenalin pulsiert durch ihren Kreislauf.

Carla Winter wirft dem Mann auf dem Beifahrersitz einen unauffälligen Blick aus den Augenwinkeln zu. Er ist groß und athletisch gebaut, was ihr schon bei der ersten Begegnung in der Villa des alten Ekincis aufgefallen ist, macht aber ansonsten einen harmlosen Eindruck. Der schwarze kurzgeschnittene Bart, die Nerdbrille und das lange Haar, das er im Nacken zu einem straffen Zopf zusammengebunden hat, lassen ihn wie einen Kunststudenten oder Musiker aussehen. Irgendetwas Spezielles, intellektuell Angehauchtes, Zwölftonmusik vielleicht oder Free Jazz. Aber das ist Unsinn. Carla weiß, dass Brille und Frisur nur dazu dienen, ein Raubtier zu tarnen. Asan Ekincis hätte diesen Mann nicht eingestellt, wenn er nicht verdammt gefährlich wäre. So einfach ist das.

Diese Gefährlichkeit muss auch der Typ gespürt haben, der Carla vor zwanzig Minuten in der Tiefgarage aufgelauert hat, um sie zu verschleppen, weiß der Himmel wohin. Noch einmal sieht Carla die Heckklappe seines Autos wie einen Sargdeckel aufschwingen und hört seine ausdruckslose Stimme.

»Entweder Sie klettern jetzt freiwillig in den Kofferraum oder ich schieße Ihnen ins Knie und hebe Sie hinein.«

In diesem Augenblick ist wie aus dem Nichts der Mann aufgetaucht, der jetzt neben ihr sitzt, und ihr Angreifer hat seine Pistole in der Jackentasche verschwinden und Carla kommentarlos ziehen lassen. Ihr Beifahrer hat sie gerettet, daran besteht nicht der geringste Zweifel, und Carla weiß auch, in wessen Auftrag das geschehen ist.

Sie richtet ihre Aufmerksamkeit wieder auf die Straße, sieht die Ampel an der großen Kreuzung vor ihr von Gelb auf Rot springen, bremst sanft und kommt an der Haltelinie zum Stehen. Die Start-Stopp-Automatik schaltet den Motor aus, Carla lässt ihren Fuß auf dem Bremspedal und bemerkt wieder ihren Schweißgeruch.

Das Schneetreiben, das sie vorhin schon von ihrem Bürofenster aus beobachtet hat, ist intensiver geworden und die dicken Flocken bleiben jetzt auf dem Asphalt liegen. Nicht lange, denkt Carla. Eine geschlossene Schneedecke in der Frankfurter Innenstadt ist ein seltener Anblick geworden. Genauso wie eine leer gefegte Straßenkreuzung. Tatsächlich ist ihr Auto in diesem Augenblick das einzige an der Ampel. Wo sind die alle? Es ist noch nicht mal halb neun. Ihre Gedanken wirbeln durcheinander wie die Flocken da draußen.

Schade, dass sie von dem alten Clan-Chef vor seinem Tod nicht mehr Abschied nehmen konnte. Nachdem sie ihn vor Jahren in einem aufsehenerregenden Prozess vertreten hatte, waren sie so etwas wie Verbündete geworden. Mit seiner Tochter Aleyna hat Carla sich sogar angefreundet. Und offenbar hat der alte Ekincis seiner Tochter vor seinem Tod etwas aufgetragen. *Die Anwältin in Frankfurt*, hat er gesagt. *Pass auf sie auf!* Das ist heute Abend wohl passiert.

Noch einmal wendet Carla den Kopf ein wenig nach rechts und betrachtet das Profil ihres Beifahrers. Ruhig und aufrecht sitzt er neben ihr, seine Hände ruhen auf den Knien. Ob er eine Waffe hat? Mit Sicherheit.

Aleyna lässt Sie grüßen. Bitte rufen Sie sie an. Wir müssen über die Zukunft reden. Ihre und unsere. Das waren seine Worte, nachdem er zu ihr in den Audi gestiegen ist. *Ich begleite Sie nach Hause und nehme dann ein Taxi zurück in die Stadt.* Danach hat er nicht mehr gesprochen.

Im Inneren des Wagens ist es plötzlich heller geworden. Carla schaut in den Rückspiegel und registriert zwei riesige aufgeblendete Scheinwerfer, die rasch näher kommen. Ein großes Fahrzeug, dunkel und schnell. Kein LKW, vielleicht ein Pick-up, der jetzt zu hupen beginnt. Die Hupe klingt wie eine Schiffssirene, ein langgezogenes, dröhnendes Geräusch. Der Mann neben ihr blickt in den rechten Außenspiegel und wirkt unmittelbar alarmiert.

»Fahren Sie los!«

»Es ist rot«, sagt Carla.

»Scheißegal!«

Carla zögert noch einen Augenblick, dann nimmt sie den Fuß von der Bremse und tritt das Gaspedal durch. Der kleine Audi macht einen Satz nach vorn, beschleunigt tapfer, aber der Wagen hinter ihnen ist viel zu schnell. Die irrsinnig hellen Scheinwerfer im Rückspiegel leuchten wie die Augen eines Ungeheuers, das sie jetzt mit mörderischer Wucht attackiert und über die Kreuzung drückt. Carla stemmt sich gegen das Lenkrad, versucht, den Wagen auf der Straße zu halten. »Gas geben, nicht bremsen!«, schreit der Mann neben ihr, und die Angst in seiner Stimme dreht ihr den Magen um. Voller Panik gehorcht sie, tritt noch einmal auf das Gaspedal, kann sich ein paar Sekunden von der Stoßstange ihres Verfolgers lösen und den Audi stabilisieren. Dann beschleunigt der große Wagen hinter ihr erneut und trifft sie so hart, dass sie auf die Gegenfahrbahn gerät. Ein ihr entgegenkommendes Fahrzeug blendet warnend auf, scheint langsamer zu werden und ist doch immer noch viel zu schnell. Noch einmal versucht Carla, den Audi zurück auf ihre Fahrspur zu zwingen, dann rammt das Monster sie ein letztes Mal und schiebt sie endgültig in den Gegenverkehr. Gleißend helle Scheinwerfer rasen auf sie zu, ein Dampfhammer trifft ihre Brust, und die Welt versinkt in Finsternis.

ZWEI

Die Schreie sind noch weit weg, aber sie kommen näher. Zumindest werden sie lauter. Als wenn man einen stufenlosen Regler immer ein wenig weiter aufdreht. »Gehen Sie weg! Weg von mir! Nicht anfassen! Fassen Sie mich nicht an!«

Die Stimme eines alten Mannes, wütend und panisch zugleich. Carla hört die Worte, aber es ist unmöglich zu sagen, woher sie kommen. Vielleicht sind sie auch nur in ihrem Kopf.

Wo auch immer sie sich befindet, es ist sehr heiß um sie herum, und ihre Zunge scheint am Gaumen festzukleben. Es gelingt Carla, die Augen ein wenig zu öffnen. Hoch über ihr, an einer weißen Zimmerdecke, verbreitet eine Neonröhre ein trübes Licht, das ihren Augen dennoch wehtut. Sie lässt die Lider wieder sinken, aber das ist vielleicht keine gute Idee. *Halt die Augen offen. Nicht wieder einschlafen.*

»Bitte, Herr Mertens. Haben Sie keine Angst. Wir wollen Ihnen helfen. Sie müssen etwas trinken.« Eine mütterlich klingende Frauenstimme. Warm und fürsorglich.

»Gehen Sie weg! Ich will nichts von Ihnen! Holen Sie meine Frau, sie soll mir Wasser bringen!« Der Mann ist mit jedem Satz lauter geworden und völlig übergangslos wird das ängstliche Greinen von einem boshaften, herrischen Tonfall abgelöst. »Hörst du nicht, was ich sage, blöde Kuh!? Hol meine Frau - und den Chefarzt. Ich will den Chefarzt sprechen!«

Wenn er nichts trinken will, gebt es mir. Ich verdurste. Carlas Gehirn versucht zu verarbeiten, was sie da hört. Sie muss sich bemerkbar machen, sprechen, schreien, irgendwas. Aber ist das klug? Sie weiß nicht, wo sie sich befindet. Was, wenn der Alte recht hat mit seiner Angst und es sicherer ist, sich weiterhin schlafend zu stellen?

»Ihre Frau ist nach Hause gefahren. Sie muss unbedingt ein paar Stunden ausruhen. Der Chefarzt wird gleich hier sein. Bitte beruhigen Sie sich.«

Chefarzt? Das Wort, dessen Bedeutung sie zunächst gar nicht erfasst hat, zündet jetzt wie eine Blendgranate in ihrem Kopf und befördert ihren Verstand ein gutes Stück an die Oberfläche. Chefärzte gibt es nur ... Sie ist in einem Krankenhaus. Und die überaus geduldige Frauenstimme gehört einer ... Ärztin oder Pflegekraft? Also ist es ungefährlich, um etwas zu trinken zu bitten. *Kluges Äpfelchen.* Irgendwer hat sie in ihrer Kindheit immer so genannt. Eine Frau, die zur Familie gehörte und damals schon ein altes Gesicht hatte. Eine Tante ihres Vaters, die oft zu Besuch kam und immer Kuchen ... *Was soll das jetzt?*

Carla versucht, ihren Mund zu öffnen, was sich als sehr schwierig erweist, und als ihre Lippen endlich nicht mehr aneinanderkleben, bekommt sie dennoch keinen Ton heraus.

»Holen Sie meine Frau, holen Sie meine Frau, holen Sie ...« Der alte Mann ist jetzt dazu übergegangen, diesen Satz in einer Endlosschleife herauszuschreien.

Carla möchte sich die Ohren zuhalten, aber sie kann ihre Arme nicht anheben. Einen kurzen Moment fürchtet sie, ans Bett fixiert zu sein, aber das ist nicht der Fall. Ihre Handgelenke liegen gut sichtbar vor ihr auf der Bettdecke. Keine Gurte, keine Stricke. Trotzdem hat sie das Gefühl, nicht ein einziges ihrer Glieder bewegen zu können.

»Holen Sie meine Frau, holen Sie meine Frau ...!«

Der verrückte Schreihals hat definitiv mehr Energie als Carla und macht sie so wütend, dass sie unter Aufbietung aller Kräfte so tief wie möglich einatmet und einen einzigen geröchelten Satz herausbekommt. »Halten Sie endlich das Maul!«

Der Mann reagiert nicht, das Lamento geht unvermindert weiter, aber jemand anderes hat sie gehört. »Frau Winter ist wach. Ich schau mal nach ihr. Bleib du bei Herrn Mertens und gib Dr. Nikolai Bescheid.« Eine Frau in weißer Berufskleidung beugt sich zu Carla hinunter, wischt ihr den Schweiß von der Stirn und träufelt ihr kaltes Wasser auf die Lippen. »Schön, dass Sie wieder da sind. Zu trinken bekommen Sie etwas später. Ich will erst mit der Ärztin sprechen.«

Carla nickt erschöpft.

Ihr Zimmernachbar hat Atem geschöpft und legt jetzt wieder los. »Holen Sie meine Frau, holen Sie meine Frau ...«

»Kommen Sie ein bisschen näher«, sagt Carla.

Die Pflegerin neigt ihren Kopf nach unten.

»Machen Sie, dass das aufhört. Holen Sie seine verdammte Frau oder drücken Sie ihm ein Kissen aufs Gesicht!«

Carlas Stimme ist kaum mehr als ein Krächzen, aber die Pflegerin hat sie verstanden und lächelt schwach.

»Es geht ihm sehr schlecht. Er hat die Narkosemittel nicht vertragen und nach dem Aufwachen Angstzustände entwickelt. Dafür kann er nichts. Ich weiß, dass das schwer auszuhalten ist. Sobald die Ärztin grünes Licht gibt, bringen wir Sie hier raus.«

Carla berührt dankbar die Hand der Krankenschwester, schließt die Augen und dämmert ein bisschen weg.

»Gib Dr. Nikolai Bescheid«, hat die Frau an ihrem Bett eben gesagt, und Carla wird erst jetzt klar, was das bedeutet. Bedeuten *könnte*. Dass sie vielleicht in der Klinik gelandet ist, in der Moritz arbeitet. Ein wunderbarer Gedanke, der sie mit Wärme und Zuversicht erfüllt.

In einiger Entfernung hört sie eine sonore, halblaute Männerstimme, die versucht, den schreienden Patienten zu beruhigen. Das ist definitiv *nicht* Moritz. Vielleicht der vorhin angekündigte Chefarzt. Zumindest klingt er wie jemand, der von irgendetwas Chef ist. Ungeduldig und gereizt. Carla kann seine Worte nicht verstehen, aber besonders erfolgreich scheint er nicht zu sein. Der Patient hat seinen Wunsch, ihn zu sprechen, offenbar vergessen und konzentriert sich ganz auf das Schreien nach seiner Frau.

Carla spürt eine Berührung an der Schulter und öffnet die Augen. Offenbar die Ärztin, von der die Pflegerin gesprochen hat. Jung, kurze blonde Haare, weißer Kittel, Stethoskop. Sie misst Carlas Blutdruck, überfliegt das Krankenblatt und nickt zufrieden.

»Sie können jetzt runter auf die II. Dort ist es schön ruhig. Sie schlafen noch eine Runde und dann kommt Dr. Nikolai zu Ihnen. Sie sind befreundet, habe ich gehört?«

»Wenn er hier arbeitet, heißt das, ich bin in der Uniklinik, oder?«

Die Ärztin nickt.

»Aber warum?«

»Sie hatten einen schweren Autounfall.«

»Davon weiß ich nichts.«

»Das ist normal. Was ist das Letzte, an das Sie sich erinnern?«

Carla denkt nach und hat große Mühe, die Frage zu beantworten. »Ich bin langsam an die Ampel herangefahren und habe über meinen Beifahrer nachgedacht ...« Ein eisiger Schreck durchfährt sie und löst ein unkontrollierbares Zittern aus. »Wo ist er? Was ist mit ihm passiert? Ist er ...?«

Die Ärztin ergreift Carlas Hand und hält sie fest. Dann schüttelt sie den Kopf. »Es tut mir leid. Er hat es nicht geschafft.«

DREI

Moritz sieht schrecklich aus. Er sitzt auf einem Stuhl neben Carlas Bett, und sie schämt sich, dass dies der erste Gedanke ist, der ihr bei seinem Anblick durch den Kopf schießt, zumal sie weiß, dass sie selbst der Grund dafür ist. Sein Gesicht ist schmaler geworden, Sorge und Erschöpfung haben ein paar neue Falten nachgezogen, und eine Rasur ist seit mindestens drei Tagen überfällig. Carla kann sich nicht erinnern, jemals so glücklich gewesen zu sein, einen Menschen wiederzusehen.

Sie hat nach Verlassen des Aufwachraumes tatsächlich noch einmal schlafen können, danach hat man sie gewaschen, umgezogen und ihr einen Medikamentencocktail gegen die Schmerzen verabreicht, der sie ein wenig high gemacht hat, was sich gar nicht übel anfühlte. *Dafür müssten Sie im Bahnhofsviertel achtzig Ocken hinlegen,* hat der muntere Pfleger grinsend gesagt, als er ihr den Plastikbecher auf den Nachttisch stellte. Carla hat ihn angelächelt und sich artig bedankt. Die Droge hilft ein bisschen dabei, nicht an den Mann zu denken, der in ihrem Auto gestorben ist. Jetzt nimmt sie Moritz' Hand und streichelt sie.

»Seit wann bin ich hier?«

»Seit fünf Tagen.«

»Was ist passiert?«

»Du bist frontal mit einem SUV zusammengestoßen, gegen den dein Audi keine Chance hatte. Der Airbag hat dir das Leben gerettet, aber du hast trotzdem ganz schön was abbekommen.«

Carla zerrt an seiner Hand. »Was genau abbekommen?«

Moritz nickt geduldig. »Ein HWS-Trauma, drei gebrochene Rippen und eine üble Prellung des Brustbeins. Lunge, Herz, Luft- und Speiseröhre sind zum Glück unverletzt geblieben. Die Kollegen haben dich nach der Diagnostik für fünf Tage aus dem Verkehr gezogen, um den traumatisierten Thorax zu stabilisieren und dir die Schmerzen zu ersparen. Aber das Atmen wird noch wochenlang wehtun, schlafen wird schwierig und lachen solltest du eine ganze Weile überhaupt nicht.«

»Gibt im Moment auch keinen besonderen Anlass dazu.«

»Dann hüte dich vor wohlmeinenden Leuten, die dich aufheitern wollen.«

»Die Ärztin im Aufwachraum hat gesagt, dass der Mann, der mit mir im Auto saß, tot ist.«

Moritz nickt erneut. »Leider ja. Ihm hat der Airbag nichts genützt. Wer war das überhaupt?«

»Ich kannte nicht einmal seinen Namen, aber er hat mir an dem Abend des Unfalls vielleicht das Leben gerettet.« Carla erzählt Moritz von dem Mann, der sie in der Tiefgarage entführen wollte, und wie das von ihrem Beifahrer im letzten Moment verhindert wurde. »Er hat mich im Auftrag von Aleyna Ekincis beschützt und eine halbe Stunde später sein eigenes Leben verloren.«

»Denkst du, dass er zu ihrer Familie gehört hat?« Moritz' Gesichtsausdruck hat sich verdüstert. Carla weiß, dass er an die zahlreichen Warnungen denkt, die er hinsichtlich ihrer beruflichen Aktivitäten in den letzten Monaten geäußert hat.

»Ja.«

»An was kannst du dich erinnern?«

»Ich weiß noch, wie ich an die Ampel herangefahren bin. Als Nächstes habe ich einen Mann im Krankenhaus nach seiner Frau schreien hören.«

Moritz sieht immer wütender und besorgter aus. »In dem SUV, mit dem du kollidiert bist, waren zwei Männer. Beide haben nur

Bagatellverletzungen erlitten und konnten schildern, wie der Unfall abgelaufen ist.«

»Erzähl's mir.« Carlas Stimme klingt leise und heiser. Trotz der Medikamente tut das Atmen weh, und das Sprechen fällt ihr von Minute zu Minute schwerer. »Aber du musst schnell machen. Ich kann nicht mehr.«

»Die beiden Männer sagen übereinstimmend, ein Pick-up sei hinter dir aufgetaucht, habe dich mit hoher Geschwindigkeit von hinten gerammt und in den Gegenverkehr gedrückt.«

»Scheiße, Scheiße, Scheiße«, flüstert Carla. »Das bedeutet ...«

Moritz nimmt die Wasserflasche von ihrem Nachttisch und lässt Carla vorsichtig ein paar Schlucke trinken. Dann nickt er, und sein finsterer Gesichtsausdruck spricht Bände. »Ja. Das war kein Unfall. Jemand hat versucht, dich in aller Öffentlichkeit umzubringen. Die Polizei sieht das auch so. Morgen werden sie mit dir reden wollen. Bin gespannt, was die sagen, wenn sie von der versuchten Entführung kurz vorher hören.«

Carla nickt. »Kannst du Bischoff und Ritchie ausrichten, dass ich sie am Vormittag sprechen möchte? Sie sollen Mathilde mitbringen.«

Moritz beugt sich zu ihr hinunter und küsst sie. »Na klar, die wollten schon heute kommen. Deine Schwester und die Jungs auch. Ich habe ihnen das ausgeredet. Ach ja, und Aleyna Ekincis hat mehrfach angerufen. Ich habe sie informieren lassen, dass du wieder ansprechbar bist.«

»Bitte, sag Ellen und Aleyna, dass sie mit dem Besuchen noch ein paar Tage warten sollen. Ich weiß ihre Sorge zu schätzen, aber ... Wir holen das nach, wenn ich rauskomme.«

Moritz nickt und scheint beinahe erleichtert. »Ich habe mich nicht getraut, es anzusprechen, aber ich würde dir am liebsten eine Woche absolute Ruhe verordnen.«

»Nicht gleich übertreiben«, sagt Carla und schließt die Augen.

VIER

Carla drückt die Klinke herunter und tritt hinaus auf den Gang. Rechts befindet sich der Aufenthaltsraum des Pflegedienstes. Die Richtung scheidet also aus. Jetzt einer Nachtschwester über den Weg zu laufen und womöglich irgendwelche Fragen beantworten zu müssen, wäre sehr ungünstig. Also besser nach links den Flur hinunter. Vielleicht hat sie Glück und kann unbehelligt ein wenig herumwandern.

Leise schließt sie die Tür hinter sich und lässt ihren Blick durch den endlos langen Korridor gleiten, von dem links und rechts die Patientenzimmer abgehen. Weiße Wände und Türen, blauer Linoleumfußboden, der unter ihren Füßen ein wenig nachzugeben scheint, an der Decke stark heruntergedimmte LED-Röhren, die ein mattes, schmuddeliges Licht abgeben. Carla holt tief Luft und spürt den vertrauten Schmerz im Brustkorb, der seit dem Crash jeden Atemzug begleitet. Die Pflegerinnen haben ihr empfohlen, möglichst flach zu atmen, aber sie hat das Gefühl, dass sie dabei einfach zu wenig Luft bekommt. Kann es sein, dass die Sauerstoffsättigung in ihrem Blut sich über den Tag verringert hat? Und dass sie dadurch so unruhig geworden ist?

Es ist schon nach Mitternacht. Nachdem Moritz gegangen ist, hat sie ein paar Stunden geschlafen und ist dann aufgewacht, weil sie auf die Toilette musste. Danach hat sie sich bis 23:00 Uhr auf dem Tablet eine Dokumentation über Schwarzstörche angesehen, die so langweilig war, dass sie dabei eigentlich prima hätte wieder einschlafen müssen, aber so war es nicht. Stattdessen hat sie den

Film bis zum Schluss geguckt, dann das Licht ausgeschaltet und vergeblich versucht, flach atmend zur Ruhe zu kommen.

Doch an Schlaf ist nicht mehr zu denken gewesen. Alle psychischen Abwehrmechanismen, die sie bis zu diesem Punkt mobilisieren konnte, um zu verdrängen, was geschehen ist, und die Angst nicht an sich heranzulassen, haben gleichzeitig versagt, und unbarmherzig hat die Wahrheit, mit der Moritz sie konfrontiert hat, von ihrem Verstand Besitz ergriffen. *Das war kein Unfall. Jemand hat versucht, dich in aller Öffentlichkeit umzubringen.* In einer Endlosschleife zirkuliert dieser Gedanke seitdem durch ihren Kopf und weigert sich, irgendeinem anderen Platz zu machen.

Sie hat angefangen zu schwitzen und am ganzen Körper zu zittern. Ihre Hand wollte nach dem Klingelknopf tasten, um den Pflegedienst zu rufen, aber sie hat sie zurückgezogen. Die Weißkittel würden ihr etwas spritzen, das ihr zwar einen tiefen Schlaf, aber auch einen vollkommenen Kontrollverlust bescheren würde. Das will Carla auf keinen Fall. Sie wird das allein in den Griff kriegen.

Eine Stunde später hat sie kapituliert und überlegt, die Nachtschwester doch um ein Beruhigungsmittel zu bitten. Und dann ist ihr - wie aus dem Nichts - der Gedanke gekommen, dass es vielleicht gut wäre, sich ein bisschen zu bewegen. Irgendwie die Initiative zu ergreifen, ein wenig Kontrolle zurückzugewinnen und nicht länger wie ein hilfloses Wrack auf dem Rücken zu liegen. Ihr schießt ein Satz durch den Kopf, den ihre Schwester Ellen ihr vor Monaten entgegengeschleudert hat. *Kontrolle war immer schon dein Ding.*

Und wenn schon! Warum soll sie nicht aufstehen? Sie ist nicht verpflichtet, die ganze Zeit in ihrem Zimmer zu verbringen, oder? Nacht hin oder her. Wenn sie leise ist und niemanden stört, kann sie auch auf den Gängen ein wenig ... wandeln? Was für ein wunderbar altmodisches Wort. Wenn sie draußen eine junge Pflegerin träfe, die sie fragt, was zum Teufel sie hier macht, könnte sie es sogar einmal laut aussprechen. *Ich wollte nur ein wenig ... wandeln. Weil ich so eine gottverdammte Scheißangst habe.* Vielleicht würde sie den zweiten Satz auch weglassen. Und dann könnte sie dabei zuschauen, wie die junge Dame sich eine patzige Antwort verkneift, weil sie wie alle anderen hier genau weiß, dass Carla mit dem Oberarzt der Neuro liiert ist. Verdammt schade, dass der jetzt nicht hier sein kann. Moritz ist jederzeit bereit, bei bescheuerten Blödeleien mitzumachen, und allein seine Anwesenheit würde Carla beruhigen.

Je länger sie über einen kleinen nächtlichen Ausflug nachgedacht hat, desto vernünftiger ist ihr die Idee vorgekommen – und nun steht sie auf dem Gang und denkt ernsthaft darüber nach, ob sie nicht doch lieber zurück ins Bett soll. Was, wenn der Fußboden weiter nachgibt? Blödsinn, das hat sie sich eingebildet. Und einen einmal gefassten Plan einfach aufzugeben, nur weil sie ein wenig unsicher auf den Beinen ist, gehört nicht zu ihren Angewohnheiten.

Sie stützt sich kurz mit der linken Hand an der Wand ab und setzt sich dann langsam, aber entschlossen in Bewegung. Schritt für Schritt, nur nichts übereilen. Der Moment der Schwäche geht vorüber, und Carla ist froh, dass sie sich zusammengerissen hat. Das funktioniert doch ganz gut. Wie weit soll sie gehen? Bis zum Ende des Ganges, der an einer Fahrstuhltür im rechten Winkel nach links abbiegt. Das sind vielleicht noch fünfzig Meter. Absolut zu schaffen. Sie bleibt stehen, macht eine kleine Pause und setzt dann wieder einen Fuß vor den anderen.

Noch dreißig Meter. Ihr Kreislauf schlägt ein paar hübsche kleine Kapriolen, die sie noch einmal innehalten lassen. Dann die letzte Etappe. Die breite, metallisch glänzende Fahrstuhltür ist jetzt direkt vor ihr. Ein typischer Klinikaufzug, der auch für den Transport von Krankenhausbetten ausgelegt ist. Carla macht einen Schritt darauf zu, sieht ihr etwas verzerrtes Spiegelbild in der polierten Metalloberfläche und dann in einiger Entfernung hinter ihr etwas Rotes. Etwas Rotes, das dort definitiv nicht hingehört. Und dieses Rote löst eine Bildsequenz in Carlas Kopf aus, an die sie seit Jahrzehnten nicht mehr gedacht hat. Dann beginnt das Deckenlicht zu flackern, erlischt und springt eine Sekunde später wieder an.

Sie fährt herum und holt so tief und hastig Luft, dass ihr ramponierter Brustkorb vor Schmerz zu explodieren droht. In dem nach links abzweigenden Gang steht auf dem blauen Linoleum eine mittelgroße Gestalt in einem leuchtend roten Kapuzen-Cape, das Carla an den gruseligsten Film erinnert, den sie jemals gesehen hat. Sie versucht, sich zusammenzureißen, lässt die Luft langsam und kontrolliert entweichen, was ebenfalls verdammt wehtut, und zwingt sich, noch einmal hinzusehen. Vor ihr steht eine schlanke Frau in mittleren Jahren. Sie trägt einen roten Bademantel mit Kapuze, der ihre schmale Gestalt wie eine etwas zu große Mönchskutte umschließt. Unter der Kapuze lugen ein paar schwarze Haarbüschel hervor, und die Füße der Frau stecken in ebenfalls roten halbhohen Filzstiefeln.

»Ui, jui, jui«, sagt die Frau und lächelt zaghaft.

Auch Carla bringt so etwas wie ein Lächeln zustande. »Sie haben mich zu Tode erschreckt. Was machen Sie hier? Konnten Sie auch nicht schlafen?«

Die Frau nickt. »Was soll ich sagen ... ui, jui, jui, kein Schwein und dann zack - könn'se sich vielleicht vorstellen. Eins und zwei und drei und vier. Und ich kein Telefon.« Die Frau begleitet ihre Worte mit lebhafter Gestik und Mimik, die unterstreichen, dass sie von einer schwierigen Lage berichtet, in der sie sich womöglich befunden hat.

Eine Verrückte! Das hat ihr gerade noch gefehlt. Carla schüttelt entnervt den Kopf. »Es tut mir leid, ich verstehe nicht, was Sie sagen.«

Carlas hilfloser Gesichtsausdruck scheint die Frau zu ärgern, denn ihr Tonfall wird ein wenig schriller. »Der weiße König in dem Drahtverhau, ui, jui, jui ... ich ins Lad, ins Bad, ins Rad und zack, könn'se sich vielleicht vorstellen. Eins und zwei und drei und vier.« Sie wackelt heftig und angewidert mit dem Kopf.

Carla entdeckt hinter der Frau eine weißgekleidete Gestalt, die mit großen Schritten und wehendem Kittel über den Gang auf sie zueilt, und winkt erleichtert. Es ist Moritz. Er winkt zurück und begrüßt Carla und ihre Gesprächspartnerin mit einem freundlichen Lächeln.

»Guten Abend, die Damen. Sie sind ja ganz schön spät noch unterwegs. Und Sie, Frau ...« Moritz zieht sein Handy aus der Kitteltasche und liest den Namen vom Display ab. »Frau Yannakakis, Sie sind ziemlich weit weg von Ihrer Station.« Er drückt eine Kurzwahltaste. »Ja, ich habe Frau Yannakakis getroffen. Auf der II. Ich schick sie euch hoch.« Er lässt das Telefon wieder verschwinden und lächelt die Patientin an. »Die Kolleginnen von der VI suchen Sie schon. Finden Sie allein dorthin zurück?«

»Natürlich! Denken Sie, ich bin nicht richtig im Kopf, ui, jui, jui und dann zack?« Sie geht würdevoll an Carla vorbei zum Fahrstuhl, steigt ein und die glänzende Tür schließt sich hinter ihr.

»Großer Gott, das war jetzt heftig.« Carla atmet lange und hörbar aus. »Die hat mir einen Wahnsinnsschrecken eingejagt. Ich habe mein Spiegelbild in der Fahrstuhltür gesehen und auf einmal stand sie wie hingetupft mitten im Gang. Eine blutrote Gestalt, ein paar Meter hinter mir. Wie in dem Film, *Wenn die Gondeln Trauer tragen*. Kennst du den? Ein Klassiker! Schon sehr alt, aber immer noch verdammt gruselig.«

Moritz nickt. »Die zwergenhafte Kreatur im roten Kapuzen-Cape, die Donald Sutherland am Ende die Kehle ... dein Nervenkostüm ist ganz schön angeschlagen.«

»Ja, halt mich mal ein bisschen.«

Moritz legt vorsichtig einen Arm um sie und gemeinsam machen sie sich auf den Rückweg zu Carlas Zimmer.

»Was ist mit der Frau? Ist sie geisteskrank?«

»Nein, sie hat eine Wernicke-Aphasie. Eine neurologisch bedingte Störung des Sprachsystems. Ihre Gedankengänge sind ziemlich klar – soweit man das beurteilen kann.«

»Kann man denn Denken und Sprache so trennen?«

»Die Neurolinguisten behaupten es.«

»Was ist ihr zugestoßen?«

Moritz senkt die Stimme, obwohl weit und breit niemand zu sehen ist. »Du weißt genau, dass ich dir das nicht sagen darf.«

»Ach, komm! Nur ganz grob und ungefähr. Das eben war sowas von bizarr!«

»Okay! Ganz grob und ungefähr: Es ist nicht endgültig klar und bewiesen, aber ich glaube, jemand hat ihr fürchterlich auf den Kopf geschlagen.«

Carla nickt, schweigt eine Weile und wechselt dann das Thema. »Wieso bist du gerade eben auf dem Flur aufgetaucht?«

»Ich war in deinem Zimmer, um nach dir zu sehen, und als du nicht da warst, bin ich den Gang runtergegangen und habe dich gesucht.«

»Gut gemacht. Ich muss mich wieder hinlegen.«

»Du hättest gar nicht aufstehen sollen.«

»Ist ja gut, Herr Doktor. Du kannst dich gerne neben das Bett hocken, meine Hand halten und aufpassen, dass ich brav bin.«

»Ich könnte dich auch fixieren lassen«, sagt Moritz und grinst schwach.

Carla bleibt abrupt stehen. »Nicht ohne mein schriftliches Einverständnis. Und das weißt du ganz genau.« Sie verpasst ihm mit dem Ellenbogen einen kräftigen Stoß in die Rippen. »Vergiss nicht, dass du es mit einer Anwältin zu tun hast. Ich verklage dich bis ans Ende deiner Tage. Also, immer schön vorsichtig.«

Moritz beugt sich herunter und küsst sie. »Geht klar, Schatz.«

Carla funkelt ihn an. »Keine Scherze mehr«, sagt sie. »Bis auf weiteres keine Scherze!«

FÜNF

Carla lässt ihren Blick über die drei Personen gleiten, die neben ihrem Bett Platz genommen haben, und verspürt ein warmes Gefühl von Zuneigung und Zufriedenheit.

Mathilde Stein, die weit mehr ist als eine Sekretärin, arbeitet jetzt seit fünf Jahren für sie, und Carla weiß, dass ihre Kanzlei ohne den enormen Einsatz und die Cleverness dieser Frau das erste Jahr nicht überstanden hätte. Dass sie sich im Gegenzug dafür die eine oder andere Unverschämtheit herausnimmt, ist in Carlas Augen ein geringer Preis für die absolute Loyalität, die Mathilde ihr entgegenbringt. »Die Stein« und ihr Mundwerk genießen in der Frankfurter Juristenszene einen handfesten Ruf, und wer einmal am Telefon von ihr abgebügelt wurde, vergisst es so schnell nicht mehr.

Mathilde hat auch die beiden Männer, mit denen sie gekommen ist, in Carlas Leben untergebracht. Bei dem alten Mann, der neben ihr ein wenig unglücklich auf der Stuhlkante hockt, handelt es sich um Tillmann Bischoff, einen emeritierten Archäologie-Professor, der Carla vor mehr als einem Jahr in einer lebensgefährlichen Situation beigestanden hat und später bei ihr eingezogen ist. Er ist weitläufig mit Mathilde verwandt. Den sehr jung aussehenden zweiten Mann mit dem Schulsprecherlächeln und der Rocksängerstimme, die je nach Tageszeit zwischen Tom Waits und Joe Cocker changiert, hat Carla im Sommer kennengelernt. Sie hat ihn als Ermittler und Mädchen für alles eingestellt, um Mathilde einen persönlichen Gefallen zu tun, was sich allerdings als sehr gute Entscheidung herausgestellt hat. Richard »Ritchie« Lambert hat in den vergangenen Monaten bewiesen, dass er über ein paar äußerst nützliche Talente verfügt.

»Ihr könnt aufhören, so besorgt zu gucken, und versucht bloß nicht, mich mit irgendwelchen Witzen aufzumuntern. Das gibt nämlich Ärger. Wer mich zum Lachen bringt, kriegt ein Problem!«

Ritchie nickt verständnisvoll. »Wie viele Rippen sind gebrochen?«

»Drei. Dazu eine Brustbeinprellung und ein Schleudertrauma. Es fühlt sich an, als hätte jemand stundenlang auf mich eingeprügelt, aber das sind Schmerzen, die wieder aufhören und sich mit Tabletten ertragen lassen. Ich bin nicht wirklich schwer verletzt und darf in drei Tagen hier raus. So weit die guten Nachrichten. Mehr davon gibt es allerdings auch nicht.«

»Ich hätte da für zu Hause was Hilfreiches anzubieten«, sagt Ritchie. »Du wirst in deinem Bett Mühe haben, eine Position zu finden, in der du einigermaßen schlafen kannst. Ich empfehle dir den ›Stressless‹-Sessel meiner Mutter. Modell *Consul LegComfort*. Ein Riesenmöbel, das man in jede erdenkliche Liegeposition steuern kann. Ich schaffe das Ding in dein Haus, wenn du magst.«

Carla nickt.

Till Bischoff vollführt eine ungeduldige Bewegung mit der Hand. Mit seinem vor Aufregung geröteten Gesicht, den Bartstoppeln und den wie immer wirr vom Kopf abstehenden grauen Haaren hat er etwas von einem zornigen Waldgeist. »Darüber reden wir später. Kann ja sein, dass dein aktueller Gesundheitszustand nicht besorgniserregend ist, aber die Ereignisse, die dich hierhergebracht haben, sind es auf jeden Fall. Ich will jetzt alles hören, woran du dich erinnerst, und das, was man dir erzählt hat, ebenfalls.«

Carla nickt erneut, beginnt mit dem Überfall in der Tiefgarage und berichtet noch einmal, was sie bereits Moritz geschildert hat. »Der Mann stieg aus einem Škoda und war plötzlich neben meinem Auto. Er hatte eine Pistole mit Schalldämpfer und zwang mich, die Beifahrertür zu öffnen. Dann setzte er sich neben mich und zielte auf meinen Bauch. Es ginge das Gerücht um, sagte er, dass Felix noch lebe. Ob ich darüber etwas wisse. Meine Antwort hat ihn nicht zufriedengestellt. Also hat er mich gezwungen auszusteigen und wollte mich in den Kofferraum seines Autos verfrachten. In diesem Augenblick ist einer von Ekincis' arabischen Bodyguards aufgetaucht und der Spuk war vorbei. Der Typ mit der Knarre hat klein beigegeben. Wir sind in meinen Audi gestiegen und haben das Arschloch einfach stehen gelassen. Es war ein großartiger Moment. Der Bodyguard wollte mich nach Hause begleiten … und das hat ihn das Leben gekostet.«

Carla kämpft mit den Tränen und hat Mühe weiterzusprechen. Dann reißt sie sich zusammen und schildert abschließend ihre Erinnerung an den Anschlag mit dem Pick-up und was Moritz ihr darüber erzählt hat. Als sie fertig ist, spiegeln sich Angst, Wut und Entsetzen in den Mienen ihrer Besucher.

»Halten Sie das für denkbar, dass Ihr Ex-Mann noch lebt?«, will Mathilde wissen.

Carla zuckt mit den Schultern.

»Haben Sie schon mit der Polizei gesprochen?«

»Die hat sich für heute Mittag angekündigt.«

»Du bist innerhalb kürzester Zeit zweimal angegriffen worden«, sagt Bischoff nachdenklich. »Aber ich glaube nicht, dass die beiden Attacken etwas miteinander zu tun haben. Der Mann in der Tiefgarage wollte eine Information von dir und war bereit, dich zu kidnappen, um diese Information zu bekommen. Die Person, die dich gerammt hat, wollte dich ohne weitere Umstände töten.«

»Ja, das sehe ich auch so«, sagt Carla und verspürt eine leichte Übelkeit. »Ich habe mir das Hirn zermartert, wer für die Sache mit dem Pick-up infrage kommen könnte, aber bevor ich weiter darüber spekuliere, will ich erst mal mit Aleyna Ekincis reden, und das hat Zeit, bis ich wieder zu Hause bin.«

»Was tun *wir* in der Zwischenzeit?«, fragt Bischoff.

»Mathilde und Ritchie sollen den Kanzleibetrieb so gut wie möglich aufrechterhalten. Schickt eine Rundmail an alle Mandanten und bittet um Verständnis und Geduld dafür, dass ich drei Wochen ausfalle. Den Unfall mit Fahrerflucht könnt ihr erwähnen, aber natürlich keine Details. Im neuen Jahr machen wir mit vollem Einsatz weiter. Geht alle aktuellen Fälle durch und stellt sicher, dass keine Fristen versäumt werden, beziehungsweise beantragt Verlängerungen, wo nötig. Ritchies halbe Stelle wird für zwei Monate auf einen Fulltime-Job aufgestockt. Du musst Mathilde zur Seite stehen. Ist das in Ordnung für dich?«

Ritchie nickt.

»Je nachdem, was ich von der Polizei erfahre, werde ich dich vielleicht außerdem bitten, Informationen zu überprüfen oder irgendwo nachzuhaken. Du musst auf jeden Fall erreichbar sein.«

»Verlass dich drauf«, sagt Ritchie.

»Was mache ich?«, will Bischoff wissen.

Carla grinst breit. »Du wirst für mein leibliches Wohl sorgen. Das Frühstück vor zwei Stunden war das Letzte, was ich von diesem Krankenhausfraß zu mir genommen habe. Wenn du aus der Klinik rauskommst, findest du eine Querstraße weiter ein Thai-Restaurant. Heute Mittag um zwölf hätte ich von dort gerne die große Vorspeisenplatte mit allem Drum und Dran und abends die scharfe Ente plus rotes Thai-Curry, Bambus und Auberginen. Morgen zum Frühstück nehme ich was von deinem mediterranen Rührei mit schwarzen Oliven und Kirschtomaten sowie ein Ciabatta-Brötchen und anständigen Kaffee.«

Bischoff lächelt beglückt. »Ein Job nach meinem Geschmack. Du wirst begeistert sein.«

SECHS

Kriminalhauptkommissar Rossmüller taucht auf, als Carla die Vorspeisenplatte gerade verputzt hat, was sie als gutes Omen betrachtet. Sowohl das Timing als auch die Tatsache, dass er persönlich gekommen ist, um mit ihr zu sprechen. Sie haben sich vor knapp zwei Jahren kennengelernt und lange Zeit nicht ausstehen können, aber das hat sich seit ihrem letzten Zusammentreffen geändert. *Am Anfang dachte ich, Sie wären die arroganteste Ziege im Rhein-Main-Gebiet,* hat er ihr mit einem schiefen Grinsen gestanden, *aber bei Licht betrachtet, sind Sie gar nicht so verkehrt.* Carla hat das Friedensangebot gerne angenommen und im Gegenzug eingeräumt, dass der Polizist keineswegs die kleinbürgerliche Moralwachtel war, für die sie ihn gehalten hatte.

Begleitet wird Rossmüller von einer jungen Kollegin in Uniform, die sich mit Aufnahmegerät und Notizblock bewaffnet neben ihm auf einem Stuhl niederlässt. Er streckt die Beine aus, blickt Carla nachdenklich an und schüttelt schließlich den Kopf. »Auf Sie muss man echt aufpassen.«

»Ich freue mich auch, Sie zu sehen.« Carla bringt ein bemühtes Lächeln zustande. »Falls Sie wissen wollen, wie es mir geht, bin ich gerne bereit ...«

Rossmüller nickt heftig. »Ich habe mit den Ärzten gesprochen. Gleich nach Ihrer Einlieferung und einige Male, während Sie im Tiefschlaf waren. Die haben mir sehr genau geschildert, wie es Ihnen geht. Überhaupt haben sich eine Menge Leute Sorgen um Sie gemacht, und glauben Sie mir – das galt auch für mich.«

»Ja«, sagt Carla und schluckt ihren Speichel hinunter. »Ich weiß, sorry.«

»Schon gut«, sagt Rossmüller und deutet mit dem Daumen auf die junge Beamtin an seiner Seite. Offenkundig hat er nicht die Absicht, weitere Zeit mit höflichem Vorgeplänkel zu vergeuden. »Meine Kollegin, Frau Bennecke. Sie zeichnet unser Gespräch auf und macht sich bei Bedarf Notizen. Legen Sie los. Was genau ist passiert?«

Also fasst Carla zum dritten Mal die Ereignisse in der Tiefgarage und an der Straßenkreuzung zusammen, und Rossmüller stellt die gleiche ungläubige Frage wie Mathilde. »Halten Sie das für möglich, dass Ihr Ex noch lebt? Haben Sie von diesem Gerücht schon mal gehört?«

Carla zuckt mit den Achseln. »Nein.«

Die Antwort kommt glatt und ohne Zögern, aber die Wahrheit ist, dass sie nicht sicher ist. Kürzlich hat sie Fotos von einem Mann gesehen, die Ritchie bei einer Observierung geschossen hat, und einen Augenblick lang geglaubt, Felix wiederzuerkennen.

Der nachdenkliche Blick, mit dem Rossmüller sie mustert, ruft in Carla eine lebhafte Erinnerung an diese Situation hervor, aber anders als Ritchie damals zieht der Hauptkommissar ihre Antwort nicht in Zweifel.

»Kann ich mir auch nicht vorstellen. Ich habe damals Fotos von dem Tatort in die Finger gekriegt«, sagt der Kommissar, »und der sah wirklich schlimm aus. Das reinste Schlachthaus. Ein Schuss aus nächster Nähe. Die türkische Polizei war sicher, dass es sich um Felix Winter handelte.«

»Ja, ja, die türkische Polizei ...«, sagt Carla, und ihr Tonfall lässt keinen Zweifel daran, was sie von den Herrschaften hält. »Die Vorgehensweise könnte einen aber schon auf die Idee bringen, dass die Identität des Toten verschleiert werden sollte.«

»Wohl wahr. Aber Schüsse ins Gesicht kommen auch vor, wenn Verräter oder Aussteiger exekutiert werden. Angeblich beliebt in

Sizilien und bei den Kartellen in Lateinamerika. Der Tote kann dann von den Angehörigen nicht mehr öffentlich aufgebahrt werden. Keine Ehrung und kein Abschied am offenen Sarg. Stattdessen eine letzte Schändung und Auslöschung seines Andenkens. Sehr schockierend.«

Carla nickt und schüttelt sich ein wenig. »Konnten Sie am Unfallort irgendwelche Spuren sichern? Hinweise auf das Fahrzeug? Die Insassen von dem SUV, mit dem ich zusammengerauscht bin – ist denen noch was eingefallen?«

»Ja, was den Pick-up angeht, der Sie gerammt hat. Sie wollen einen Teil des Nummernschildes gesehen haben, aber leider beide etwas Unterschiedliches. Der Fahrer behauptet, der erste Buchstabe des Kennzeichens sei ein großes ›P‹ gewesen, der Beifahrer meint, es war ein ›R‹. Also Potsdam oder Regensburg.«

Carla zuckt ein wenig zusammen, schafft es aber, ihre aufflammende Erregung zu verbergen.

»Meine Kollegen haben am Unfallort auch ein kleines Stück von einem Kühlergrill gefunden«, fährt Rossmüller fort. »Genauer gesagt, einen Teil von einer Chromspange. Unsere Experten sagen, es stammt von einem VW Amarok, Modell Aventura. Ein schönes dickes Auto mit 258 PS. Der konnte Sie hinschieben, wo immer er wollte.«

»Ich nehme an, es war unmöglich, das Fahrzeug zu finden?«

Rossmüller zieht die Schultern hoch. »Unsere Kollegen in Potsdam und Regensburg sind dran. So wahnsinnig viele von der Sorte gibt es ja nicht. Der Amarok ist einer der teuersten seiner Art. Sobald wir einen Hinweis haben, rufe ich Sie an. Wie sieht's bei Ihnen aus? War das jetzt alles, was *Sie* mir erzählen können?« Rossmüllers Ton hat sich ein wenig verschärft, und seine Kollegin verzieht erstaunt das Gesicht. »Überlegen Sie nochmal. Nichts vergessen oder weggelassen, weil Sie es für unwichtig halten? Oder denken, das wäre Ihre Privatangelegenheit?«

Carla schaut den Polizisten mit unverhohlener Bewunderung

an. Rossmüller ist ein verdammt guter Beobachter. Ihre minimale Schrecksekunde eben ist ihm keineswegs entgangen.

»Also gut«, sagt sie. »Fragen Sie die beiden Männer aus dem SUV doch mal, ob der erste Buchstabe des Kennzeichens auch ein ›B‹ gewesen sein könnte. Und dann schicken Sie Ihre Berliner Kollegen in die Spur.«

SIEBEN

Als Rossmüller und die junge Beamtin sich verabschieden, lehnt Carla sich zurück und schließt die Augen. Schon das Treffen mit Mathilde, Bischoff und Ritchie hat sie angestrengt. Für das Gespräch, das jetzt hinter ihr liegt, musste sie alle Reserven mobilisieren. Und es hat ihr eine Heidenangst gemacht, was der Polizist trotz ihrer Selbstbeherrschung bemerkt hat.

Zusammengezuckt ist sie, als er erwähnte, dass die beiden Männer in dem SUV sich uneinig waren, ob sie bei dem Autokennzeichen ein ›R‹ oder ein ›P‹ gesehen hatten. In dieser Sekunde ist ihr die Titelzeile eines alten Reggae-Songs durch den Kopf geschossen. Eine deutsche Band, irgendwann um die Jahrtausendwende. Die ultimative Hymne auf die Hauptstadt: *Dickes B, oben an der Spree, im Sommer tust du gut und im Winter tut's weh ...*

Was, wenn der erste Buchstabe ein ›B‹ war? Scheiße! Erst vor ein paar Monaten war sie dort. Zusammen mit Aleyna Ekincis. Carlas Gedanken huschen zurück zu dem Hotelzimmer in Neukölln, in das sie sich damals zusammen mit Aleyna verkrochen hat. Am Nachmittag war in ihrer unmittelbaren Nähe der tschetschenische Gangster Bulat Terloy durch eine Autobombe ums Leben gekommen und wenige Stunden später dessen Bruder auf der Suche nach den Verantwortlichen mit zwei Schlägern in ihr Zimmer eingedrungen. Aleyna und Carla hatten Bulat Terloy kurz vor seinem Tod getroffen, was ihnen einen Platz auf der Liste der Verdächtigen eingebracht hatte. *Warum sind Sie nach Berlin gekommen? Um meinen Bruder in eine Falle zu locken? Wie viel hat man Ihnen dafür bezahlt?*

Der Mann war außer sich gewesen vor Wut und Trauer. Sie hatten ihn schließlich davon überzeugen können, dass sie mit seinem Bruder lediglich eine kurze geschäftliche Unterredung gehabt hatten, bei der es um eine kleine Gefälligkeit ging, aber es war ihnen nicht gelungen, jeden Verdacht und Zweifel aus der Welt zu räumen.

Legen Sie Ihre Ausweispapiere auf den Tisch. Pass, Führerschein, Krankenversicherung, Kreditkarten, hatte er zum Schluss gesagt, und einer seiner Leute hatte mit dem Handy alle Dokumente von beiden Seiten fotografiert. Die Drohung zum Abschied war sehr eindeutig gewesen. *Wir werden herausbekommen, wer meinen Bruder ermordet hat. Falls Sie doch etwas damit zu tun haben, finde ich Sie. Wir haben Ihre Gesichter, Adressen und alle anderen Daten. Es gibt keinen Ort auf der Welt, an dem Sie sich vor mir verstecken könnten.*

Carla hat nicht die Absicht gehabt, sich zu verstecken. Aleyna und sie hatten nicht das Geringste mit Bulat Terloys Tod zu tun. Wer oder was könnte dessen Bruder auf die Idee gebracht haben, dass es nicht so gewesen ist? Der Tschetschene war eine namhafte Unterweltgröße mit zahlreichen Feinden, und seine Ermordung hat einen regelrechten Bandenkrieg zwischen den tschetschenischen Gangs und arabischen Großfamilien ausgelöst. Wo zum Teufel soll da eine Verbindung zu einer Frankfurter Rechtsanwältin aufgetaucht sein?

Wie auch immer, sie muss Rossmüller von dieser Möglichkeit erzählen. Wenn Terloys Bruder sich aus irgendeinem irren Grund an ihr rächen will, ist sie auf polizeiliche Hilfe angewiesen. Sie hat nicht die geringste Chance, diesen Leuten zu entkommen – das Dumme ist nur, sie *kann* die Polizei nicht so ohne Weiteres um Hilfe bitten. Carla zieht die Bettdecke bis unter das Kinn hoch und spürt, wie ihr kalt wird.

Wenn sie Rossmüller sagt, was in Berlin passiert ist, wird er wissen wollen, um welche Art von Gefallen es bei dem Gespräch mit Bulat Terloy ging, und das kann sie nicht offenlegen, ohne die

Interessen ihrer damaligen Mandantin zu verraten, was völlig undenkbar ist. Dafür kann man als Anwältin die Zulassung verlieren. Dass diese Frau eine Lügnerin war und die Mandantschaft schon seit Monaten nicht mehr besteht, ändert daran nicht das Geringste.

Okay, jetzt nicht die Nerven verlieren. Carlas Gehirn nimmt Fahrt auf und die Gedanken überschlagen sich. Wer könnte … Sie muss Aleyna anrufen. Aleyna Ekincis ist nach dem Tod ihres Vaters als neue Clanchefin in einer starken Position und in mehrfacher Hinsicht in diese Geschichte verstrickt. Ein Mitglied ihrer Familie ist bei dem Anschlag auf Carla getötet worden, und ihr verstorbener Vater hat nicht nur den Kontakt zu Bulat Terloy hergestellt, sondern auch das Angebot formuliert, das Aleyna und Carla dem Tschetschenen dann in Berlin unterbreitet haben. Der alte Ekincis hatte versprochen, Bulat Terloy bei seinen geschäftlichen Plänen im Ruhrgebiet zu unterstützen, wenn dieser im Gegenzug seine Verbindungen spielen ließ, um im Kaukasus für Carlas Mandantin ein paar Nachforschungen anzustellen. Immer noch revoltiert ihr Magen, wenn sie an diese Frau denkt.

Egal, Aleyna wird ihr helfen. Carla schlägt die Decke zurück, setzt sich auf die Bettkannte und tippt die Nummer an. Einen Augenblick lang tut sich gar nichts, dann meldet sich die Mailbox. Nach zwei weiteren Versuchen gibt sie auf, geht ins Bad, spritzt sich kaltes Wasser ins Gesicht und betrachtet ihr Spiegelbild. Blass und dünn ist sie geworden in dieser knappen Woche, was ihr gar nicht so schlecht gefällt, weil es den androgynen Charme ihrer Erscheinung zusätzlich hervorhebt. Die dunklen Schatten unter den Augen und die hochgradige Erschöpfung erinnern sie allerdings daran, wie die stärker definierten Gesichtszüge zustande gekommen sind. Höchste Zeit, sich wieder hinzulegen und mit dem verdammten Grübeln aufzuhören.

Carla öffnet die Badezimmertür und erschrickt ein wenig, weil mitten im Zimmer eine Pflegerin steht, von deren Eintreten sie offenkundig nichts mitbekommen hat. Die junge Frau lächelt und streckt Carla einen riesigen, in Papier gehüllten Blumenstrauß entgegen.

»Der wurde unten für Sie abgegeben. Von einem Mann. Karte war nicht dabei. Ich packe ihn gerne aus und besorg Ihnen eine Vase, aber meine Kollegin meinte, ich soll Sie erst fragen, ob Sie die Blumen wirklich im Zimmer haben wollen.«

»Warum nicht«, sagt Carla. Sie geht zu ihrem Bett und schlüpft unter die Decke. »Ich habe keine Allergien.«

»Nicht deswegen«, sagt die Pflegerin. »Sondern wegen der Blumen selbst. Es sind schwarze Dahlien.«

»Die Beerdigungsblumen?«

Die Pflegerin nickt. »Kommt drauf an, wen Sie fragen. Es gibt sehr unterschiedliche Meinungen. Meine Kollegin sagt, die schwarze Dahlie steht für Verrat, Tod und Leid. Das Netz sagt was anderes.«

»Aha«, sagt Carla, aber irgendwie gelingt der sarkastische Unterton nicht so richtig. Sie greift nach ihrem Handy und reicht es der Pflegerin. »Zupfen Sie das Papier zur Seite, machen Sie ein paar Fotos von dem Gewächs und dann ab in den Müllschlucker damit. Sie können den Strauß auch verschenken, wenn jemand ihn haben will. Kann Ihre Kollegin an der Rezeption den Mann beschreiben, der die Blumen abgegeben hat?«

»Ich werde sie fragen.« Die Pflegerin macht die Fotos, gibt das Smartphone zurück und verlässt das Zimmer. Carla fällt auf, dass sie dabei die Dahlien mit weit ausgestrecktem Arm von sich weghält.

Sie lässt den Kopf zurück auf das Kissen sinken und versucht, tief und ruhig durchzuatmen, was ihr die erwarteten Schmerzen im Brustkorb beschert. *Sie müssen flach atmen, Frau Winter.* Ein toller Ratschlag. Wie soll man bitte schön mit flachen Atemzügen die Nerven beruhigen? Ihr Puls beschleunigt und sie hat das Gefühl, dass die Zimmertemperatur gesunken ist.

Sie greift nach ihrem Telefon und gibt »Schwarze Dahlie« in die Suchmaschine ein. Bei Google wird zunächst die Botanik einschließlich Sorten, Farben und Verbreitung abgehandelt. Der Artikel hebt hervor, dass schwarze Dahlien von der Natur eigentlich nicht vorgesehen waren und es sich bei der bekanntesten Sorte namens »Black Jack« um teure und rare Züchtungen handelt. Dann wird die Symbolik, die Sprache der Blumen thematisiert. Alle »stehen« angeblich für »etwas«, und die schwarze Dahlie kommt im Internet erheblich besser weg, als die junge Pflegerin behauptet hat. Die Dahlie symbolisiert, wie es heißt, in der »Blumensprache« Geburt und Erneuerung, und auch Dankbarkeit und Nächstenliebe kann man mit ihr ausdrücken. Wer sagt's denn? Nichts mit Tod und Verderben. Was um Himmels willen hat die Krankenschwester dazu veranlasst, diesen abergläubischen Unsinn von sich zu geben?

Carlas Finger schwebt über dem Display, um sich von der Suchmaschine zu verabschieden, dann fällt ihr Blick auf den nächsten Eintrag und sie zieht die Hand zurück. Es handelt sich um die Überschrift einer großen deutschen Tageszeitung aus dem Jahr 2017: »Dem Geheimnis der schwarzen Dahlie auf der Spur«. Nicht besonders interessant. Es ist die Zeile *unter* der Headline, die Carla anspringt wie ein tasmanischer Teufel: *Vor 70 Jahren wurde Elisabeth Short in Los Angeles tot und verstümmelt aufgefunden. Bis heute wurde der grässliche Mord, der wohl ein …*

Carla legt das Telefon auf die Bettdecke und wischt ihre schweißnasse Hand daran ab. Sachte jetzt, ganz langsam. Sie muss wissen, was da los war, will lesen, wie der Artikel weitergeht, aber das wird sie nicht allein tun.

Behutsam und wie in Zeitlupe tippt sie Ritchies Nummer an, und es beruhigt sie, in der nächsten Sekunde seine Reibeisenstimme zu hören. »Carla?«

»Ich brauche dich hier. Sofort! Bevor du zu mir hochkommst, sprich bitte mit der Frau am Empfang und frag sie, ob die Eingangshalle videoüberwacht wird und ob sie den Mann beschreiben kann, der die Blumen für mich abgegeben hat. Zeichne auf, was sie sagt. Jede Kleinigkeit, an die sie sich erinnert.«

»Bin unterwegs«, sagt Ritchie und legt auf.

ACHT

»Negativ«, sagt Ritchie und lässt sich auf den Stuhl vor Carlas Bett fallen. »Keine Kameras im Eingangsbereich. Der Strauß wurde von einem Mann abgegeben, der für einen Lieferservice arbeitet. Er trug einen Overall, auf dem die Frau an der Rezeption ein Firmenlogo und den Namen Mangold erkannt hat. Also habe ich den Service gegoogelt und dort angerufen. Tatsächlich hat der Lieferdienst den Auftrag bestätigt. Er kam von einem Blumenladen in Preungesheim, wo sich aber niemand so richtig an den Kunden erinnern konnte. Die Floristin wusste nur noch, dass es ein Mann war, der unbedingt schwarze Dahlien wollte und bar bezahlt hat. Ende der Spur.«

»Scheiße!«

Ritchie zuckt mit den Achseln. »Du musst mir schon erklären, was dich an dieser Sache so erschreckt. Jemand hat dir anonym Blumen geschickt. So what?«

Carla verzieht ungeduldig das Gesicht. »Jetzt denk mal ein bisschen mit. Es war ein Jemand, der sich Mühe gegeben hat, seine Identität zu verschleiern. Kein Name, keine Grußkarte, keine Genesungswünsche. *Meinen* Namen kannte er aber, und er wusste, dass ich im Krankenhaus liege. Was denkst du, wie viele Leute das wissen?«

Ritchie runzelt die Stirn und scheint in Gedanken ein paar Möglichkeiten durchzugehen, aber Carla wartet seine Antwort gar nicht ab.

»Weiter: Er hat darauf bestanden, dass ich schwarze Dahlien

bekomme. Die Düsternis, die manche Menschen mit dieser Blume verbinden, ist offenbar nicht so weit verbreitet, wie ich dachte, aber der Absender hat gewusst, dass mich dieser Punkt in Kombination mit seiner Anonymität sehr neugierig machen würde. Und was machen moderne Menschen, wenn sie etwas nicht wissen?«

»Googeln.«

»Elementar, mein lieber Watson«, erwidert Carla und schenkt ihrem offensichtlich verlegenen Ermittler ein grimmiges Lächeln. »Das hat auch der Blumenkavalier gewusst und dafür genutzt, mir auf subtile Weise eine Scheißangst einzujagen. Wenn man nämlich ›Schwarze Dahlie‹ in die Suchmaschine eingibt, kommt nach dem ganzen botanischen und symbolischen Kram ein völlig anderes Thema.« Carla reicht Ritchie ihr Handy. »Der Zeitungsartikel. Lies vor, was nach der Überschrift kommt.«

Ritchie wirft einen Blick auf das Display, und seine Augen weiten sich, als er zu lesen beginnt. »Vor siebzig Jahren wurde Elisabeth Short in Los Angeles tot und verstümmelt aufgefunden. Bis heute konnte der grässliche Mord, der wohl ein frauenfeindliches Hassverbrechen war, nicht aufgeklärt werden. Die bestialische Tat machte Schlagzeilen und löste die größte Verbrecherjagd in der Geschichte Kaliforniens aus.« Ritchie hält kurz inne, wirft Carla einen fragenden Blick zu und fährt fort, als sie nickt. »Die Tote war ein stadtbekanntes Partygirl, das sich ›Black Dahlia‹ nannte und in Künstlerkreisen einen geheimnisvollen Ruf genoss. Der Mythos der schwarzen Dahlie war schon zu ihren Lebzeiten in aller Munde und wurde durch die rätselhaften Umstände ihres Todes und die bizarre Inszenierung des Fundortes noch weiter angeheizt. Die nackte Leiche war in Höhe der Hüfte in zwei Teile zerlegt worden. Einige Zentimeter abgerückt lag ihr Unterleib mit gespreizten Beinen. Die Brüste waren zerschnitten und der Mund von einem Ohr zum anderen zu einem sardonischen Grinsen aufgeschlitzt. Eine grausame Verstümmelung, die in Gangsterkreisen dieser Zeit als *Glasgow Smile* bekannt war ...«

»Das reicht«, flüstert Carla. »Verstehst du jetzt, was ich meine?«

Ritchie nickt, scheint aber nicht wirklich überzeugt. »Ja, das verstehe ich sehr gut, aber trotzdem ... findest du es nicht ein bisschen weit hergeholt? Jemanden auf diese indirekte und verklausulierte Art zu bedrohen?«

Carla nimmt ihm das Handy aus der Hand und schaltet es aus. »Du musst den Anschlag mit dem Pick-up dazunehmen. Kein bisschen indirekt oder verklausuliert. Der reinste Klartext, oder? Hast du eine Waffe?«

»Natürlich nicht«, sagt Ritchie. »Aber für dich besorge ich eine. Du denkst, dass der Bruder von dem ermordeten Tschetschenen in Berlin hinter allem steckt?«

»Ja.«

»Ist das mehr als nur ein Bauchgefühl?«

»Wenn ich an ihn denke, krieg ich Magenkrämpfe. Wenn du das als Bauchgefühl bezeichnen willst ...«

»Scheiße, ja«, murmelt Ritchie.

Carla starrt ihn an und versucht, ihre davonjagenden Gedanken einzufangen. »Ich will hier raus«, sagt sie schließlich. »Nach Hause.«

Ritchie nickt. »Rede mit Moritz. Wenn er seinen Kolleginnen verspricht, sich zu kümmern, lassen die dich bestimmt gehen. Ich muss auch los.«

Er steht auf, hebt grüßend die Hand und geht zur Tür. Als sie sich hinter ihm schließt, empfängt Carlas Handy einen Anruf. Auf dem Display steht Aleyna.

»Hi«, sagt Carla. »Kannst du morgen nach Frankfurt kommen?«

»Unbedingt. Wir müssen reden.«

»Ja. Komm zu mir nach Hause.«

»Wieso darfst du schon raus?«

»Weil ich das so entschieden habe«, sagt Carla müde. »Wie alles andere auch.«

NEUN

Als Ritchie das Klinikum verlässt, ist er einen Augenblick lang unschlüssig, wohin er gehen soll. Dann entscheidet er sich für ein kleines Café, das zu Fuß in ein paar Minuten zu erreichen ist. Er muss nachdenken, googeln und telefonieren. Das geht am besten bei Kaffee und Kuchen.

Erstaunlich, wie sehr er sich an diesen Job gewöhnt hat, der eigentlich nur als Übergang zur Selbständigkeit gedacht war. Als wäre es erst gestern gewesen, erinnert Ritchie sich daran, wie er nach seinem erfolgreichen Vorstellungsgespräch bei Carla überglücklich aus der Kanzlei gestolpert kam und, anstatt nach Hause zu fahren, in ein Café abgebogen ist, um den neuen Job zu feiern und sich seine weitere Zukunft auszumalen. Jahrelang hat er die dunkle Tür mit der Milchglasscheibe und dem Schriftzug »Richard Lambert – Private Ermittlungen« jedes Mal vor sich gesehen, sobald er die Augen schloss. Ein kleines Büro in der Innenstadt, eine Flasche Bourbon in der Schreibtischschublade und jede Menge cooler Fälle. Mittlerweile ist er mit seiner Arbeit für die Kanzlei so zufrieden, dass der Plan zu verblassen beginnt.

Er findet einen kleinen Tisch am Fenster, bestellt Cappuccino und Sachertorte und betrachtet eine Weile die durch den Nieselregen hastenden Passanten. Das Gespräch mit Carla hat ihn mehr aufgewühlt, als er währenddessen gemerkt hat. Erst nach und nach ist ihm bewusst geworden, wie groß die Gefahr war, in der sie sich bei dem Anschlag mit dem Pick-up befunden hat, und wie unheimlich dieser makabre Blumengruß bei näherer Betrachtung wirkt.

Carla hat recht, man muss die Ereignisse im Zusammenhang sehen. Ein brachiales Attentat einerseits und eine äußerst subtile Drohung und Einschüchterung auf der anderen Seite. Holzhammer und Florett, die gerade in der Kombination ihre Wirkung entfalten.

Wie muss man sich einen Menschen vorstellen, der beides gleichermaßen beherrscht? Wie einen normalen tschetschenischen Gangster? Einer von der Sorte, die bis vor ein paar Jahren noch als kriminelle Dienstleister zur Stelle waren, wenn Geldeintreiber, Bodyguards oder Türsteher gebraucht wurden?

Irgendwas passt hier nicht zusammen. Ritchie googelt die Nummer der Polizeidienststelle in der Adickesallee, in der Rossmüller seit der Schließung des Reviers in der Mercatorstraße sein Büro hat, und lässt sich mit einiger Mühe zu ihm durchstellen.

»Hallo, mein Name ist Lambert. Sie erinnern sich? Ich arbeite für Rechtsanwältin Winter. Hätten Sie fünf Minuten? Is' für 'n guten Zweck.«

»Wow«, sagt Rossmüller, »was Ihre Stimme angeht, hat Ihre Chefin nicht übertrieben. Worum geht's denn?«

Ritchie berichtet von den schwarzen Dahlien und dass Carla den Blumengruß als sublime Drohung aufgefasst hat, die mit dem Mordanschlag auf sie in Beziehung stehen könnte. »Ich hätte eine konkrete Bitte: Vor ein paar Monaten ist in Berlin der tschetschenische Gangster Bulat Terloy durch eine Autobombe ums Leben gekommen. Könnten Sie Ihre Kollegen in der Hauptstadt fragen, ob sie nähere Informationen über den Bruder des Getöteten, einen Mann namens Ramsan Terloy, haben?«

»Mmhh«, sagt Rossmüller. »Ihre Chefin hat Berlin schon ins Spiel gebracht und mich gebeten, meine Kollegen auf dort zugelassene VW Amarok anzusetzen. Die Überprüfung läuft noch. Wie kommen Sie auf diesen Ramsan Terloy?«

»Was mich betrifft, ist es rein hypothetisch. Am besten fragen Sie Frau Winter selbst, in welche Richtung sich ihre Gedanken bewegen.«

»Weiß Ihre Chefin von dem Gespräch, das Sie gerade mit mir führen?«

»Ich habe es nicht ausdrücklich genehmigen lassen.«

Rossmüller lacht leise. »Aber Sie wissen schon, wie ungemütlich sie werden kann?«

»Mich hat sie gerne.«

»Dann achten Sie drauf, dass das so bleibt. Rufen Sie in zwanzig Minuten noch einmal an.«

Ritchie legt auf und betrachtet nachdenklich das Telefon in seiner Hand. Er hat den Mund ein wenig voll genommen, als Carla ihn nach einer Waffe fragte, obwohl er genau verstanden hat, dass von einer *Schuss*waffe die Rede war. Er hat nicht die geringste Ahnung, wo er eine herbekommen soll, ohne sich strafbar zu machen.

Und der legale Weg? Waffenbesitzkarte und Waffenschein? Die Registrierung einer Pistole auf seinen Namen? Ein aufwendiges Procedere, für das wahrscheinlich sowieso keine Zeit bleibt. Hinzu kommt, dass er noch nie eine Waffe abgefeuert hat, und dabei soll es eigentlich auch bleiben.

Okay, vielleicht gibt es eine Kompromisslösung, mit der er aus der Nummer wieder rauskommt, ohne wie ein kompletter Idiot dazustehen. Er ruft die Telefonkontakte auf, scrollt bis zu Onkel Egbert durch und tippt die Nummer an. Onkel Egbert ist ein Halbbruder seiner Mutter und stellvertretender Vorsitzender eines Frankfurter Schützenvereins. Er schießt seit fast fünfzig Jahren auf Scheiben und hat nach eigenem Bekunden zum Thema Handfeuerwaffen mehr vergessen, als andere Menschen jemals lernen werden. Zu falscher Bescheidenheit neigt er jedenfalls nicht.

Ritchies Anruf scheint ihn ehrlich zu freuen. »Na, das ist eine Überraschung. Von dir habe ich ja ewig nichts gehört. Bin leider gerade auf dem Sprung zum Zahnarzt, aber ein paar Minuten habe ich. Wie geht es deiner Mutter und Mathilde, der Frau meiner Träume?«

Ritchie weiß, dass sein Onkel in den vergangenen Jahren viel Zeit und Mühe aufgewandt hat, um, wie er es ausdrückte, Mathildes *Herz zu gewinnen*. Mittlerweile hat er begriffen, dass er niemals eine Chance hatte, was ihn nicht daran hindert, die vergebliche Liebesmüh regelmäßig auf scherzhafte Weise zu thematisieren.

Ritchie gibt ihm ein kurzes Update der familiären Gesamtsituation und berichtet schließlich von seinem Job in der Anwaltskanzlei, für die auch Mathilde tätig ist. Onkel Egbert ist entsprechend interessiert, und es dauert eine Weile, bis Ritchie auf den Grund seines Anrufes zu sprechen kommen kann. »Ich wollte mir zur Selbstverteidigung eine Tränengaspistole zulegen und hätte ein paar einfache Fragen ...«

»Die du ausnahmsweise mal nicht googeln magst?«

»So ist es. Brauche ich für das Ding irgendeine staatliche Lizenz?«

»Ja und nein. Wenn du achtzehn bist und es nur darum geht, die Gaspistole zu erwerben oder zu besitzen, brauchst du keine Erlaubnis ...«

»Super«, wirft Ritchie ein.

»Moooment, einen kleinen Haken hat die Sache. Wenn du die Waffe auch ›führen‹ möchtest, also sie außerhalb der eigenen vier Wände oder des eigenen Grundstücks ›dabeihaben‹ willst, benötigst du den sogenannten kleinen Waffenschein.«

»Also doch«, erwidert Ritchie missmutig.

»Keine Bange, den Wisch kannst du bei der Stadtverwaltung beantragen. Ist kein großes Ding. Du musst volljährig sein sowie *zuverlässig* und *persönlich geeignet*. Zur Prüfung der letzten beiden Kriterien holt die Behörde Auskünfte aus dem Bundeszentralregister sowie aus den staatsanwaltschaftlichen und polizeilichen Systemen ein. Dauert ein paar Wochen und kostet dich etwa hundert Euro. Ach ja, und du musst den Schein bei dir haben, wenn du die Waffe mitführst. Ansonsten wird es wesentlich teurer.«

»Ein ganz schöner Aufriss für so ein harmloses Gerät.«

»Wie man's nimmt. Mit diesem harmlosen Gerät lässt sich

Reizgas verschießen, wobei eine beachtliche Schall- und Druckwelle erzeugt wird, sodass andere Personen durchaus schwer verletzt oder sogar getötet werden können. Die Patronen, mit denen die Pistole geladen wird, können mit CS-Gas oder auch mit Tränengas gefüllt sein.«

»Kannst du mir ein Modell empfehlen?«

»Ich habe so ein Ding bei mir rumliegen, das ich nicht brauche. Eine Walther PGS Personal. Wenn du versprichst, dich an die gesetzlichen Vorschriften zu halten, kann ich dir die Pistole auf unbestimmte Zeit ausleihen. Das Teil wird mit Pfefferkartuschen geladen. Davon habe ich auch noch ein paar.«

»Das ist wirklich supernett, ich ...«

»Hol die Sachen bei mir ab, ich muss jetzt los ...«, unterbricht ihn Onkel Egbert. »Und grüß Mathilde von mir!« Dann legt er auf.

Ritchie grinst zufrieden, winkt nach der Bedienung und bestellt noch einen Cappuccino. Dann wartet er ab, bis die zwanzig Minuten vorbei sind, und ruft Rossmüller zurück, der dieses Mal gleich am Apparat ist.

»Ich hab da was für Sie«, beginnt Rossmüller ohne Umschweife. »Interessante Sache. Hätte ich nicht gedacht. Wirklich erstaunlich ...« Dann macht er eine lange bedeutsame Kunstpause.

»Nur die Ruhe«, sagt Ritchie verdrossen. »Der Tag ist ja noch jung.«

Rossmüller lacht leise. »Dieser Ramsan Terloy ist fünf Jahre jünger als sein ermordeter Bruder und offenbar erst vor zwei Jahren in das Familiengeschäft eingestiegen. Seitdem leitet er einen noblen Club in Charlottenburg. Alles streng legal und sauber. Keine Vorstrafen oder Regelverstöße.«

»Sie meinen, der Typ ist sowas wie das *weiße* Schaf der Familie?«

»Genau! Und das Beste kommt noch. Bevor er den Club übernahm, hat er sechs Semester Kunstgeschichte und Psychologie studiert.«

Ritchie atmet langsam ein und wieder aus. Kunstgeschichte

und Psychologie. Was für eine wundervolle Fächerkombination. Da war es, das Florett. Carla hatte recht. Der Blumengruß war eine feine, hinterhältige Drohung.

»Vielen Dank, das war sehr nett und hilfreich.«

»Immer gerne und Gruß an die Chefin«, sagt Rossmüller, bevor er auflegt.

Ritchie betrachtet das Telefon in seiner Hand und überlegt einen Augenblick. Dann tippt er Carlas Nummer an und erzählt, was er von der Polizei erfahren hat.

ZEHN

Aleyna sieht verändert aus. Nicht weniger schön, aber anders. Als Carla Aleyna Ekincis kennenlernte, hat sie für eine Steuerberaterkanzlei in Essen gearbeitet und war immer elegant gekleidet und aufwendig gestylt. Egal, ob sie den Job noch macht oder nicht – in der Zeit nach dem Tod ihres Vaters hat sie offenbar einen radikalen Imagewechsel vollzogen.

Das Make-up ist, abgesehen von einem Hauch Lippenstift, verschwunden und das ehemals prachtvoll lange Haar bis auf Schulterhöhe gekürzt. Nadelstreifenkostüm, Seidenbluse und High Heels wurden gegen Jeans, Pullover, Boots und eine verschlissene Biker-Lederjacke getauscht.

Ohne Schminke und das Business-Outfit wirkt Aleyna jünger und lässiger, aber ihre Nervosität und Besorgnis sind unübersehbar. Carla bringt sich in dem voluminösen Sessel, den Ritchie in ihrem Wohnzimmer platziert hat, in eine halbwegs bequeme Position und wartet, bis Aleyna auf einem Stuhl ihr gegenüber Platz genommen hat.

»Merhaba. Schön, dich zu sehen. Wie geht es dir?«

Aleyna verzieht das Gesicht. »Das ist eigentlich mein Text, Habibi. Moritz hat mir erzählt, was passiert ist. Es tut mir leid, dass der Mann, den ich geschickt habe, dich nicht beschützen konnte.«

Carla schüttelt den Kopf. »Er hat mich beschützt. Beim ersten Mal. Beim zweiten Mal hatte er keine Chance. Es tut mir unendlich leid, dass er gestorben ist.« Carla sieht Aleynas verständnislosen Gesichtsausdruck und erzählt ihr von dem Vorfall in der Tiefgarage. »Ich war ihm sehr dankbar und dir auch.«

Aleyna nickt und hat jetzt Tränen in den Augen. »Sein Name war Saad. Ein Cousin dritten Grades. Er stand mir nicht nahe, aber er gehörte zur Familie. Ein fähiger und absolut loyaler Mann. Möglicherweise haben meine Brüder und ich seinen Tod zu verantworten. Und den Anschlag auf dich auch.«

Carla richtet überrascht den Oberkörper auf und ist froh, dass sie vor zwei Stunden die Schmerzmittelration erhöht hat. Es tut immer noch höllisch weh. Möglicherweise war es keine so gute Idee, das Krankenhaus vorzeitig zu verlassen. »Was zum Teufel redest du da?«

Aleyna wischt sich die Tränen ab und räuspert sich. Was jetzt kommt, scheint ihr äußerst unangenehm zu sein, aber sie reißt sich zusammen. »Die Beerdigung meines Vaters fand in Anatolien statt. Ich habe dir ja erzählt, dass er in seinem Heimatort Rashdiye beigesetzt werden wollte. Alle engeren Verwandten waren dort. Nach der Trauerfeier gab es einen riesigen Familienkrach. Meine Brüder haben verkündet, dass sie die Entscheidung meines Vaters, mich mit der Leitung der Familiengeschäfte zu betrauen, nicht akzeptieren.«

»Ach du Scheiße«, sagt Carla. Sie erinnert sich sehr genau daran, wie überrascht sie war, als Aleyna ihr vor ein paar Monaten von dieser Entscheidung des alten Ekincis erzählte. In fünf Jahren wollte sie das gesamte Familiengeschäft in die Legalität überführen. Aleyna war sehr stolz und selbstsicher gewesen. Zu selbstsicher offenbar.

»Es war schlau von meinen Brüdern, den Streit nicht in Deutschland, sondern in Anatolien vom Zaun zu brechen, wo sie den größten Teil der traditionell orientierten Verwandtschaft hinter sich wussten. Malik und Ibrahim haben mit dem islamischen Erbrecht argumentiert, das vorsieht, dass ein Mann sein Vermögen nicht nur einem seiner Nachkommen hinterlassen darf, sondern eine

Aufteilung stattfinden muss, bei der den Töchtern nur die Hälfte von dem zusteht, was die Söhne bekommen. Eine Frau als Alleinerbin und damit die Ausbootung ihrer Brüder sei deshalb gleich in mehrfacher Hinsicht mit der Religion unvereinbar.«

»Und der Rest der Familie hat das auch so gesehen?«

Aleyna nickt. »Ohne Ausnahme. Das Erbrecht gehört zum Kernbestand des islamischen Rechts und ist in der Scharia verankert. Das ist eine ernste Sache.«

»Mmhh ...« Carla wiegt ein wenig verständnislos den Kopf hin und her und bemüht sich um eine diplomatische Formulierung. »Dieses Erbrecht war doch deinem Vater auch bekannt. Hätte er nicht zumindest ahnen müssen, dass sein letzter Wille auf Widerstand stoßen würde?«

Aleyna zieht die Schultern hoch. »Malik und Ibrahim sind nie durch besonderen Geschäftssinn aufgefallen. Sie waren völlig zufrieden, wenn sie alle zwei Jahre ein neues Hunderttausend-Euro-Auto fahren konnten, und es hat sie einen Scheiß interessiert, woher das Geld dafür kam. Nie haben sie eine Entscheidung unseres Vaters infrage gestellt. Ich glaube, er hat einfach nicht damit gerechnet, dass sie den Mumm aufbringen, sich nach seinem Tod gegen ihn aufzulehnen.« Aleyna stößt einen tiefen frustrierten Seufzer aus. »Letztendlich hat er einfach einen Fehler gemacht.«

»Okay, dann will ich jetzt wissen, was das alles mit dem Anschlag auf mich und mit dem Tod deines Cousins zu tun hat.«

Aleyna atmet tief durch. »Hast du was Hochprozentiges im Haus?«

Carla greift nach ihrem Handy und tippt Bischoffs Nummer an. Seit jede Bewegung mit Schmerz verbunden ist, hat sie sich angewöhnt, *im* Haus zu telefonieren, was ihr jetzt schon zum Hals raushängt. Immerhin ist Bischoff jedes Mal sofort dran.

»Kannst du bitte runterkommen? Aleyna will etwas erzählen, das du, glaube ich, auch hören solltest. Bring den Grappa mit.«

Bischoff ist nach zwei Minuten zur Stelle, schenkt Aleyna einen Grappa ein und angelt sich einen Stuhl.

Carla nickt ihm dankbar zu und bringt ihn auf den neuesten Stand. »Im Hause Ekincis hat es eine Palastrevolution gegeben und Aleyna wurde von ihren Brüdern als Chefin entmachtet. Sie denkt, dass das ernste Konsequenzen haben wird beziehungsweise schon hatte. Yalla, Habibi, raus damit!«

Aleyna leert ihr Glas in einem Zug, ohne eine Miene zu verziehen. »Meine Brüder haben verlauten lassen, dass sie so ziemlich alles anders machen wollen, als Vater und ich es geplant hatten. Das bedeutet, sie werden das gesamte Familiengeschäft gegen die Wand fahren.« Aleyna unterstreicht ihre Worte mit einer verbitterten Handbewegung. »Im Moment ist aber etwas anderes wichtiger: Malik und Ibrahim haben den Deal mit den Tschetschenen aufgekündigt. Sie sagen, *die Scheißrussen aus Berlin* sollen sich vom Ruhrgebiet fernhalten. Sie wissen genau, dass Tschetschenen keine Russen sind, aber sie nennen sie dauernd so. Einfach aus Gehässigkeit. Wie auch immer, es wird keine Unterstützung ihrer Pläne durch unsere Familie geben.«

»Eine ziemlich unmissverständliche Kriegserklärung«, sagt Carla.

Aleyna streckt Bischoff ihr Glas entgegen und lässt es noch einmal füllen. »So sieht's aus. Und so hat es Ramsan Terloy auch aufgefasst. Er ist endgültig davon überzeugt, dass wir beide seinem Bruder eine komplizierte Lügengeschichte aufgetischt haben, die nur dazu diente, Bulat auf den Supermarktparkplatz zu locken, damit er dort ermordet werden konnte.«

Carla blickt zu Bischoff hinüber. »Ich will jetzt auch einen Schnaps.«

»Nicht, solange du die Schmerzmittel nimmst.«

Carla wirft ihm einen giftigen Blick zu, der den Alten nicht im Mindesten zu beeindrucken scheint. Frustriert wendet sie sich wieder Aleyna zu. »Okay, nur damit alle Ideen mal auf dem Tisch sind: Terloys Bruder meint also, dass er einen Grund hat, sich an uns zu rächen, und du denkst, dass er mit mir den Anfang gemacht hat.«

»Ja«, sagt Aleyna und kippt auch den zweiten Grappa in einem Zug hinunter.

»So eine elende Scheiße!« Carla gibt sich keine Mühe, ihre Wut und Angst zu verbergen. »Hast du deinen Brüdern erklärt, was sie uns da eingebrockt haben?«

Aleyna nickt.

»Und wie haben sie darauf reagiert?«

»Sie kochen vor Wut. Dass Saad gestorben ist, hat sie sehr getroffen, aber zu irgendwelchen Einsichten hat es nicht geführt. Ich weiß nicht, was sie tun werden. Etwas Saudummes, vermutlich.«

»Ja, da ist Verlass drauf«, sagt Carla. Dann erzählt sie den beiden von der schwarzen Dahlie und was Ritchie im Gespräch mit Rossmüller über Terloy erfahren hat.

Als sie endet, sieht Bischoff sehr blass aus, und über Aleynas Nase hat sich eine Steilfalte gebildet.

Ihre Stimme vibriert vor Zorn und Anspannung. »Mach dir keine Sorgen, Habibi. Ich werde dir Leute an die Seite stellen, gegen die Saad der reinste Chorknabe war. Mag sein, dass ich die Leitung der Geschäfte abtreten musste, aber so viel Einfluss habe ich noch.«

»Kommt nicht infrage«, widerspricht Carla. »Ich will nicht, dass noch jemand aus deiner Familie meinetwegen zu Schaden kommt.«

»Das wird nicht passieren, und die Leute werden auch keine Familienmitglieder sein. Wir besitzen über ein paar Strohmänner eine stille Beteiligung an einer Security-Firma, die auf den Personenschutz von Unternehmerfamilien spezialisiert ist. Exzellent ausgebildete Männer und Frauen, teilweise aus den Reihen der Polizei. Gut organisiert, konflikterfahren und kein bisschen zimperlich. Wann und wo du ihren Schutz in Anspruch nehmen willst, bleibt dir überlassen. Wenn du willst, bewachen sie dein Haus und folgen dir auf Schritt und Tritt, falls dir das zu eng wird, kannst du sie auch nur von Fall zu Fall buchen. Anruf genügt.«

»Ich bin einverstanden, wenn du sie für dich auch engagierst.« Aleyna lächelt maliziös. »Schon passiert, Habibi.«

ELF

Die Weihnachtsfeiertage gestalten sich heiter und unsentimental. Moritz hat so viele Überstunden angesammelt, dass tatsächlich sechs freie Tage dabei herausgekommen sind, die sie größtenteils auf der Couch und im Bett verbringen. Till Bischoff kocht großartig, der Weinkeller ist gefüllt und das Wetter so saumäßig, dass es keinen Grund gibt, das Haus zu verlassen.

Zwischen Weihnachten und Neujahr kommt Moritz' Sohn aus Wien zu Besuch, was dem insgesamt schrecklich verlaufenen Jahr einen versöhnlichen Ausklang beschert. Moritz ist überglücklich wegen der gemeinsamen Woche, auch wenn etliche der geplanten Unternehmungen dem Wetter zum Opfer fallen, was Florian nicht besonders zu kümmern scheint. »Schöner als Wien kann Frankfurt eh nicht sein«, hat er seinen Vater getröstet, was bei diesem einen herzhaften Lachanfall ausgelöst hat. Als Entschädigung für die ausgefallenen Sightseeing-Touren bringen Carlas Neffen Chris und Tom Florian das Pokern bei. Moritz hat erhebliche Bedenken, ob seiner Ex-Frau das recht ist, aber wie Florian zutreffend feststellt: »Sie weiß es ja nicht.«

Ritchie ist mit seiner neuen Freundin last minute nach Gran Canaria geflogen, nachdem Carla ihn überzeugt hat, dass er für ihre Sicherheit nicht mehr tun kann als die beiden professionellen Personenschützer, die sich in Aleynas Auftrag bei ihr vorgestellt haben. Es handelt sich um ein Paar in den Dreißigern, die Frau vielleicht etwas älter, freundlich, aber wortkarg, diskret und unübersehbar bewaffnet. Die meiste Zeit verbringen sie abwechselnd in einem

VW-Bus auf der Straße vor dem Haus, und Carla muss widerstrebend einräumen, dass sie das ausgesprochen beruhigend findet.

Gesundheitlich ist sie auf dem Weg der Besserung. Die Schmerzen beim Atmen und Lachen haben nachgelassen und die Tabletten nimmt sie nur noch im Bedarfsfall. Wenn Moritz bei ihr ist, schläft sie wieder im Bett, und auf den Dauerregen fröhlich pfeifend hat sie in seiner Begleitung ein paar Spaziergänge gemacht, die ihr sehr gutgetan haben.

Der Jahreswechsel verläuft wie das Weihnachtsfest ruhig und unspektakulär, Moritz kehrt zurück in seinen stressigen Klinikalltag, und auch Carla beginnt Pläne für ihren beruflichen Wiedereinstieg zu schmieden. Moritz und Bischoff versuchen nach Kräften, sie dabei auszubremsen, aber gemäß dem legendären John-Wayne-Motto, mit dem Ritchie ihre machohafte Sturheit so schön auf den Punkt gebracht hat, lässt Carla wie immer alle guten Ratschläge an sich abperlen. »*Sometimes a man has to do what a man has to do.*« Yeah, baby!

In der zweiten Januarwoche beschließt sie, wieder jeden Tag ein paar Stunden im Büro zu verbringen, und diese Rückkehr in den Alltag ist zwar körperlich anstrengend, wirkt sich auf ihre Psyche jedoch äußerst positiv aus. Sie lässt sich von Mathilde und Ritchie hinsichtlich der laufenden Strafverfahren briefen und meldet sich per Rundmail bei allen Mandanten zurück. Zwar ist Etliches an Arbeit liegen geblieben, aber Ritchie und Mathilde haben offensichtlich einen guten Job gemacht.

Mathilde hat die widerborstige Seite ihres Charakters komplett zurückgefahren und ist in einen mütterlich-fürsorglichen Modus gewechselt, den sowohl Carla als auch Ritchie irritierend finden. Mindestens dreimal am Tag erkundigt sie sich, ob Carla Schmerzen hat, Hilfe benötigt oder Cappuccino trinken möchte. »Sagen Sie es nur. Ein Wort genügt.«

»Mach ich«, murmelt Carla regelmäßig und verdreht die Augen, sobald ihre Sekretärin aus dem Zimmer ist.

»Die ist so süß auf ihre alten Tage, man möchte ihr einen Warnhinweis für Diabetiker umhängen«, hat Ritchie kaum hörbar gemurmelt. Nach wie vor ist er sehr darauf bedacht, dass die beste Freundin seiner Mutter despektierliche Äußerungen dieser Art nicht mitbekommt.

Am letzten Tag der zweiten Januarwoche endet die krankheitsbedingte Schonzeit mit einem Besuch von KHK Rossmüller, der um 9:00 Uhr morgens unangemeldet hereinplatzt.

»Frohes Neues, ich hoffe, Sie sind gut reingekommen.« Wie immer hält sich der Polizist nicht lange mit irgendwelchen Vorreden auf, sondern angelt sich einen Stuhl und legt sofort los. »Das Wichtigste zuerst: Ich will Sie zu meiner Hochzeit einladen. Ich heirate Mitte April.«

»Oh, là, là!« Carla setzt zu einem breiten Grinsen an. »Ihren Partner, den Sie letztes Jahr kennengelernt haben? Das ging ja fix.«

Der Polizist nickt bedächtig. »Wir sind beide nicht mehr so jung, und die Sache ist ernst.«

Carla freut sich für ihn. Was das Alter angeht, hat ihr Besucher zweifellos recht, aber seit Rossmüller im Vorjahr seinen künftigen Ehemann kennengelernt hat, ist er nicht nur dreißig Kilo leichter, sondern auch erheblich umgänglicher geworden und hat sich von einem schwergewichtigen, übellaunigen Spießer in einen sportlichen und lebenslustigen Mittvierziger verwandelt. Wie Carlas Neffen sagen würden: Da geht noch was!

»Danke für die Einladung. Schreiben Sie mir, wo ich hinkommen soll, und ich bin dabei. Aber irgendwie habe ich das Gefühl, dass Sie nicht allein deshalb gekommen sind.«

Bevor Carlas Gast antworten kann, kommt Mathilde herein, setzt lächelnd zwei aromatisch duftende Kaffeetassen vor ihnen ab und schließt die Zimmertür lautlos, als sie geht.

Rossmüller runzelt die Stirn. »Irgendwas ist anders.«

»Nichts bleibt, wie es ist.« Carla lächelt, und der Polizist gibt sich mit der kryptischen Antwort zufrieden.

Er probiert Mathildes Kaffee und nickt anerkennend, bevor er Bericht erstattet. »Was den Anschlag auf Sie betrifft, gibt es keine Neuigkeiten. Wir haben in Potsdam, Regensburg und Berlin Halter von VW Amaroks unter die Lupe genommen. Es waren deutlich mehr, als wir erwartet hatten, aber in keiner Stadt waren Personen dabei, die irgendwie verdächtig schienen oder schon mal mit dem Gesetz in Konflikt gekommen waren. Der Pick-up ist beliebt bei Leuten aus der Baubranche, Handwerkern, aber auch bei Landwirten und besonders bei Jägern und Förstern. Natürlich gibt es auch ein paar Zuhälter und reiche Schnösel, die das Auto im Stadtverkehr fahren, aber insgesamt war unsere Bilanz negativ. Nach meinem Gespräch mit Ihrem Mitarbeiter habe ich nochmal darum gebeten, die tschetschenische Community in Berlin ins Auge zu fassen, aber auf niemanden mit einer regulären polizeilichen Anmeldung ist ein Amarok zugelassen. Wie sind Sie überhaupt auf die Idee gekommen, dieser Terloy könnte etwas mit den Attacken auf Sie zu tun haben?«

Carla hat gewusst, dass diese Frage irgendwann auf den Tisch kommen würde, und sich eine Antwort zurechtgelegt, bei der ihre ehemalige Mandantin Natascha Berling außen vor bleibt. Zügig und glatt kommt ihr die Lüge von den Lippen. »Ramsan Terloy hat sich in die Idee verrannt, dass Aleyna Ekincis und ich im letzten Jahr seinen Bruder in den Tod gelockt haben. Dabei hatten wir mit dem nur ein halbstündiges Gespräch, das völlig unproblematisch verlief. Die Terloy-Brüder wollten im Ruhrgebiet eine Reihe von Shisha-Bars aufmachen und in Erfahrung bringen, zu welchem Preis Ekincis und die anderen arabischen Familien das tolerieren würden. Als kurz nach dem Gespräch Bulat Terloy von einer Autobombe getötet wurde, hatte sein jüngerer Bruder sofort den Verdacht, Aleyna und ich könnten etwas damit zu tun haben. Wir konnten diesen Verdacht zunächst entkräften, aber als die Ekincis-Familie sich aus der Zusammenarbeit zurückzog, war er sofort wieder da.«

»Alles gut und schön«, sagt Rossmüller, »aber auf jeden Fall besitzt der Mann keinen VW Amarok.«

Carla zuckt mit den Achseln. »Man kann so ein Auto auch ausleihen. Inoffiziell.«

»Klar, und es gibt ja auch Tschetschenen, die sich illegal in Deutschland aufhalten. Wenn sie die Einreise schaffen und danach unter dem Radar bleiben, stehen die Chancen nicht schlecht, dass sie in ihrer Gemeinde unbehelligt leben können. Was wir über den Bruder des ermordeten Bulat Terloy wissen, hat Ihnen Ritchie Lambert sicher schon erzählt. Und da ist auch nichts dazugekommen. Ramsan Terloy ist ein unbeschriebenes Blatt, aber wir bleiben am Ball ...«

Er hält inne, als es leise an der Tür klopft und Mathilde ihren Kopf hereinsteckt.

»Ich brauche schnell zwei Unterschriften.«

Carla unterschreibt, trinkt ihren Kaffee aus und wendet sich wieder ihrem Besucher zu. »Was gibt's noch?«

»Eine komische Sache ...« Rossmüller druckst ein wenig herum. »Da ist ein Fall auf meinem Schreibtisch gelandet ... ich weiß nicht, was man da machen soll oder kann.«

»Sie wollen also einen Rat?«

»Sagen wir, ich brauche eine erste juristische Einschätzung, ob man so etwas strafrechtlich verfolgen kann. Bevor ich mich reinhänge, müsste ich wissen, ob da überhaupt was zu holen ist ...«

»Wäre es nicht sinnvoller, Sie fragen jemanden von der Staatsanwaltschaft?«

»Warum freuen Sie sich nicht einfach, dass ich *Sie* frage?«

Carla freut sich tatsächlich und lächelt vorsichtig. »Gut, dann fangen Sie mal vorne an.«

Rossmüller nickt. »Auf unserer Dienststelle ist eine Frau aufgetaucht, die eine Straftat anzeigen wollte, deren Opfer sie selbst gewesen ist. Leider konnte sie nicht sagen, was ihr angetan wurde, und auch nicht, von wem.«

»Warum nicht?«

»Weil sie eine schwere Sprachstörung hat, die möglicherweise eine Folge dessen ist, was man mit ihr gemacht hat. Sie produziert eine Reihe von sprachlichen Floskeln, die sie dauernd wiederholt und scheinbar zufällig miteinander kombiniert. Sie ergeben beim besten Willen keinen Sinn. Das gilt auch für ihre Gestik und Mimik. Begleitet wurde sie von einer Sprachtherapeutin, die sich offenbar sehr für sie engagiert. Die Dame versuchte, die Äußerungen ihrer Klientin in verständliche Sprache zu fassen, was aber keine Übersetzung ist, sondern allenfalls auf eine fachkundige Interpretation hinausläuft.«

»Moment«, sagt Carla, »wollen Sie auch noch einen Kaffee?«

Als Rossmüller nickt, steht sie auf und öffnet die Tür. Sie ist so aufgeregt, dass sie beinahe mit dem Anblick einer schmalen Person in einem roten Kapuzen-Cape rechnet, aber es ist nur Mathilde, die im Flur auftaucht. »Können wir noch zwei Kaffee bekommen?«

Carla schließt die Tür und setzt sich wieder hinter den Schreibtisch. Das Gedankenkarussell in ihrem Kopf nimmt weiter Fahrt auf. Kann es wirklich sein, dass ...?

Rossmüller schaut sie aufmerksam an. »Alles in Ordnung mit Ihnen?«

»Jepp! Erzählen Sie mal, was polizeilich aktenkundig ist über die Frau und ihren Fall.«

»Die Ärmste wurde am 7. Dezember von Passanten am Mainufer gefunden. Gegen zweiundzwanzig Uhr. Sie war nicht ansprechbar und stark unterkühlt. Das Ufergelände ist dort steinig, leicht abschüssig und um die Jahreszeit auch glitschig. Die Kollegen von der Schutzpolizei gingen deshalb davon aus, dass die Frau ausgerutscht und unglücklich gestürzt war. Hinweise auf eine Gewalttat gab es nicht. In ihrem Blut fand sich eine Alkoholmenge von 1,1 Promille, was die Unfallhypothese stützte. Die Krankenhausärzte hielten später allerdings auch einen Schlag auf den Kopf für möglich, mit der Betonung auf *möglich*. In der Uniklinik wurde jedenfalls eine Hirnblutung diagnostiziert, die operiert werden musste. Die OP hat sie gut überstanden, aber die Sprachstörung ist geblieben. Ein Unfall mit schlimmen Folgen, aber kein Fall für die Polizei, bis ...«

»Bis sie auf Ihrer Dienststelle aufkreuzte. Wer ist sie?«

»Eine Frau griechischer Abstammung. Das vermuten wir zumindest wegen des Namens. Als sie am Ufer gefunden wurde, hatte sie einen Ausweis, eine Krankenversichertenkarte und etwas Bargeld dabei. Kein Handy. Sie lebt von einer Teilzeitputzstelle und staatlichen Transferleistungen und wohnt in einem heruntergekommenen Haus in Ginnheim. Allein. Ob sie in Deutschland Angehörige oder Freunde hat, wissen wir nicht. Meine Kolleginnen sind bei der Adresse in Ginnheim gewesen, während die Frau im Klinikum war. Es hat niemand aufgemacht. Wie auch immer, ihr Name ist Sofia ...«

»... Yannakakis«, ergänzt Carla.

Rossmüller starrt sie entgeistert an. »Woher wissen Sie das?«

»Ich habe sie im Krankenhaus kennengelernt und gehört, wie sie spricht«, erwidert Carla. »Und das werde ich garantiert nicht mehr vergessen.«

Dann erzählt sie Rossmüller von ihrem kleinen nächtlichen Ausflug in der Klinik. Der Hauptkommissar holt einen altmodischen Block aus der Jackentasche und beginnt, sich Notizen zu machen. Als Carlas Bericht endet, wirft er seinen Kugelschreiber auf den Schreibtisch und richtet sich auf.

»Was für eine irre Geschichte. Fast so irre wie der Film. Den habe ich bestimmt dreimal gesehen. *Wenn die Gondeln Trauer tragen*. Ein bescheuerter deutscher Titel, aber ein fantastisch gruseliger Streifen. Erinnern Sie sich an die beiden hellsichtigen alten Schwestern?«

Carla nickt. »Bleiben wir mal im Hier und Jetzt. Sie haben gesagt, die Frau sei mit ihrer Therapeutin zu Ihnen gekommen und habe versucht, eine Straftat anzuzeigen. Was konnte sie ohne die Hilfe ihrer Therapeutin äußern und wie hat sie das gemacht?«

»Also, im Wesentlichen hat sie ihre sprachlichen Automatismen abgespult, die Sie ja auch schon kennen. Moment, ich hab's mir aufgeschrieben.« Rossmüller zieht ein kleines Notizbuch aus der Tasche und beginnt vorzulesen. »*Was soll ich sagen? Ui, jui, jui, kein Schwein und dann zack. Und eins und zwei und drei und vier – und ich kein Telefon.* Das sind die Floskeln, die am häufigsten vorkommen. *Der weiße König in dem Drahtverhau, ich ins Lad, ins Bad, ins Rad – könn'se sich vielleicht vorstellen,* hat sie auch manchmal gesagt beziehungsweise mit den anderen Äußerungen kombiniert. Manchmal tauchen auch völlig korrekte Sätze auf, zum Beispiel: *Natürlich geht das. Denken Sie, ich bin nicht richtig im Kopf?* Das sagt sie ziemlich häufig, aber oft passt es nicht in den Zusammenhang. Sie war bei uns enorm aufgeregt, und die Mimik war sehr lebhaft. Sie hat heftig grimassiert – und sich dabei mit der flachen Hand auf den Kopf geschlagen.«

»Was sagt die Therapeutin?«

»Ihren Worten zufolge hat es da eine neue Entwicklung gegeben. Frau Yannakakis sei am Vortag wie immer zu ihrer Sprachtherapiestunde erschienen, habe sie völlig überraschend an die Hand genommen und sei mit ihr zu einem etwa zwanzig Minuten entfernten griechischen Restaurant gegangen. Als sie es betraten, sei ihre Klientin dann immer aufgeregter und ängstlicher geworden, habe schließlich mit der Linken auf einen Mann hinter der Theke gezeigt, sich mit der anderen Hand auf den Kopf geschlagen und ihre Standardsätze aufgesagt. Danach habe sie das Restaurant sofort verlassen wollen und ihre Therapeutin hinter sich hergezogen. Das Ganze spielte sich zur frühen Mittagszeit ab, das Lokal war noch leer, und es gibt keine weiteren Zeugen für den Vorfall.«

»Wie hat der Mann hinter der Theke reagiert?«

»Es ging wohl alles sehr schnell, aber die Sprachtherapeutin sagt, er sei völlig verblüfft und wie vom Donner gerührt gewesen.

Sie ist sich sicher, dass Frau Yannakakis den Mann beschuldigen wollte, ihr etwas getan zu haben.«

Carla wiegt zweifelnd den Kopf hin und her. »Sie war sehr aufgewühlt, zugegeben, aber im Grunde hat sie nur zwei ziemlich vage Gesten vollführt. Sie hat mit dem Finger auf ihn gezeigt und mit der flachen Hand auf ihren Kopf geschlagen. Die Beschuldigung hat keinen wirklich konkreten Inhalt. Klar, wenn man weiß, was der Frau passiert ist, denkt man natürlich an die Kopfverletzung, aber was, wenn sie ihm vorwirft, sie mit einer überhöhten Rechnung betrogen oder sexuell belästigt zu haben?«

Rossmüller führt seine Kaffeetasse zum Mund, stellt fest, dass sie leer ist, und setzt sie wieder ab.

»Möchten Sie noch einen?«, fragt Carla.

Der Polizist schüttelt den Kopf. »Besonders hilfreich sind Sie nicht. Soll ich der Sache jetzt nachgehen oder hat sie juristisch so wenig Substanz, dass sowieso nichts dabei herauskommt, solange sich die Sprachstörung nicht wesentlich bessert?«

Carla überlegt einen Augenblick und beschließt dann, ihrer Intuition zu folgen. »Doch! Besuchen Sie das Restaurant und sprechen Sie mit dem Mann hinter der Theke. Fragen Sie ihn, ob er sich auf das Verhalten der Frau einen Reim machen kann. Namen und Adresse von dem Lokal hätte ich übrigens auch gerne. Und richten Sie Frau Yannakakis und ihrer Therapeutin aus, dass ich sie gerne kennenlernen würde, wenn sie das möchten und ihre Zeit es erlaubt.«

Rossmüller nickt zufrieden. »Ich spreche mit der Therapeutin und melde mich bei Ihnen. Namen und Adresse von dem Restaurant schicke ich Ihnen aufs Handy.«

ZWÖLF

Am späten Nachmittag trifft Carla Sofia Yannakakis und ihre Therapeutin, die sich als Almuth Hegemann vorstellt. Keine zwei Stunden nach ihrem Gespräch hat Rossmüller angerufen und den Besuch der beiden Frauen angekündigt. Bei der Therapeutin handelt es sich um eine gut gekleidete Dame in den Vierzigern, deren ungebändigte graublonde Haarmähne in einem interessanten Kontrast zu ihrem eleganten Outfit steht. Sie hat einen festen Händedruck und macht einen angenehm resoluten Eindruck.

Ganz anders ihre Klientin, die noch unsicherer und verhuschter wirkt, als Carla sie in Erinnerung hat. Sofia Yannakakis trägt Jeans, Sneakers und eine Jacke, die für die Jahreszeit mit Sicherheit nicht warm genug ist, und sieht blass und verhärmt aus. Bei der Begrüßung lässt sie ihre Hände in den Hosentaschen und ihren Blick ratlos im Raum herumwandern. Carla fragt sich, ob sie wirklich weiß, warum sie hier ist. Mit einer einladenden Geste fordert sie ihre Besucherinnen auf, in den Sesseln auf der anderen Schreibtischseite Platz zu nehmen, und wartet mit ihren Begrüßungsworten, bis Mathilde die Kaffeetassen vor ihnen abgesetzt hat. Dann lächelt sie gewinnend und konzentriert sich auf die Therapeutin.

»Bevor wir beginnen, möchte ich etwas klarstellen. Ich habe Sie eingeladen, weil ein Polizeibeamter, den ich sehr schätze, mich um eine juristische Expertise gebeten hat. Kriminalhauptkommissar Rossmüller will wissen, ob das, was Ihre Klientin an konkreter Beschuldigung äußern kann, als Grundlage für die

Aufnahme polizeilicher Ermittlungen und gegebenenfalls für die Eröffnung eines Strafverfahrens ausreicht. Ich habe also *nicht* mithilfe eines guten Bekannten unerlaubt für mich geworben und dieses Gespräch ist auch nicht auf die Erteilung eines Auftrages gerichtet, was mir die Berufsordnung für Rechtsanwälte ausdrücklich untersagt.«

Almuth Hegemann lächelt verblüfft. »Eine interessante Überlegung. Mit so etwas müssen Sie sich herumschlagen? Auf die Idee wäre ich in hundert Jahren nicht gekommen. Aber lassen Sie uns erst mal darüber reden, was passiert ist, über etwaige Konsequenzen sprechen wir danach.«

Carla nickt. »Verstehe ich das richtig, dass Sie hier nicht nur als Therapeutin, sondern auch als eine Art Bevollmächtigte von Frau Yannakakis auftreten und ihre Interessen wahrnehmen?«

»Ja. Nicht offiziell und ohne rechtliche Grundlage, aber – und da können Sie sicher sein – mit ihrem Einverständnis. In Kürze wird sie einen gesetzlichen Vormund bekommen, der sich dann um ihre Belange kümmert.«

Carla macht sich eine Notiz und fragt dann weiter. »Frau Yannakakis wurde am 7. Dezember letzten Jahres aufgefunden. Am 8. Januar, also mehr als einen Monat später, ist sie mit Ihnen zu dem Restaurant gegangen, hat auf den Mann hinter dem Tresen gedeutet und ihn ohne Worte beschuldigt, ihr was auch immer angetan zu haben. Warum lag so viel Zeit dazwischen?«

Almuth Hegemann neigt sich zu ihrer Klientin hinüber, die immer ängstlicher und nervöser zu werden scheint, und drückt beruhigend deren Hand, bevor sie die Frage beantwortet. »Ich bin keine Neurologin, aber ich hätte eine Idee anzubieten, die das erklärt. Wenn Sofia Yannakakis tatsächlich auf den Kopf geschlagen wurde, hat sie durch diesen Schlag möglicherweise nicht nur die schwere Sprachstörung, sondern auch eine posttraumatische Amnesie, also einen Gedächtnisverlust erlitten. Dieser Gedächtnisverlust könnte sich in den vergangenen vier Wochen teilweise zurückgebildet haben. Die Erinnerungen an den Vorfall sind vielleicht nach und nach wieder aufgetaucht, während die Sprachstörung blieb. Also hat sie mich zu dem Restaurant gezerrt und auf ihre hilflose Weise einen Mann beschuldigt.«

Carla notiert, dass sie Moritz diese Theorie vortragen muss, und kommt zur nächsten Frage. »Ich habe mich ein bisschen informiert über diese ominöse Sprachstörung, aber nur einen Bruchteil verstanden. Mein Freund sagte, es sei eine Störung des Sprach*systems*. Können Sie mir kurz und ohne Fachchinesisch erklären, was das bedeutet?«

Almuth Hegemann verzieht das Gesicht. »Ich kann's versuchen.« Sie leert ihre Kaffeetasse, denkt einen Augenblick nach und räuspert sich ausgiebig, bevor sie beginnt. »Ich breche es runter auf die absoluten Essentials. Mal angenommen, Sie haben ein Bild im Kopf, das Sie mit anderen teilen wollen, beispielsweise: *Der Fuchs beißt ein Kind*. Glasklar steht der Sachverhalt vor Ihrem geistigen Auge. Sie könnten ihn aufmalen, oder versuchen, den Gedanken pantomimisch in Szene zu setzen, doch sie wollen ihn *sprachlich* übermitteln. Dazu ist ein geistiges Instrumentarium nötig, das Sie in Ihrer Kindheit erworben haben. Zuallererst müssen Ihnen die Worte »Fuchs«, »Kind« und »beißen« zur Verfügung stehen und Sie müssen wissen, *was* genau damit *gemeint* ist. Das nennt man *Semantik*.«

Carla nickt. Zumindest das Wort hat sie schon mal gehört.

»Dann muss Ihnen klar sein, dass die Reihenfolge der Wörter für das, was Sie sagen wollen, nicht egal ist. Stichwort: Satzbau! Wer beißt wen? ›Kind – beißt – Fuchs‹ geht nicht so ohne Weiteres und verschiebt auch die Bedeutung des Gesagten komplett. Sie brauchen also *Grammatik*.«

Carla hört aufmerksam zu und beobachtet gleichzeitig Sofia Yannakakis, in deren Gesichtsausdruck sich Faszination mit völligem Unverständnis paart.

»Und zu guter Letzt«, fährt Hegemann fort, »wissen Sie, dass die *Bedeutung* der Wörter auch von der *Anordnung* der Sprach*laute* gesteuert wird, also die *Phonologie* wichtig ist. Wenn Sie auch nur die jeweils ersten Laute umändern, heißt der Satz vielleicht *Der Luchs reißt ein Rind* ...«

»Und damit ist die Kommunikation fehlgeschlagen«, ergänzt Carla, der innerhalb von Sekunden die juristische Tragweite des Gehörten klar wird.

»In Wirklichkeit ist das alles noch wesentlich komplizierter«, schließt Almuth Hegemann. »Aber Wortbedeutungen, Satzbau und Lautstruktur sind die Säulen des sogenannten Sprachsystems. Und nun stellen Sie sich einen Menschen vor, der das alles nicht mehr kann. Beim Sprechen nicht – und beim Verstehen auch nicht! Und das gilt genauso für die Schriftsprache.«

Carla stellt es sich vor und weiß, was es bedeutet. »Frau Yannakakis wird keine Aussage machen können, die nicht jeder Anwalt in dieser Stadt in drei Sekunden demontieren würde. So wie ich Rossmüller kenne, möchte er verdammt gern ein polizeiliches Ermittlungsverfahren anleiern, aber wenn es keine Zeugen und keine physischen Beweise wie Fingerabdrücke, DNA oder eine Tatwaffe gibt, wird die Sache im Sand verlaufen, es sei denn ...«

»Es sei denn, wir erzielen einen Durchbruch bei der Therapie. Ich bin optimistisch, dass noch eine wesentliche Verbesserung der Sprache möglich ist. Das habe ich dem Polizisten auch gesagt.«

»Sie wirken sehr vertraut miteinander. Kannten Sie Frau Yannakakis schon, bevor sie verletzt wurde?«

»Nein, ich habe eine sprachtherapeutische Praxis in der Innenstadt und wurde angerufen, als die Aphasie diagnostiziert war. Die Klinik hat zwei Planstellen für Logopädie, die allerdings beide nicht besetzt sind. Die Chemie zwischen Sofia und mir hat von Anfang an gestimmt. Viele Menschen mit Aphasie haben höllische Angst, dass man sie für verrückt hält. Sofia hat gespürt, dass ich das nicht tue, sondern verstehe, was ihr Problem ist. Sie denkt, dass ich ihre einzige Verbündete bin.«

»Mit mir sind es schon zwei.«

Almuth Hegemann lächelt. »Ich sorge dafür, dass sie es versteht. Was Sofia passiert ist, hat enorme Auswirkungen. Die meisten Menschen machen sich keine Vorstellung, welche Konsequenzen so eine Sprachstörung hat. Es ist ja nicht nur der Austausch von Informationen im Gespräch betroffen.«

Carla wirft ihr einen erstaunten Blick zu. »Sondern?«

»Überlegen Sie mal, wie sehr unsere gesamte Lebens- und Arbeitswelt sprachlich organisiert und vermittelt ist. Ich weiß nicht, ob Sofia vor ihrer Hirnverletzung einen Computer bedienen konnte – jetzt kann sie es jedenfalls nicht mehr. Zumindest keinen handelsüblichen PC. Wenn Sie keine Warn- oder Hinweisschilder mehr lesen kann, kann Sie kaum noch irgendwo arbeiten oder gar Auto fahren.«

Carla registriert, dass Sofia Yannakakis, obwohl sie vermutlich nicht versteht, wovon die Rede ist, die Worte ihrer Therapeutin an den richtigen Stellen mit zustimmendem Nicken quittiert.

»Wenn Sie in diesem Ausmaß von Aphasie betroffen sind«, fährt Almuth Hegemann fort, »können Sie keine Verträge abschließen oder kündigen, weil mit Hinweis auf die Kommunikationsstörung so ziemlich alles anfechtbar ist. Ihre Unterschrift, wenn Sie denn eine leisten können, ist einen Scheißdreck wert. Das zieht sich durch den gesamten Alltag.« In Hegemanns Stimme hat sich ein bitterer Unterton eingeschlichen, der Carla nicht entgeht. »Wenn Sie Pech haben, hält Ihre Partnerschaft das nicht aus, Ihre Kinder wenden sich von Ihnen ab oder Sie verlieren gleich das Sorgerecht. Hab' ich alles schon erlebt!«

Die Emotion in ihrer Stimme trägt Almuth Hegemann einen besorgten Blick ihrer Klientin ein, die förmlich an ihren Lippen hängt, und Carla wird klar, dass Sofia Yannakakis versucht, anhand der Wort- und Satzmelodie dem Gespräch irgendwie zu folgen.

»Ui, jui, jui und zack«, sagt sie.

Carla lächelt ihr zu.

»Und, um zum Ende zu kommen«, fährt Hegemann fort, »wenn es wirklich schlecht läuft, drehen Sie psychisch ab, weil sich alle Gefühle in Ihnen anstauen, die Sie normalerweise über die Sprache abreagieren würden. Sie können sich mit niemandem aussprechen, sich nicht mit Worten trösten lassen oder Rat suchen, und Sie können auch niemanden mehr sprachlich zur Minna machen, der es verdient hat. Eine elende Scheiße ist das!«

Carla schiebt ihre Rechte über den Schreibtisch, ergreift Hegemanns Hand und drückt sie sanft. »Sie sprechen nicht nur über Sofia, stimmt's?«

Die Therapeutin schüttelt den Kopf. »Nein«, sagt sie. »Ich rede über meinen Vater.«

DREIZEHN

Als Sofia Yannakakis und ihre Therapeutin die Kanzlei verlassen, ist es draußen schon dunkel. Carla wirft einen Blick auf das Display ihres Handys. 17:30 Uhr ist eine gute Zeit, Feierabend zu machen. Auch die Nachricht von Rossmüller ist eingetroffen: Ouzerie & Restaurant Mykonos, Bockenheimer Landstraße 53. Das passt wunderbar. Warum nicht das Angenehme mit dem Nützlichen verbinden. Sie tippt auf dem Handy die Nummer der Personenschützerin an, die sich sofort meldet. »Hallo, Frau Egmont. Könnten Sie mich bitte von der Kanzlei abholen? Wir fahren dann kurz zu mir nach Hause, laden Professor Bischoff ein und anschließend möchte ich zu einem Restaurant in der Bockenheimer.«

»Gerne.« Delia Egmonts Stimme ist wie immer freundlich, kontrolliert und selbstbewusst. »Ich erwarte Sie um 18:00 Uhr am Fahrstuhl. Schneller schaffe ich es nicht. Wir gehen dann gemeinsam zum Auto. Kommen Sie nicht vorher ins Parkhaus runter, okay?«

»Versprochen!« Carla legt auf und verspürt eine leichte Gereiztheit angesichts der bestimmenden Art, die ihre Personenschützerin an den Tag legt, aber sie weiß, dass das Unsinn ist. Egmont macht ihren Job. Übersicht und klare Ansagen gehören dazu. Dennoch gibt es Momente, in denen Carla die fürsorgliche Observierung jedes ihrer Schritte mächtig auf die Nerven geht. Sie schiebt den Gedanken beiseite und wählt Bischoffs Nummer.

»Ich lade dich zum Essen ein. Griechisch. Passt das?«

»Kommt drauf an. Auf Gyros, Fritten und Krautsalat habe ich keine Lust.«

»Keine Sorge, ich glaube, das wird leckerer. Und möglicherweise spannend. Ich hole dich mit Egmont um zwanzig nach sechs ab.«

Nachdem Rossmüllers Nachricht hinsichtlich des Restaurants eintraf, hat Carla den Laden gegoogelt und beim raschen Durchschauen der Karte leise gepfiffen. Bischoff wird zufrieden sein.

Wie sich herausstellt, ist er mehr als das. Das Mykonos verfügt über einen relativ großen Restaurantbereich, der an zehn Tischen etwa sechzig Gästen Platz bietet, um diese frühe Abendzeit aber nur halbvoll ist. Carla hat während der Autofahrt Delia Egmont eingeladen, mit ihnen zu essen, was diese jedoch strikt abgelehnt hat. »Mein Job ist es, auf Sie aufzupassen, und das kann ich am besten aus einer gewissen Entfernung.« Sie hat sich an einen kleinen Ecktisch gesetzt, von dem aus sie das ganze Restaurant im Auge hat, und bestellt Kaffee und Wasser.

Carla lässt den Blick schweifen, und was sie sieht, gefällt ihr. Weiße Wände, einfaches, aber geschmackvolles Holzmobiliar, Terracotta-Fliesen auf dem Fußboden. Hinter der Theke auf zwei Regalen ein reichhaltiges Angebot an hochprozentigen Getränken. Das Mykonos gibt sich vom Interieur her den Anschein einer einfachen griechischen Taverne, aber die Karte spricht eine andere Sprache. Sie bietet zwar eine Handvoll gängiger Hauptspeisen an, aber die Küche hat sich offenkundig auf leckere und hochpreisige Mezedes spezialisiert. Klein portionierte Gerichte, die den spanischen Tapas ähneln und von denen man wunderbar satt wird, wenn man sich genug davon leisten kann.

»Lass mich das machen«, bittet Bischoff und grinst. »Du suchst den Wein aus.«

Als Carla zustimmt, winkt Bischoff den Kellner heran und bestellt Okraschoten in Cocktailsoße, gefüllte Spinat-Crêpes mit Paprika und Wildkräutern, gegrillten Fetakäse auf Birnen-Carpaccio, Calamari mit Babyspinat und zwei Miniportionen Hasenrückenfilet auf Vanille-Mango-Lauch. Alle Mezedes werden gleichzeitig serviert, und Bischoff strahlt über das ganze Gesicht.

»Ihren Wein muss ich aus dem Keller holen und die Temperatur noch einmal anpassen«, sagt der junge Mann, nachdem er Carlas Auswahl mit einem anerkennenden Lächeln notiert hat. »Geht aber schnell.«

Carla nickt und lächelt zurück. Dann beschließt sie, mit dem gegrillten Feta zu beginnen, und weiß nach dem ersten Bissen, dass dieser Restaurantbesuch eine gute Idee war. Minuten später bringt der Kellner den Wein. Carla hat eine Flasche Malagousia von Gerovassiliou bestellt, den sie im letzten Jahr mit Moritz kennengelernt hat und der mit seinen dezenten Zitronenaromen großartig zu den Mezedes passen wird. Bischoffs Lächeln ist noch breiter geworden, und sie fragt sich, ob er es jemals wieder aus dem Gesicht bekommt. Vielleicht, wenn sie ihm erklärt, mit welchem Hintergedanken sie dieses Restaurant ausgewählt hat.

Aus den Lautsprechern weht jetzt leise Musik von Mikis Theodorakis durch den Raum. Melancholische Lieder, die vermutlich von Unterdrückung und Leid handeln und Carla an Sofia Yannakakis denken lassen, die so brutal angegriffen wurde, dass es ihr die Sprache verschlagen hat. Möglicherweise. Bewiesen ist das nicht. Sie wird mit Bischoff darüber sprechen. Nach dem Essen.

Während sie die Mezedes genießen, füllt sich das Restaurant langsam, und entsprechend lauter wird es um sie herum. Ein lebhaftes, freundliches Stimmengewirr, das sehr gut zu mediterranem Essen passt. Carla verputzt die Miniportion Hasenrückenfilet mit einem großen Bissen und beschließt sofort, die Köstlichkeit auf jeden Fall nachzubestellen. In diesem Moment scheinen die Gespräche der anderen Gäste kurz etwas leiser zu werden, um dann in unverminderter Lautstärke weiterzugehen. Hat sie sich das eingebildet? Carla hebt den Blick und realisiert, dass ein Mann und eine Frau den Raum betreten haben, die vermutlich überall auffallen würden.

Die Frau ist vielleicht Anfang dreißig und sieht sensationell gut aus. Es ist die Art von ebenmäßiger Schönheit, die einem jeden Tag von den Titelblättern der Hochglanzmagazine entgegenstrahlt und es so schwer macht, sich diese Gesichter zu merken. Das perfekte Make-up und die elegante Garderobe vervollständigen den Eindruck einer geschmackvoll verpackten Trophäe. Der Mann, der ihr routiniert aus dem Kaschmirmantel hilft, betrachtet sie voller Besitzerstolz und geleitet sie mit leichter Hand zu einem Tisch am Fenster. Er ist mindesten zwei Jahrzehnte älter als sie, groß und sehr hager. Volles graues Haar, Raubvogelprofil und leichte Segelbräune.

Als er Carlas Gesicht unter den anderen Restaurantbesuchern entdeckt, lächelt er und nickt ihr kurz zu. Dann beschäftigt er sich mit der Speisekarte. Das devote Gehabe der Kellner signalisiert, dass es sich bei den Neuankömmlingen um Gäste mit VIP-Status handelt.

»Kennst du den Graukopf?«, fragt Bischoff.

Carla nickt. »Dr. Torsten Reiter. Ein Berufskollege von mir. Chef einer großen Kanzlei in Königstein. Reich, clever und völlig skrupellos. Ein Mensch, dem man besser aus dem Weg geht.«

Bischoff runzelt die Stirn. »Das könnte in diesem Jahr schwierig werden. Hast du mir nicht erzählt, dass er die Verteidigung deiner ehemaligen Mandantin Natascha Berling übernehmen will? Wenn das stimmt, wirst du ihm wohl begegnen müssen.«

Carla zuckt betont gleichgültig mit den Schultern, obwohl auch ihr bei Reiters Anblick sofort die Erinnerung an diese Frau durch den Kopf geschossen ist. »Berling hat es mir gegenüber jedenfalls behauptet.«

»Dass der Herr Anwalt heute Abend hier auftaucht, ist aber reiner Zufall und hat mit dem alten Fall nichts zu tun?«

»Garantiert nicht.«

»Okay. Vielleicht wäre jetzt dennoch ein guter Zeitpunkt, mir zu erzählen, warum wir hier sind.«

»Ja, das passt perfekt.« Carla ist froh, das Thema verlassen zu können, und holt bereitwillig aus. Sie erzählt Bischoff, wie sie Sofia Yannakakis im Krankenhaus kennenlernte, von ihrem Schicksal erfuhr und wenig später von Rossmüller mit einer interessanten juristischen Fragestellung konfrontiert wurde. Mit Erstaunen muss sie feststellen, dass Bischoff von der merkwürdigen Sprachstörung nicht nur schon mal gehört hat, sondern offensichtlich auch sofort begreift, was sie für diesen Fall bedeutet. Carla verzieht das Gesicht. »Du bist so verdammt gebildet, dass einem schlecht werden könnte.«

»Ja, das höre ich oft.« Bischoff lächelt bescheiden. »Die arme Frau ist also tatsächlich in dieses Restaurant gestürmt, hat auf den Mann hinter dem Tresen gezeigt, ihre kleine Pantomime aufgeführt und ist wieder rausgerannt? Mehr nicht?«

»Mehr nicht!«

»Damit kannst du nichts anfangen«, sagt Bischoff. »Und Rossmüller auch nicht. Hat er den Mann, der zu der Zeit hinter der Theke war, wegen des Vorfalls befragt?«

»Ich habe ihm dazu geraten. Ob er es getan hat, weiß ich nicht. Ich rufe ihn morgen an und frage nach. So wie ich ihn kenne, wird er sich den Inhaber oder Betreiber dieses schönen Etablissements gründlich anschauen.«

Bischoff kaut genüsslich und trinkt einen Schluck Wein. »Ich hoffe, er findet nichts, was den Bestand des Restaurants gefährden könnte. Wäre verdammt schade um den Laden.«

Carla schüttelt indigniert den Kopf. »Ist das eigentlich zwingend so, dass sich mit zunehmendem Alter alles nur noch ums Essen dreht?«

»Nicht alles«, widerspricht Bischoff und winkt nach dem Kellner. »Der Wein spielt auch eine gewisse Rolle.«

Als der junge Mann heraneilt, ordert Bischoff noch eine Flasche von dem Weißen und eine kleine Auswahl Mezedes. Der Kellner notiert die Bestellung und wendet sich dann dem Tisch zu, an dem

Rechtsanwalt Reiter mit seiner aufsehenerregenden Begleitung Platz genommen hat. Er beugt sich hinunter und flüstert seinem Gast etwas ins Ohr. Dieser verzieht das Gesicht, steht auf und folgt dem jungen Mann quer durch das Restaurant zu einer Tür im Thekenbereich, auf der ›Büro‹ steht. Der Anwalt betritt den Raum, kommt nach wenigen Minuten wieder heraus und kehrt an seinen Tisch zurück.

»Interessant«, sagt Carla. »Hast du das gesehen?«

Bischoff nickt. »Ich habe nur nicht so hingestarrt.«

»Was du immer hast.« Carla schüttelt pikiert den Kopf. »Das war für meine Verhältnisse diskret geguckt.«

Bischoff lacht leise. »Ja, ich weiß. Aber du hast recht. Irgendetwas war komisch an der kleinen Szene.«

»Ja. Es hat ihm überhaupt nicht gepasst, gestört zu werden. Er ist hierhergekommen, um mit seiner schönen Frau in Ruhe zu essen. An der Art, wie die Kellner um die beiden herumwiesln, sieht man, dass sie wichtige Gäste sind, die man um jeden Preis zufriedenstellen will. Trotzdem bittet ihn jemand auf eine kurze Unterredung in sein Büro. Jemand, der ein wichtiges Anliegen hat, das keinen Aufschub duldet und die Störung des VIP-Gastes rechtfertigt. Und Reiter hat das genauso gesehen, denn sonst wäre er der Bitte nicht nachgekommen. Ich gehe mal davon aus, dass es sich bei der Person hinter der Bürotür um den Besitzer oder die Besitzerin dieses Restaurants handelt und dass diese Person mit unserem Anwalt ein Interesse verbindet, das für beide von erheblicher Wichtigkeit ist. Einverstanden so weit?«

»Absolut. Ich vermute sogar, dass es etwas ist, das über das normale Verhältnis von Anwalt und Mandant hinausgeht.«

»Wieso das?«

»Versetz dich in seine Situation. Würdest du dich als Anwältin nach Feierabend in einem Restaurant wie diesem von einem Mandanten behelligen lassen, der dich zufällig entdeckt und dringend was Juristisches besprechen möchte? Nein, du würdest ihn mehr oder weniger höflich auf deine Sprechzeiten hinweisen. Außer, du hättest einen sehr persönlichen Bezug zu ihm oder es ginge um viel Geld.«

Carla nickt bedächtig und hebt ihr Glas. »Mit dir macht dieser Sherlock-Holmes-Quatsch richtig Spaß. Jámas!«

VIERZEHN

Als Carla um 8:30 Uhr von ihrem Handy geweckt wird, ist ihr erster Gedanke, dass sie den alten Queen-Song gar nicht mehr so nervig findet. *I see a little silhouetto of a man, Scaramouch, Scaramouch will you do the Fandango* ... Klar, Fandango mitten in der Nacht ist nicht ihr Ding. Aber *Thunderbolt and lightning, very, very frightening me* funktioniert zuverlässig. Vor mehr als zwei Jahren haben ihre Neffen »Bohemian Rhapsody« als Klingelton ausgesucht und immer wieder versprochen, den Song gegen etwas Sanftes von Sinatra auszutauschen ... jetzt ist die Sache gelaufen. Freddy Mercurys fabelhafte Stimme holt sie mit Garantie aus jedem alkoholinduzierten Tiefschlaf – wer weiß, ob das mit »Fly Me to the Moon« auch so ...

Carla reißt sich zusammen, wirft einen Blick auf das Display und nimmt das Gespräch an. »Hallo, Ellen, bist du ins Lager der nachtaktiven Lebewesen gewechselt? Es ist Samstag!«

Ihrer Schwester ist offenbar nicht nach blöden Kalauern zumute. »Dann würde ich jetzt um halb neun schon wieder pennen. Du klingst verkatert.«

Ellen ruft gerne morgens an, um sich anhand von Carlas Stimmklang einen Eindruck zu verschaffen, was diese am Vorabend getrieben hat. Sie ist die älteste der drei Bellmann-Schwestern, und der fürsorglich sanfte Tadel in ihrer Stimme erinnert Carla von Jahr zu Jahr mehr an ihre verstorbene Mutter.

»Nein, alles bestens. Ich war mit Bischoff essen, aber die zweite Flasche Wein haben wir gar nicht geschafft.« Carla hat keine Lust auf eine Predigt und lässt deshalb den Metaxa, den sie sich anstelle eines Desserts gegönnt haben, unerwähnt. »Also, wenn du schon mitten in der Nacht anrufst, sag noch schnell warum, damit ich duschen kann.«

»Es geht um Papa. Ich habe gestern mit Ricki telefoniert. Sie meint, er würde dement und wir müssten uns langfristig was überlegen.«

Ihre Schwester Ricarda Bøgedahl ist in Esbjerg mit einem Dänen verheiratet und hat ihren Vater nach dem Tod seiner Frau zu sich genommen, was Ellen und Carla ihr hoch anrechnen. Dass Nesthäkchen Ricki immer der Liebling des Alten war, heißt allerdings nicht, dass er ihr aus der Hand frisst. Der ehemalige Gymnasiallehrer Jost Bellmann ist einer der schwierigsten Menschen, die Carla kennt, und sofort begreift sie die Tragweite dieser Information. Allein die Vorstellung, dass sich Rechthaberei und Querulantentum mit realem hirnorganischem Abbau verbrüdern könnten, macht sie schlagartig nüchtern.

»Hat Ricki gesagt, wie sich diese angebliche Demenz äußert?«

»Er vergisst Namen und erkennt Leute nicht wieder. Neulich hat er sich verlaufen in der Innenstadt von Esbjerg, die er eigentlich wie seine Westentasche kennt.«

Carla schwingt die Beine aus dem Bett, bleibt auf der Kante sitzen und beschließt, erst einmal Zeit zu gewinnen. »Lass uns nächste Woche mit Ricki ein Telefonat zu dritt via Skype führen. Wir überlegen gemeinsam, was wir tun können. Und finden eine Lösung, die sie entlasten wird. Kannst du sie anrufen und erst mal versuchen, sie zu beruhigen?«

»Okay, ich spreche mit ihr«, sagt Ellen und klingt nicht gerade optimistisch. »Vielleicht könntest du aber Papa mal anrufen und dir selbst einen Eindruck verschaffen.«

»Gute Idee«, stimmt Carla zu und spürt, wie sich ihr Magen leicht zusammenzieht. »Ich melde mich. Grüß deinen Mann und die Jungs.«

Sie legt auf, schlüpft in ihren Bademantel und schlurft in die

Küche. Bischoff hat bereits gefrühstückt und ist sonst wohin verschwunden, aber wie immer hat er alles für sie warmgehalten. Carla setzt sich an den Tisch und nimmt sich Kaffee aus der Thermoskanne. Sie fühlt sich benommen und angeschlagen. Kein Gedanke an Essen. Hat das auch mit dem Älter werden zu tun, dass man schlechte Nachrichten am frühen Morgen nicht mehr so gut wegsteckt? Sie würde gerne mit Moritz reden, aber der ist jetzt entweder in einer Frühbesprechung oder schon bei der Vormittagsvisite. Vielleicht hat Ricki ja auch übertrieben. Moritz hat sich oft darüber mokiert, dass der Begriff »Alzheimer« im Alltag so inflationär gebraucht wird. *Nicht jeder alte Mensch, der ein bisschen tüdelig wird, ist dement. So wenig wie jemand, der stolpert, gleich eine Gangstörung hat.* Das wäre so ungefähr die Sorte von Aufmunterung, die sie jetzt gebrauchen könnte. Heute Abend wird sie mit ihm darüber sprechen und in der nächsten Woche mit Ricki und Ellen telefonieren. Bis dahin muss sie aufhören, sich verrückt zu machen.

Sie greift nach dem Handy und tippt Rossmüllers Nummer an. Der scheint sich im Unterschied zu früher tatsächlich zu freuen, ihre Stimme zu hören.

»Nur kurz ein paar Fragen. Geht schnell«, sagt Carla. »Haben Sie mit dem Chef des griechischen Restaurants sprechen können?«

»Ja, ist aber nicht viel dabei herausgekommen. Er hat den Vorfall, den die Therapeutin geschildert hat, im Wesentlichen bestätigt. Das Ganze habe keine dreißig Sekunden gedauert und hätte ihn völlig überrascht. Er sagt, er kennt sie nicht und hat sie vor dem Ereignis auch noch nie gesehen.«

»Haben Sie ihm geglaubt?«

»Ja. Der Mann ist hier bei uns ein unbeschriebenes Blatt. Emanuel Tarrasidis ist seit über dreißig Jahren in Deutschland und seit zwanzig Jahren in der Gastronomie tätig. Das Mykonos betreibt er mit seiner deutschen Ehefrau seit fünf Jahren. Es gibt keinen Grund, ihm *nicht* zu glauben. Ich habe inzwischen auch mit jemandem bei der Staatsanwaltschaft gesprochen. Was Frau Yannakakis äußern kann, reicht nicht für die Aufnahme von polizeilichen Ermittlungen. Auch für Sie gibt's da nichts zu tun.«

Carla zögert einen Augenblick, überlegt, ob sie noch weiter nachfragen soll, und lässt es dann. »Okay, das war's dann also. Vielen Dank.«

»Jederzeit«, sagt Rossmüller mit einem Anflug von Galanterie und legt auf.

Carla kann sich ein Grinsen nicht verkneifen. Kriminalhauptkommissar Rossmüller ist ein wirklich gutes Beispiel dafür, dass Menschen sich ändern können.

Aber seine Stellungnahme zum Fall Yannakakis war eindeutig und endgültig. Keine Ermittlungen, keine Anklage, keine Gerechtigkeit. Carla hat im Internet recherchiert und versucht, so viel wie möglich über Aphasie herauszubekommen. Die meisten Experten stimmen darin überein, dass es nur wenige Betroffene gibt, die es schaffen, ihr altes Sprachniveau zurückzugewinnen, aber bei vielen Patienten durch intensive Therapie eine Besserung der Symptomatik erreicht werden kann. Wie viel Verbesserung der Kommunikationsfähigkeit bräuchte es, um die Maschinerie von Ermittlungsbehörden und Staatsanwaltschaft in Gang zu setzen? Wäre es möglich, Sofia Yannakakis zu diesem Punkt zu bringen? Neben Neurologen und Linguisten waren unter den Experten, die Carla im Netz zu Rate gezogen hat, auch zahlreiche Psychologen, die hervorhoben, dass Emotionen wie Angst, Scham und Wut für den Zugriff auf den Sprachspeicher von entscheidender Bedeutung sein konnten. Ein Gedanke, den Carla durchaus einleuchtend findet. In ihrem Juraexamen hat sie beobachtet, wie auch Leute ohne Aphasie bei psychologischem Stress kein Wort herausbekamen. Und waren nicht nach den Bombennächten im Zweiten Weltkrieg viele Menschen so traumatisiert, dass sie wochenlang nicht sprechen konnten?

Carla geht ins Bad, schluckt zwei Aspirin, steigt unter die

Dusche und zieht sich an. Dann fasst sie einen Entschluss, sucht ihr Handy und wählt die Nummer der Sprachtherapeutin.

Almuth Hegemann klingt gut gelaunt und ausgeschlafen. »Guten Morgen!«

»Hallo«, sagt Carla. »Sorry, dass ich Sie am Wochenende störe. Haben Sie eine Minute?«

»Klar. Worum geht's?«

»Ich würde gerne noch einmal mit Sofia Yannakakis reden. In ihrer eigenen Wohnung, also in vertrauter Umgebung, sozusagen. Vielleicht kann sie da ein wenig besser sprechen als in meiner Kanzlei. Könnten Sie mich vielleicht nach Ginnheim begleiten? Das würde möglicherweise helfen.«

»Mmhh, Sie meinen Coach plus Heimvorteil? Ausgeschlossen ist es nicht.« Almuth Hegemann denkt einen Moment nach und stimmt dann zu. »Wenn Sie mich in einer Stunde bei meiner Privatadresse abholen, bin ich dabei. Ich wohne in Sachsenhausen. Cranachstraße 15.«

Carla überlegt kurz, ob sie Delia Egmont bitten soll, sie zu begleiten, entscheidet sich aber in einem Anflug von Trotz dagegen. Was soll schon passieren, wenn sie am helllichten Samstagvormittag in Begleitung einer anderen Frau nach Ginnheim fährt? Das kriegt sie auch ohne Egmont hin.

Als die Therapeutin eine Stunde später in Carlas Audi steigt, macht sie einen aufgekratzten, optimistischen Eindruck und scheint von dem Plan zunehmend angetan zu sein. »Waren Sie schon mal in Ginnheim? Geradeaus und nächste rechts ... ich bin sehr gespannt.«

Carla war tatsächlich schon ein paarmal in Ginnheim, aber sie weiß auch, dass es nicht wenige Leute gibt, die Jahrzehnte in Frankfurt leben, ohne jemals einen Fuß in diesen Stadtteil zu setzen. Und wenn doch, es vielleicht gar nicht bemerken, denn die städtebauliche Verbundenheit mit den angrenzenden Stadtteilen ist so groß, dass man oft nicht weiß, ob man noch in Eschersheim oder Dornbusch oder schon in Ginnheim ist. Trotzdem hat dieser Teil der Stadt mit seinem typischen Nebeneinander von dörflichen Strukturen und zeitgemäßer Architektur sich einen idyllischen Charme bewahrt, der bis heute spürbar ist.

Carla wirft einen Blick nach rechts zu ihrer Beifahrerin. »Haben Sie mal was von der Platensiedlung gehört?«

Almuth Hegemann schüttelt den Kopf.

»Eine Zeilensiedlung im Zentrum von Ginnheim. Ursprünglich für Soldaten der US-Armee errichtet, 1996 von der Stadt Frankfurt übernommen. Dort wohnten bis 2019 inmitten braver Bürger sechs kriminelle Großfamilien, die jede Menge Drogen verkauften und die Nachbarschaft tyrannisierten. Dann gelang es der städtischen Wohnungsbaugesellschaft, ihnen zu kündigen, und zwar mit einem juristischen Trick, der in Fachkreisen viel Stirnrunzeln auslöste. Die Stadt warf den Mietern vor, sie hätten mit dem Drogenverkauf von zu Hause aus Wohnraum illegal geschäftlich genutzt und damit zweckentfremdet, was als Kündigungsgrund vor Gericht Bestand hatte.« Carla lacht leise. »Nicht, dass es mich groß gestört hätte, aber ein bisschen schräg war es schon.«

»Aha! Und wie kommen Sie jetzt da drauf?«

»Keine Ahnung, immer, wenn ich von Ginnheim höre, muss ich an diese schöne Geschichte denken«, sagt Carla und biegt nach rechts ab. Laut Navi hat sie ihr Ziel erreicht.

Das Haus, in dem Sofia Yannakakis wohnt, befindet sich eindeutig in einer Straße, die einmal zum alten Dorfkern gehörte. Ein großer landwirtschaftlicher Gebäudekomplex in Hufeisenform, der bis auf einen Teil des rechten Flügels baufällig und unbewohnbar wirkt. Den von Unkraut bewachsenen Innenhof betritt man durch ein Tor in einer halbhohen, bröckeligen Mauer, die das Areal umschließt. Carla und ihre Begleiterin wenden sich dem rechten Flügel und damit dem Gebäudeteil zu, bei dem eine Klingel, ein Briefkasten mit Namensschild und Gardinen hinter den Butzenscheiben auf Bewohner hinweisen. Efeu und wilder Wein ranken sich um die Tür und verleihen der Frontseite einen romantisch verwilderten Charme.

Noch bevor Carla die Klingel betätigt, wird die Tür geöffnet und Sofia Yannakakis begrüßt zunächst ihre Therapeutin und dann Carla mit einer herzlichen Umarmung. »Ui, jui, jui ... was soll ich sagen, könn'se sich vielleicht vorstellen.«

Mit einer Handbewegung bedeutet sie den Besucherinnen, ihr durch einen kurzen Flur zu folgen, und gemeinsam betreten sie eine bäuerliche Wohnküche, die ein wenig schäbig, aber durchaus gemütlich möbliert ist. An einem blank gescheuerten Holztisch sitzt eine junge Frau, die ihnen ängstlich entgegenblickt. Carla schätzt ihr Alter auf etwa sechzehn oder siebzehn Jahre. Sie hat weiche, mädchenhafte Gesichtszüge, beinahe schwarzes, schulterlanges Haar und trägt eine blaue Latzhose und einen roten Pullover. Sofia geht zu ihr, küsst sie auf den Scheitel und streichelt kurz ihre Wange. Ein Hinweis auf liebevolle Verbundenheit, der ganz ohne Worte auskommt.

Carla streckt der jungen Frau die Hand entgegen. »Ich bin Carla.«

Die Frau erwidert den Händedruck, greift mit der Linken in die Brusttasche ihrer Latzhose und fördert einen rotbraunen Pass zutage, auf dem unter einem goldfarbenen Hoheitszeichen in kyrillischen und lateinischen Buchstaben »Republic of Bulgaria« steht. Sie streckt Carla das Dokument entgegen, zeigt auf ihre Brust und sagt: »Ceija ... das ich.«

Carla schlägt den Pass auf und erfährt, dass es sich bei ihrem Gegenüber um Ceija Stojanow aus Plowdiw in Bulgarien handelt, vor Kurzem gerade siebzehn geworden. Was hat sie mit Sofia Yannakakis zu schaffen, die, zumindest allem Anschein nach, aus Griechenland stammt? Die beiden scheinen sich nicht nur zu kennen, sondern in enger Beziehung zueinander zu stehen. Könnte es sein, dass der Angriff auf Sofia etwas mit dem Mädchen zu tun hat? Der Gedanke ist so schnell in Carlas Kopf aufgetaucht, dass sie keine Ahnung hat, woher er stammt, aber er setzt sich blitzartig mit diversen Widerhaken fest und mausert sich zu einem Verdacht.

Almuth Hegemann zuckt ratlos mit den Schultern. »Was haben wir hier? Wer ist das? Ich verstehe nicht, wie das Mädel ins Bild passt ...«

»Das finden wir nur heraus, wenn wir mit ihr reden«, sagt Carla. »Und dafür brauchen wir einen Dolmetscher.«

Sie überlegt einen Augenblick, wer ihr am schnellsten einen besorgen könnte, und beschließt, Delia Egmont zu fragen. Deren Security-Firma hat gute Kontakte und genug Geld, um Menschen auf der Stelle zu allem Möglichen zu motivieren. Sie tippt auf dem Handy die Nummer ihrer Personenschützerin an, deren normalerweise freundlich-selbstbewusste Stimme jetzt ausgesprochen griesgrämig klingt, als sie abnimmt.

»Wo stecken Sie?«, fragt Egmont statt einer Begrüßung.

»Bei einer Mandantin in Ginnheim. Zusammen mit einer Therapeutin und einer jungen Dame ohne nennenswerte deutsche Sprachkenntnisse. Haben Sie Kontakte zu einer Agentur für Dolmetscher oder Übersetzer? Ich brauche jemanden, der Bulgarisch und – wenn möglich – Griechisch spricht. Wenn Sie so eine Person an der Hand haben, laden Sie sie ein und kommen zu mir nach Ginnheim. Bieten Sie einhundert Euro als Bonus, wenn er oder sie gleich mitkommt. Falls Sie niemanden finden, rufen Sie mich in den nächsten zwanzig Minuten zurück.« Carla gibt die genaue Adresse durch und legt auf.

Almuth Hegemann wirft ihr einen fragenden Blick zu. »Wir warten eine Dreiviertelstunde auf einen Dolmetscher«, erklärt ihr Carla. »Wenn bis dahin keiner eintrifft, verschieben wir das Ganze.«

Aber das ist nicht notwendig. Noch vor Ablauf der Frist steht Egmont mit einem Dolmetscher vor der Tür. Es handelt sich um einen freundlichen Mann in mittleren Jahren, den die Personenschützerin als Serhat Celik vorstellt und der nach Angaben seiner

Agentur neben Deutsch und Englisch Griechisch, Türkisch und Bulgarisch spricht. Erfreulicherweise hatte er kein Problem damit, gleich nach Egmonts Anruf mit ihr nach Ginnheim zu fahren. Er nimmt neben Almuth Hegemann am Küchentisch Platz und betrachtet Carla, Sofia Yannakakis und die junge Frau, wegen der er gerufen wurde, aufmerksam. Dann nimmt er einen Schluck von dem Kaffee, den Sofia vor ihm abgestellt hat, verzieht ein wenig das Gesicht und genehmigt sich zwei gehäufte Löffel aus der Zuckerdose. Zufrieden lächelnd richtet er dann das Wort an die junge Frau, die ängstlich und nervös auf ihrem Stuhl herumrutscht.

Carla versteht vom Klang der Sprachen her, dass er mit Griechisch beginnt, es dann mit Bulgarisch probiert, schließlich bei Türkisch landet und in dieser Sprache eine leise Antwort erhält.

Er wendet sich Carla zu. »Ich glaube, dass sie Bulgarisch versteht, aber Türkisch scheint ihr lieber zu sein. Bleiben wir also dabei. Ich werde sie nach ihrer Herkunft fragen und wie sie nach Deutschland gekommen ist. Außerdem werde ich ihr sagen, dass sie keine Angst zu haben braucht und nicht befürchten muss, bei den Behörden angezeigt zu werden. Ist das richtig?«

»Absolut«, sagt Carla, und Almuth Hegemann nickt entschieden.

Mit sanfter Stimme und in einem freundlichen Plauderton beginnt der Dolmetscher seine Fragen zu stellen. Es gelingt ihm gänzlich, den Eindruck eines Verhörs zu vermeiden, und Carla kann sehen, wie die junge Frau sich beruhigt und entspannt. Sie antwortet jetzt lauter und nicht mehr so stockend. Nach etlichen weiteren Sätzen unterbricht der Mann sie mit einem Handzeichen und beginnt, zu übersetzen.

»Ihr Name ist Ceija Stojanow, aber das wissen Sie ja schon aus dem Pass. Sie stammt ursprünglich aus Plowdiw, einer Stadt in Bulgarien. Aber nicht aus dem ›schönen Teil der Stadt‹, wie sie sagt, sondern aus dem Roma-Ghetto. Als sie schwanger wurde, ist sie mit ihrer Mutter dort weggegangen. Die Mutter wollte, dass sie das Kind abgibt, und der dicke Mann wollte das auch.«

»Wer ist der dicke Mann?«

Carla kann nicht ganz verhindern, dass ihre Stimme einen etwas drängenden Unterton bekommt. Almuth Hegemann wirft ihr einen warnenden Blick zu und auch Sofia Yannakakis scheint beunruhigt. Der Dolmetscher übersetzt Carlas Frage, und das Mädchen beginnt zu weinen. Es dauert eine Weile, bis sie antwortet.

»Er ist so eine Art – sie findet kein richtiges Wort dafür ... ihr Türkisch ist sehr ungewöhnlich ... mit einem starken osteuropäischen Akzent und im Wortschatz limitiert. Sie nennt ihn einen Zwischenmann. Ich glaube, sie meint einen Vermittler.«

Er fragt nach, erklärt, wie er sie verstanden hat, und Ceija Stojanow nickt eifrig.

»Ihre Mutter und der dicke Mann haben beide das Gleiche gesagt: Dass sie zu arm und zu jung ist, um das Kind aufzuziehen. Und dass sie es jemandem geben soll, der Geld hat und gut für es sorgt. Einem *Gadjo*. Moment ...« Der Dolmetscher zieht einen digitalen Translator aus der Tasche und tippt darauf herum. »Das ist Romanes. Ein Ausdruck für alle Menschen, die keine Sinti und Roma sind.«

Das Mädchen hat wieder zu weinen begonnen. Sofia Yannakakis steht auf, tritt hinter sie und streichelt sanft ihren Nacken. Dabei murmelt sie Worte, die wahrscheinlich in keiner Sprache einen Sinn ergeben, Ceija jedoch zu beruhigen scheinen. Almuth Hegemann beobachtet sie gerührt.

»Bitte sagen Sie ihr, dass wir verstehen, in welch furchtbarer Lage sie war«, sagt Carla. »Wir würden gerne wissen, wie alles weiterging.«

Das Mädchen hört dem Dolmetscher zu und wischt die Tränen ab. Dann schnieft sie ausgiebig in das Taschentuch, das Sofia ihr reicht, und beginnt zu erzählen. Serhat Celik, der mit ihrer Version der türkischen Sprache jetzt offenbar besser zurechtkommt, übersetzt beinahe simultan.

»Ich war ungefähr im siebten Monat – genau weiß ich das nicht –, als der dicke Mann meine Mutter besuchte. Keine Ahnung, wie er heißt und woher er kam, aber er sprach gut Türkisch. Er sagte, er kennt Leute aus Deutschland und Holland, die unbedingt ein Baby brauchen. Und er könne dafür sorgen, dass meine Mutter fünfhundert Euro dafür bekommt. Sie hat sofort ja gesagt – als ob es ihr Baby wäre.« Die Bitterkeit in Ceijas Stimme ist unüberhörbar.

»Aber es war dein Baby. Was hast *du* dazu gesagt?«, unterbricht Carla.

Ceija zieht resigniert die Schultern hoch. »Mich hat niemand gefragt. Alle haben gesagt, dass es das Beste ist. Meine Mutter, der dicke Mann und alle meine Tanten. Nur mein Großvater hätte es nicht erlaubt, niemals – aber Großvater ist tot.« Wieder rollen ihr die Tränen die Wangen hinunter.

Sofia nimmt sie in den Arm, drückt sie an sich und küsst sie auf die Stirn.

Carla verflucht ihre Ungeduld und schenkt noch einmal Kaffee für alle nach. Was dieses Mädchen zu erzählen hat, kann eine Weile dauern, aber Carla spürt, dass es entschlüsseln wird, was mit Sofia Yannakakis geschehen ist.

Ceija löst sich jetzt aus Sofias Umarmung, räuspert sich und erzählt weiter.

Der Dolmetscher lauscht ein paar Augenblicke und klinkt sich dann ein. »Der dicke Mann hat mich fotografiert und mir einen bulgarischen Pass besorgt, in dem steht, dass ich neunzehn bin. Wie er das geschafft hat, weiß ich nicht. Leute wie wir bekommen normalerweise keine Pässe.« Sie zieht den Rotz hoch und trinkt einen Schluck Kaffee. »Eigentlich war der Dicke nicht so schlimm. Gut, er wollte mein Kind kaufen, und es war ihm scheißegal, ob mir das gefiel. Aber er war nicht direkt gemein zu mir. Er hat mir eine sichere und sanfte Geburt versprochen. In einer Privatklinik in Griechenland. Wo es mir und meinem Baby gut gehen würde. Also habe ich die Papiere unterschrieben, aber schon da wollte ich es eigentlich nicht mehr.«

»Du meinst die Adoption?«

Serhat Celik übersetzt und das Mädchen nickt heftig. »In der Nacht, bevor wir nach Thessaloniki aufgebrochen sind, habe ich nicht geschlafen, sondern nachgedacht. Und geschwitzt vor Angst. Ich wollte ihnen mein Baby nicht geben, also musste ich abhauen. Wohin, wusste ich nicht. Bis mir die einzige Person eingefallen ist, zu der ich gehen konnte. Wenn es mir gelang, mich nach Athen durchzuschlagen.«

Ceija hält inne, und die Erinnerung daran, was in Thessaloniki geschehen ist, scheint ihr zu schaffen zu machen. Mühsam unterdrückt sie eine erneute Tränenflut.

Dann spricht sie den Dolmetscher mit einem kurzen Satz direkt an.

Celik grinst erstaunt und blickt in die Runde. »Sie möchte eine Zigarette rauchen.«

Carla und die Sprachtherapeutin zucken beinahe synchron mit den Achseln.

»Ich habe aufgehört«, sagt Almuth Hegemann.

Carla nickt. »Dito!«

Der Dolmetscher zieht eine Schachtel Camel aus der Hosentasche. »Wenn Sie wollen, kann ich aushelfen.«

»Ui, jui, jui«, sagt Sofia Yannakakis mit klarer und deutlicher Stimme, »hier wird nicht geraucht! Auf keinen Fall!«

Almuth Hegemann springt auf und fegt dabei um ein Haar ihre Kaffeetasse vom Tisch. Mit einem großen Schritt ist sie bei ihrer Klientin und ergreift deren Hand. »Was für ein großartiger Satz. Kannst du das noch einmal sagen?«

»Hier wird nicht geraucht!« Sofias Tonfall signalisiert, dass sie korrektes Sprechen für so ziemlich das Einfachste auf der Welt hält.

Ihre Therapeutin setzt sich wieder und wirft Carla einen bedeutsamen Seitenblick zu. »Haben Sie das gehört? Mit viel Glück war das eine Art Durchbruch. Da wollen wir doch mal sehen, was sie in einem Vierteljahr aussagen kann. Wir besprechen das später.«

Carla nickt und wendet sich dem Dolmetscher zu. »Rauchen geht jetzt nicht. Aber wenn wir hier fertig sind, spendiere ich eine ganze Stange. Welche Marke auch immer sie glücklich macht. Vorher muss ich aber wissen, was passiert ist.«

»Tamam.« Ceija Stojanow verzieht das Gesicht, nimmt aber den Erzählfaden wieder auf, und Celik beginnt beinahe zeitgleich zu übersetzen. »In dieser Nacht habe ich mir einen Plan ausgedacht. Ein Mädchen aus Stolipinowo hatte mir erzählt, dass der zentrale Busbahnhof in Thessaloniki riesig und chaotisch ist. Ich wollte dieses Chaos ausnutzen und meiner Mutter davonlaufen. Einfach in der Menge untertauchen und dann versuchen, einen Bus nach Athen zu erwischen. Ich habe gebetet, dass die fünfzig Euro, die meine Mutter mir abgegeben hatte, für den Fahrpreis reichen würden. In Athen lebt eine Schwester meines Großvaters, die einen richtigen Job hat. Sie hätte mich aufgenommen und mir geholfen. Aber der Plan ging schief.« In Ceijas Augen glitzern erneut Tränen, doch sie gibt sich einen Ruck und ist offenbar entschlossen, auch den Rest der Geschichte zu erzählen. »Als wir in Thessaloniki aus dem Bus stiegen, warteten dort fünf Männer. Meine Mutter war direkt hinter mir. Es war unmöglich, ihnen zu entkommen. Sie haben mich freundlich begrüßt, untergehakt und zu einem Taxi gebracht. Alles ohne Aufsehen. Zwanzig Minuten später erreichten wir die Klinik. Die Männer haben mich hineingeführt, meine Mutter ist nicht einmal aus dem Auto gestiegen. Ruf an, wenn alles erledigt ist, hat sie gesagt. Das war's!« Ceija ballt kurz die rechte Hand zur Faust und schaut dann trotzig in die Runde. »Kann ich nicht doch eine rauchen?«

Carla deutet mit einer Kopfbewegung in Sofias Richtung. »Es ist ihre Wohnung.«

Ceija gibt einen theatralischen kleinen Seufzer von sich. »In der Klinik haben sie mich sofort in mein Zimmer gebracht. Ein schönes Zimmer. Hell, freundlich und mit einem kleinen Balkon. Ich hätte gerne etwas gegessen, aber sie sagten, ich sei zu früh dran, die Küche sei noch geschlossen. Eine Stunde später hat mich eine nette Ärztin, die einigermaßen Türkisch sprach, untersucht. Es ist ein Mädchen, hat sie gesagt, alles in Ordnung. In drei, spätestens vier Tagen würde ich entbinden. Aber das war alles gelogen. Noch am gleichen Abend haben sie das Kind aus mir herausgeschnitten.«

FÜNFZEHN

Carla sieht Almuth Hegemann zusammenzucken, und auch sie selbst ist erschrocken über die unvermittelte Brutalität der Formulierung. »Was genau haben sie gemacht?«

»Einen Kaiserschnitt. Statt eines Abendessens bekam ich ein Medikament, das mich innerhalb von Sekunden außer Gefecht setzte. Später habe ich einen Stich in meiner Armbeuge bemerkt, da lag ich wohl schon auf dem Operationstisch. Sie haben das Kind aus meinem Bauch geholt und nach dem Eingriff auf meine Brust gelegt. Obwohl ich die Nacht in einem Dämmerschlaf verbrachte, weiß ich noch, dass es ein wunderbares Gefühl war. Ich verstand nicht, was passierte, aber solange ich meine Tochter spürte, war ich nicht besonders beunruhigt.« Ceija schließt kurz die Augen und scheint die kurzen Glücksmomente noch einmal zu durchleben, bevor sie weiterspricht. »Ihre Atemzüge waren ganz leicht, aber ich konnte sie wahrnehmen, und sie hat unfassbar gut gerochen. Als ich am nächsten Morgen die Augen öffnete, war sie verschwunden, und ich bin durchgedreht.«

Ceijas Stimme ist immer leiser geworden und am Ende des Satzes zu einem Flüstern geworden. Carlas Blick huscht zu Almuth Hegemann, die an den Lippen des Mädchens hängt und offenbar Mühe hat, die Tränen zurückzuhalten.

»Warum haben die das gemacht?«

Ceija zieht die Schultern hoch. »Vielleicht wollte der reiche Gadjo nicht warten und brauchte das Kind sofort. Vielleicht haben sie auch gedacht, dass ich Probleme machen würde. Das habe ich ja auch. Nach dem Aufwachen habe ich die ganze Klinik zusammengeschrien. Die nette Ärztin vom Vortag ist gekommen und hat mir ein Beruhigungsmittel gespritzt. Hierhin!« Sie schlägt mit den Fingern der rechten Hand in ihre linke Armbeuge. »Sie war nicht mehr so nett, sondern ziemlich grob! Es seien plötzlich Probleme aufgetaucht, hat sie gesagt. Der Wehenschreiber hätte verrückt gespielt, die Herztöne meines Babys seien schwach und unregelmäßig gewesen, und schweren Herzens habe der Chefarzt den Kaiserschnitt angeordnet. Schließlich hätte ich ja unterschrieben, dass die Ärzte alle notwendigen Maßnahmen ergreifen dürften, um das Kind zu schützen. Mit der Unterschrift ... das hat wahrscheinlich gestimmt. Alles andere war gelogen.«

»Hast du dein Kind noch einmal wiedergesehen?«

Ceija schüttelt stumm den Kopf. »Ich wollte nach ihm fragen, aber es war zwecklos. Die Ärztinnen und Pfleger haben nur mit den Schultern gezuckt. Die meisten sprachen sowieso nur Griechisch und Englisch, und die, mit denen ich vorher reden konnte, verstanden auf einmal kein Türkisch mehr. Eine der Schwestern zeigte mir auf dem Kalender ihres Handys, dass ich die Klinik in sieben Tagen verlassen musste. Ich habe sie angebettelt, mir für zwei Minuten ihr Telefon zu leihen, um meine Mutter zu informieren. Das türkische Wort ›Anne‹ für Mutter hat sie verstanden. Statt meiner Mutter habe ich aber Großvaters Schwester in Athen angerufen. Der Pflegerin ist das nicht aufgefallen. Einen Tag vor Ablauf der Frist bin ich dann abgehauen und per Anhalter zum Busbahnhof gefahren. Mein Geld hat für ein Ticket nach Athen gereicht.«

Ceija atmet tief ein und lässt die Luft stoßweise entweichen, froh offenbar, dass jetzt alles raus ist. Niemand sagt etwas. Carla wartet noch ein paar Augenblicke, dann geht ihr das Schweigen auf die Nerven.

»Wann ist sie nach Deutschland gekommen und warum? Ist in Athen etwas passiert?«

Serhat Celik übersetzt die Frage und Ceija lässt sich Zeit mit der Antwort. »Die Schwester meines Großvaters war sehr gut zu mir«, sagt sie schließlich. »Sie hat mich aufgenommen, mir ein Zimmer und Essen gegeben und mich getröstet. Aber sie hatte Angst vor einigen Mitgliedern der Familie. Jemand hatte ihr zugetragen, dass meine Mutter und ein paar Verwandte mich suchten. Als die dann mehrfach anriefen und drängende Fragen stellten, hat sie beschlossen, mich zu ihrer Tochter nach Deutschland zu schicken.« Sie deutet mit der Hand auf Sofia Yannakakis. »Das ist sie! Meine Großtante war in erster Ehe mit einem Griechen verheiratet. Daher der Nachname.«

Sofia nickt eifrig und Carla fragt sich, ob sie wirklich etwas von dem verstanden hat, was gesagt wurde. Ceija Stojanow macht wieder eine Pause und hat angefangen, mit den Handflächen ihre Knie zu massieren. Sie macht jetzt einen sehr angespannten Eindruck. Carla beschließt, ihr einen Augenblick Ruhe zu gönnen, und wendet sich an den Dolmetscher.

»Bieten Sie ihr an, sie zum Rauchen nach draußen zu begleiten, und schenken Sie ihr eine von Ihren Zigaretten. Meinetwegen auch zwei.«

»Da bin ich dabei«, sagt Delia Egmont. »Ich würde auch gerne eine rauchen.«

Celik übersetzt Carlas Worte, und über Ceijas Gesicht zuckt ein kurzes, aber ausgesprochen freudiges Grinsen. Sie springt auf und flitzt zur Tür, der Dolmetscher und die Personenschützerin folgen ihr, und Carla beobachtet durch die Butzenscheiben, wie sie draußen die Köpfe zusammenstecken und genüsslich an ihren Zigaretten ziehen.

»Denken Sie, dass sie noch mehr zu erzählen hat?«, fragt Almuth Hegemann.

Carla nickt. »Garantiert! Der entscheidende Rest fehlt noch. Sie weiß etwas, das mit dem Angriff auf Sofia zu tun hat.«

Als Ceija und der Dolmetscher nach einer Viertelstunde wieder hereinkommen, schenkt Carla noch einmal Kaffee nach und wendet sich dann an Celik.

»Wir sind gleich fertig. Nur ein paar Fragen noch. Zunächst einmal: Wie ist sie nach Deutschland eingereist?«

Die junge Frau lauscht der Übersetzung und antwortet dann schnell und flüssig. »Meine Großtante kennt einen LKW-Fahrer, der regelmäßig für eine große Spedition zwischen Athen und Frankfurt pendelt. Er hat mich mitgenommen. Über die Balkanroute. Das ist ungefähr sechs Monate her.«

»Gut«, sagt Carla, »dann meine letzte Frage. Was weißt du über den Angriff auf Sofia?«

Ceija zuckt zusammen und starrt Carla erschrocken an. Auf ihrem Gesicht spiegeln sich Entsetzen, Trauer und Scham. Carla ist froh, dass sie nicht wieder in Tränen ausbricht, und wartet geduldig. Als Ceija zu sprechen beginnt, ist ihre Stimme so leise, dass Serhat Celik näher an sie heranrückt.

»Das war meine Schuld«, sagt Ceija. »Alles meine Schuld.«

»Wie ist das möglich?«

Die junge Frau senkt den Kopf und schaut auf die Tischplatte. »Es war auf dem Wochenmarkt an der Bockenheimer Warte. Da bin ich manchmal gewesen, immer donnerstags, wenn Sofia gearbeitet hat und mir langweilig war. Ein schöner Markt, nicht so groß, viele Studenten und junge Leute kaufen da ein. Ich habe dort einen türkischen Gemüsehändler kennengelernt, mit dem ich mich ab und zu unterhalten konnte. Ein netter alter Mann. Manchmal hat er mir fünf Euro gegeben, wenn ich für ihn die Kisten getragen habe. Und einmal hat er mir Spargel geschenkt. Es war das erste und einzige Mal, dass ich welchen gegessen habe. Er hat mich in seine Wohnung eingeladen und ihn dort für mich zubereitet.«

Carla berührt den Dolmetscher an der Schulter. »Bitte fragen Sie, was das alles mit der Verletzung von Sofia zu tun hat.«

Celik stellt die Frage, und als Ceija Stojanow antwortet, hebt sie trotzig den Kopf. »Auf dem Markt habe ich ihn wiedergesehen.

Den dicken Mann aus Stolipinowo. Nur von der Seite, nicht von vorn, aber ich habe ihn sofort erkannt und war wie gelähmt vor Schreck. Es kam mir völlig unmöglich vor, und gleichzeitig hatte ich nicht den geringsten Zweifel. Er war es. Du musst wegschauen, habe ich gedacht, wenn er den Kopf dreht und merkt, dass du ihn anstarrst, wird er ... Aber ich konnte nicht wegsehen, und, Allah sei Dank, er hat den Kopf nicht zu mir gedreht, sondern in aller Ruhe Fleisch und Käse gekauft. Höchstens vier oder fünf Meter entfernt von mir.«

Carla atmet tief ein und aus. Mit dieser verrückten Wendung der Geschichte hat sie wirklich nicht gerechnet, und sie beginnt zu ahnen, warum Ceija von Schuldgefühlen geplagt wird. Dennoch will sie es von ihr selbst hören.

»Was geschah danach?«

»Als der Dicke den Markt verließ, bin ich ihm gefolgt. Ich habe nicht darüber nachgedacht, warum ich das tat. Ich hatte Angst vor ihm, große Angst, aber ich konnte nicht anders. Wenn er ein Auto gehabt hätte, wäre die Verfolgung schnell zu Ende gewesen. Selbst mit S- oder U-Bahn hätte ich Mühe gehabt, an ihm dranzubleiben. Aber er ging zu Fuß in Richtung Bockenheimer Landstraße. Nach einer guten Viertelstunde betrat er ein großes Haus. Als ich mich vorsichtig näherte, habe ich gesehen, dass es ein Restaurant war. Es hieß Mykonos ...«

Carla unterbricht sie mit einer Handbewegung. »Warum glaubst du, dass du an irgendetwas schuld bist?«

»Ich habe es Sofia erzählt. Das hätte ich nicht machen dürfen. Niemals!«

SECHZEHN

»Warum denkst du das?«

Ceija zögert nur kurz. »Sofia war sehr aufgeregt, als ich ihr nach meiner Ankunft erzählte, was mit dem Baby geschehen ist. Als sie jetzt erfuhr, dass der dicke Mann hier in Frankfurt lebt, ist sie furchtbar böse geworden. Am nächsten Abend hat sie das Haus verlassen und ist nicht zurückgekommen. Ich glaube, sie ist in das Restaurant gegangen, um den Mann zur Rede zu stellen. Ich habe sie erst fünf Wochen später wiedergesehen. Da konnte sie nicht mehr richtig sprechen.«

»Du wusstest die ganze Zeit nicht, wo sie war?«, will Almuth Hegemann wissen. »Hast du dir keine Sorgen gemacht?«

Celik übersetzt, und die junge Frau nickt heftig. »Doch, ich habe mir große Sorgen gemacht und hatte furchtbare Angst.«

»Aber du hast keine Nachforschungen angestellt oder nach Sofia gesucht?«, fragt Carla.

Ceija schüttelt den Kopf. »Wie hätte ich das machen sollen? Ich habe in den paar Monaten nur wenig Deutsch gelernt und kenne niemanden in Frankfurt. Außerdem hatte ich Angst vor dem dicken Mann und vor der Polizei. Mein Pass ist wahrscheinlich gefälscht und ich dachte, dass die deutschen Behörden das sofort merken, wenn ich anfange, mich nach Sofia zu erkundigen. Als am nächsten Tag zwei Polizistinnen an der Tür klingelten, habe ich deshalb nicht aufgemacht, sondern mich versteckt. Leute wie ich sind auch in Deutschland nicht beliebt.«

»Du musst keine Angst vor der Polizei haben«, sagt Carla bestimmt. »Wenn sich alles so abgespielt hat, wie du es erzählt hast, hat der dicke Mann auf jeden Fall gegen das Gesetz verstoßen. Die Adoption war illegal, du warst noch nicht volljährig und es dürfte nicht schwer sein zu belegen, dass du das, was du unterschrieben hast, gar nicht lesen konntest. Wenn du willst, gehe ich mit dir zur Polizei und du kannst den dicken Mann anzeigen.«

Während der Dolmetscher Carlas Worte übersetzt, nimmt Ceija Stojanows Gesicht einen immer furchtsameren Ausdruck an. Entsetzt schüttelt sie den Kopf und lässt dann einen Schwall von sehr schnellem Türkisch auf Serhat Celik einprasseln, den dieser schließlich mit einer energischen Handbewegung unterbricht und für Carla zu einer Antwort zusammenfasst.

»Sie will auf keinen Fall zur Polizei, weil sie nicht glaubt, dass die sie vor dem dicken Mann beschützen kann. Außerdem sagt sie, dass sie schließlich auch gegen das Gesetz verstoßen hat, wenn die Adoption illegal war. Vor allem aber denkt sie, dass sie nie wieder zu ihrer Familie nach Stolipinowo zurückkann, wenn sie gegen den dicken Mann vorgeht.«

Carla nickt. »Sagen Sie ihr, niemand kann sie zwingen, den dicken Mann anzuzeigen, aber ich werde auf jeden Fall alle Informationen an die deutsche Polizei weiterleiten. Was dann passiert, kann ich nicht genau vorhersehen.«

Ceija Stojanow nickt trotzig und beginnt wieder, ihre Knie mit den Handflächen zu massieren.

»Gut«, sagt Carla, »eine letzte Frage noch: Bist du die ganze Zeit hier im Haus geblieben?«

»Ich war zweimal einkaufen. Bei Dunkelheit. In dem kleinen Supermarkt an der Ginnheimer Landstraße. Ich habe das Geld ausgegeben, das Sofia in ihrer Zuckerdose versteckt hat. Einmal bin ich morgens im Park zum Joggen gewesen. Den Rest der Zeit war ich hier und habe auf sie gewartet. Ich wusste, dass sie zurückkommt.«

Ceija steht auf, nimmt Sofia Yannakakis in den Arm und drückt sie an sich. Carla sieht die Schultern der jungen Frau zucken und weiß, dass sie wieder weint.

Almuth Hegemann räuspert sich diskret. »Was machen wir? Was passiert jetzt?«

Carla überlegt einen Augenblick und wendet sich dann an den Dolmetscher. »Bitte machen Sie ihr klar, dass sie möglichst im Haus bleiben sollen, besonders Ceija. Sofia kann die notwendigen Einkäufe erledigen. Und sie sollen auf keinen Fall zu dem Restaurant gehen und sich von dem dicken Mann fernhalten. Es wäre gut, wenn die Sprachtherapie hier im Haus stattfinden könnte. Ich muss mit meinem Kontakt bei der Kripo und mit meinem Team sprechen. Wenn es so etwas wie einen Plan gibt, melde ich mich.«

»Vor allem bei mir«, mischt sich Delia Egmont ein. »Was auch immer Sie vorhaben oder aushecken, erzählen Sie es mir. Wenn Sie mich nicht dabeihaben wollen, ist das okay, aber Sie müssen mich informieren. Wenn Sie nochmal so eine Solonummer wie diesen Ausflug durchziehen, spreche ich mit Aleyna und gebe den Auftrag zurück.«

Carla starrt sie einen Augenblick wortlos an, wirft dann einen Blick in die Runde und hat den Eindruck, dass alle Anwesenden gespannt auf ihre Antwort warten. Also nickt sie. »Versprochen!«

Dann holt sie ihr Handy raus und wählt Rossmüllers Nummer. »Kann ich kurz bei Ihnen vorbeikommen? Ich habe ein paar interessante Dinge zu erzählen.«

»Wenn Ihnen fünfzehn Minuten reichen, geht's.«

»Bis gleich«, sagt Carla, unterbricht die Verbindung und wendet sich an Delia Egmont. »Wir fahren zur Polizei, und ich stelle Sie einem netten Bullen vor. Die anderen beiden lassen wir in der Stadt raus.«

SIEBZEHN

Rossmüller scheint ziemlich im Stress zu sein, denn er schaut, während er Carla mit Handschlag begrüßt, auf seine Armbanduhr und rutscht dann nervös auf dem Stuhl herum.

»Die Personalsituation ist katastrophal zurzeit und der Krankenstand auch. Ich habe gefühlt doppelt so viel zu tun wie im letzten Jahr. Lassen Sie uns gleich anfangen: Was den Anschlag auf Sie angeht, gibt es keine neuen Erkenntnisse. Die Berliner Kollegen konnten definitiv keinen Amarok finden, der auf einen Tschetschenen zugelassen ist. Eine telefonische Anfrage bei den VW-Vertragswerkstätten nach einem solchen Auto mit Schäden im Frontbereich blieb ebenfalls ergebnislos. Dieser Ramsan Terloy verhält sich brav und unauffällig, fast so, als wüsste er, dass die Polizei ein Auge auf ihn hat. Die meiste Zeit verbringt er in seinem Club, in dem nichts Illegales passiert. Manchmal geht er mit einem der Table-Dance-Mädchen essen. Keine Ehefrau, keine Hobbys. Und keine Chance, ihn aus der Reserve zu locken.«

Carla nickt frustriert, doch im Grunde hat sie mit nichts anderem gerechnet. Dafür kann wenigstens sie mit ein paar interessanten Neuigkeiten aufwarten. »Sie haben doch den Betreiber des Mykonos persönlich kennengelernt. Was schätzen Sie, wie viel er wiegt?«

»Mindestens einhundertzwanzig Kilo, wahrscheinlich mehr. Wen interessiert das?«

»Warten Sie's ab«, sagt Carla. Dann erzählt sie von ihrem Besuch in Ginnheim und schildert dem immer verblüffter dreinschauenden Rossmüller, was Ceija Stojanow berichtet hat und in welchem Verhältnis diese zu Sofia Yannakakis steht. Als Carla fertig ist, lässt der Polizist laut und langsam die Luft entweichen.

»Also, Sie sagen, der Chef eines griechischen Nobelrestaurants in Frankfurt hat der Kleinen in einem bulgarischen Elendsviertel für fünfhundert Euro ihr Baby abgeschwatzt? Und wo ist das Kind jetzt?«

»Er hat es verkauft«, sagt Delia Egmont ungerührt. »Und ich wette, das hat er nicht zum ersten Mal gemacht.«

Rossmüller schaut sie nachdenklich an. »Eine steile These. Was sagten Sie, für welchen Sicherheitsdienst Sie arbeiten?«

Egmont lächelt sparsam. »Um genau zu sein, habe ich gar nichts gesagt. Meine Firma heißt *ARGUS Security*. Bevor ich dort anfing, war ich bei der Bundespolizei. Unter anderem zwei Jahre am Flughafen.«

Rossmüller nickt anerkennend und lächelt zurück. »Trotzdem, jetzt erst mal sachte. Sie sagen, nachdem das Mädchen ihr Kind verloren hat, ist sie über Umwege nach Deutschland zu ihrer Verwandten gelangt und hat Frau Yannakakis erzählt, was man mit ihr gemacht hat. Die hat sich darüber sehr aufgeregt, und als sie später erfuhr, dass der Mittelsmann in Frankfurt ein Restaurant betreibt, hat sie ihn aufgesucht, um ihn zur Rede zu stellen. Er hat ihr die Kopfverletzung zugefügt und sie am Mainufer entsorgt. Vermutlich hat er gedacht, sie sei tot. Korrekt so weit?«

Die beiden Frauen nicken.

»Das Mädchen ist aus meiner Sicht absolut glaubwürdig«, sagt Carla. »Aber sie wird keine Aussage machen oder Anzeige erstatten. Für sie besteht kein Unterschied zwischen der griechischen, bulgarischen und deutschen Polizei. Wenn sie in ihren siebzehn Lebensjahren eines gelernt hat, dann der Obrigkeit aus dem Weg zu gehen. Vor dem dicken Mann, wie sie Tarrasidis nennt, hat sie ebenfalls Angst. Sie denkt, dass seine Macht bis in ihr bulgarisches Ghetto reicht.«

»Das sieht nicht gut aus«, knurrt Rossmüller. »Das eine Opfer kann nicht aussagen und das andere will nicht. Was soll ich Ihrer Meinung nach tun?«

»Klopfen Sie auf den Busch«, sagt Egmont. »Bitten Sie ihn, hierher zu Ihnen auf die Dienststelle zu kommen und ein paar Fragen zu beantworten. Sagen Sie ihm, es kursieren Gerüchte, dass er an illegalen Adoptionen in Bulgarien und Griechenland beteiligt ist, und ob er sich dazu äußern möchte. Dass Sie keine Aussage von Ceija Stojanow haben und gar keine Anzeige vorliegt, braucht er nicht zu wissen. Provozieren Sie ihn und verleiten Sie ihn dazu, einen Fehler zu machen.«

»Ich denke darüber nach«, sagt Rossmüller und wendet sich an Carla. »Wenn es zu diesem Gespräch tatsächlich kommt ... wollen Sie durch die Scheibe zusehen?«

»Sprechen Sie mit Ihren Vorgesetzten. Wenn die es genehmigen, bin ich dabei.«

»Ich hätte einen anderen Vorschlag. Wenn Tarrasidis einem Gespräch zustimmt, übermittle ich Ihnen den Tag, die Uhrzeit und die Zimmernummer, und Sie kommen einfach vorbei und schauen aus dem Nachbarraum ein wenig zu. Falls jemand reinkommt, reden Sie sich raus. Wie sollte ich davon auch nur das Geringste ahnen?«

Carla grinst. »Darüber muss *ich* wiederum ein bisschen nachdenken.« Dann wendet sie sich Delia Egmont zu. »Es ist schon Mittagszeit. Lassen Sie uns irgendwo eine Kleinigkeit essen, und dann wäre es nett, wenn Sie mich zur Kanzlei fahren und gegen 18:00 Uhr wieder abholen könnten.«

ACHTZEHN

Den Nachmittag verbringt Carla mit Papierkram. Akten lesen, Schriftsätze prüfen, ein Plädoyer vorbereiten, alles Tätigkeiten, denen sie normalerweise sehr ungern nachgeht, die aber heute eine bemerkenswert beruhigende Wirkung auf sie haben. Zumindest lenken sie ein wenig von den Gedanken an eine Siebzehnjährige ab, die man auf dubiose Weise dazu gebracht hat, ihr Kind zu verkaufen.

Und – ob sie will oder nicht, auch ein paar andere Stimmen in ihrem Kopf melden sich zu Wort. Stimmen, die fragen, was so verwerflich daran sein soll, dafür zu sorgen, dass ein Kind in einem reichen europäischen Land bei wohlhabenden Eltern aufwächst, statt in einem Elendsquartier auf dem Balkan.

Als wenn es den Akteuren im internationalen Adoptionsgeschäft um die Rettung der Kinder ginge und nicht um ihren Profit.

Bisschen einseitig, oder? Muss man nicht auch das Leid ungewollt kinderloser Paare sehen, die sich ein Baby herbeisehnen?

Und dieser Wunsch gibt ihnen das Recht, die Notlage irgendwelcher armen Schlucker auf dem Globus auszunutzen, um ihr Lebensglück vollkommen zu machen?

Schluss jetzt! Das Thema hat zahlreiche moralische, ethische und psychologische Aspekte, aber Carla hat nur der juristische zu interessieren. Und auch das nur dann, wenn es gelingt, Emanuel Tarrasidis etwas nachzuweisen. Also widmet sie sich erneut dem Aktenstudium, und dieses Mal schafft sie es, sich zu konzentrieren, bis ihr Handy eine Nachricht von Delia Egmont empfängt: *Warte ab 17:45 Uhr in der Tiefgarage auf Sie.*

Um kurz vor sechs verlässt Carla die Kanzlei und wird von der Personenschützerin am Fahrstuhl in Empfang genommen und zum Auto geleitet.

»Zu mir nach Hause«, sagt Carla.

Während der Fahrt betrachtet sie Egmont von der Seite. Eine auf unkonventionelle Art gutaussehende Frau Ende dreißig mit einem Gesicht, das man nicht so leicht vergisst. Energisches Kinn, ein breiter schmallippiger Mund, der sich mit wenig mimischem Aufwand zu einem spöttischen Grinsen verziehen lässt, hohe Wangenknochen, die bewirken, dass sie jünger aussieht, als sie wahrscheinlich ist. Für eine Frau hat sie große Hände, und wenn sie nicht gerade Auto fährt, bewegt sie sich mit einer lässigen Selbstsicherheit, wie Carla sie oft bei Kampfsportlern gesehen hat. Das halblange blonde Haar trägt sie zu einem straffen Zopf nach hinten gebunden.

»Warum haben Sie die Bundespolizei verlassen?«, fragt Carla.

»Man hat mich mit Geld gezwungen«, lacht Egmont leise. »Ich verdiene jetzt mehr als das Doppelte von dem, was beim Staat drin war. Und zwar nicht *obwohl*, sondern *weil* ich eine Frau bin. Es gibt eine Nachfrage nach weiblichen Personenschützern, die das Angebot bei Weitem übersteigt. Unsere Firma operiert im oberen Premiumsegment. Daher auch die üppige Gage. Wir beschützen die Superreichen, die alle eine Höllenangst davor haben, dass ihre Kinder entführt werden könnten.« Egmont überholt einen alten VW-Bus mit einem kaputten Rücklicht, der mit dreißig Stundenkilometern vor ihnen herzockelt, bevor sie weiterspricht. »Also begleiten wir die Kids auf Partys, fahren sie zur Schule oder gehen mit ihnen zum Konzert von Apache 207. Alles in enger Absprache mit dem Kunden. Wie bei Ihnen auch.«

Die Erinnerung an das Rap-Konzert löst bei der Personenschützerin ein sympathisches kleines Kichern aus, in das Carla einstimmt.

»Was ist denn der besondere Vorteil von Frauen in dem Beruf?«, will sie wissen.

»Bei allen Jobs, die mit Kindern und Familien zu tun haben, sind weibliche Bodyguards besser und unauffälliger in die Tagesabläufe integrierbar. Ich kann eine normale Hausangestellte oder Nanny sein, die Freundin der Ehefrau spielen oder als Tennislehrerin auftreten. Je unauffälliger ich ins Bild passe, desto sicherer und stressfreier sind die Reisen und Shopping-Trips. Ich kann überall so aussehen, als gehöre ich genau da hin – wie ein menschliches Chamäleon. Niemand *miss*traut mir, weil mir keiner was *zu*traut.«

»... was ein schwerer Fehler ist«, ergänzt Carla.

»Davon dürfen Sie ausgehen«, sagt Egmont in einem Tonfall, der die Unterhaltung beendet.

Carla lächelt. Das offensive Selbstbewusstsein der Personenschützerin hat eine äußerst beruhigende Wirkung auf sie.

Den Rest der Fahrt schweigend steuert Egmont den Wagen durch den abendlichen Berufsverkehr und biegt schließlich in die kurze Einfahrt zu Carlas Haus ab. Die Bewegungsmelder springen an und beleuchten das Areal um den Hauseingang.

»Da liegt was auf Ihrer Fußmatte«, sagt Egmont und wirkt sofort alarmiert.

Jetzt sieht Carla es auch. »Ein Paket, oder?«

»Bleiben Sie im Auto, ich schaue mir das mal an.«

Die Personenschützerin steigt aus und nähert sich vorsichtig der Haustür. Sie geht in die Hocke, beleuchtet das Paket mit der Taschenlampe ihres Handys, hebt es mit einem Finger an einer Ecke leicht an und richtet sich dann wieder auf. Mit einer knappen Handbewegung winkt sie Carla heran.

»Ein Geschenk.« Egmont deutet mit dem Zeigefinger in Richtung Fußmatte. Es handelt sich um einen Karton von etwa vierzig Zentimetern Länge und vielleicht zwanzig Zentimetern Breite und Höhe. Er ist in buntes Papier gehüllt und mit einer pinkfarbenen

Schleife verziert. Unter der Schleife erkennt Carla einen Aufkleber mit dem Werbelogo eines großen Frankfurter Spielwarenladens, in dem sie oft eingekauft hat, als ihre Neffen noch klein waren.

Im Haus wird das Flurlicht eingeschaltet, und Bischoff, der offenbar das Auto und Egmonts Stimme gehört hat, erscheint in der Tür.

»Guten Abend«, sagt er und grinst Carla an. »Was tut ihr hier?«

»Hast du zufällig mitbekommen, dass jemand dieses Paket hier abgelegt hat?«

Carla deutet auf den Boden, Bischoffs Blick folgt ihrem Fingerzeig, dann schüttelt er den Kopf.

»Ich habe laut Musik gehört.«

»Okay, was machen wir?«, fragt Egmont mit einem Hauch von Ungeduld in der Stimme. »Öffnen und reinschauen oder die Polizei rufen?«

»Ich bin für öffnen«, sagt Carla und Bischoff nickt ihr zu.

»Gut!« Delia Egmont zieht ein kleines Klappmesser aus der Hosentasche, durchtrennt die Schleife, schneidet den Karton an den Seiten auf und hebt den Deckel ab. Im Inneren befindet sich eine Pappschachtel, auf der ein weiterer Aufkleber mit einer Signatur zu sehen ist: Barbie GXB29 (petite, brünett, Kurzhaarschnitt).

Bischoff holt hörbar Luft. »Eine Puppe?!«

»Lassen Sie mich das machen«, sagt Carla und schiebt Egmont sanft beiseite.

Mit einer sehr langsamen Bewegung lösen ihre Finger den Deckel von der Schachtel. Was sie sieht, verursacht eine Übelkeit, die ihren gesamten Mageninhalt in Sekundenbruchteilen nach oben schnellen lässt. In der Schachtel liegt tatsächlich eine Barbiepuppe. Klein, mit kurzen dunklen Haaren und unbekleidet. Etwa in Höhe der Hüftknochen hat jemand ihren Kunststoffleib mit einem sehr scharfen Messer oder einer Säge in zwei Hälften geteilt, die deutlich voneinander abgerückt am Boden der Schachtel fixiert sind. Die Beine der Puppe sind nicht ausgestreckt, sondern auf eine obszöne Weise angewinkelt, und ihre Mundwinkel wurden mit einem schwarzen Stift nach oben gezogen, was ihr ein sardonisches Grinsen beschert. Quer über dem Plastikkörper liegt eine schwarze Dahlie.

Carla würgt und schluckt, kämpft ihre Tränen nieder und schafft es tatsächlich, nicht zu kotzen.

Delia Egmont schaut sie besorgt und ein wenig ratlos an, dann drückt sie kurz Carlas Arm. »Passen Sie auf ... ich rufe jetzt die Polizei an, und Sie gehen rein und trinken einen großen Schnaps!«

NEUNZEHN

Dreißig Minuten später klingelt Rossmüller an der Tür. Carla lässt ihn herein und sieht, dass zwei Kriminaltechniker bereits begonnen haben, den Karton zu untersuchen und seinen Inhalt zu fotografieren. Auch die genaue Position des Präsents auf der Fußmatte, die Egmont beschrieben und nachgestellt hat, wird dokumentiert.

Carla schließt die Tür und winkt Rossmüller ins Wohnzimmer durch.

Der hockt sich unaufgefordert in einen der Sessel und schüttelt den Kopf, als Bischoff ein Glas Grappa in seine Richtung schiebt. »Hätten Sie vielleicht einen Kaffee für mich?«

»Ich mach Ihnen einen«, sagt Bischoff, steht auf und geht in die Küche.

Rossmüller blickt Carla mitfühlend an. »Da hat Sie jemand eiskalt erwischt, oder?«

»Was Sie irgendwie verwundert?«

»So war das nicht gemeint«, sagt Rossmüller sanft.

Carla nickt und antwortet nicht.

»Können wir trotzdem darüber reden?«

Carla nickt erneut.

»Ihr Bauchgefühl war von Anfang an richtig«, beginnt Rossmüller vorsichtig. »Als Sie den ominösen Blumengruß erwähnten, war ich aus zwei Gründen skeptisch, ihn als Auftakt eines Bedrohungsszenarios zu sehen. Erstens habe ich die bescheuerte Blume natürlich auch gegoogelt und fand, dass die negative Symbolik keineswegs eindeutig überwog. Zweitens kamen mir die zahlreichen Unwägbarkeiten merkwürdig vor, die der Plan, wenn es denn einer war, enthielt. Es wäre zum Beispiel denkbar gewesen, dass Sie den Strauß gleich wegen irgendeiner Allergie abgelehnt hätten. Auf den unheilvollen Ruf der Pflanze sind Sie überhaupt nur gekommen, weil die Krankenpflegerin ihn angesprochen hat. Es wäre möglich gewesen, dass Sie völlig gleichgültig reagiert hätten. Was, wenn Sie nicht ins Internet gegangen wären? Was, wenn Ihr Blick nicht auf den Artikel über die Schwarze Dahlie und den Tod Elisabeth Shorts gefallen wäre? Ein bisschen oft um die Ecke gedacht, wenn man jemandem gradlinig Angst machen will ...«

»So etwas Ähnliches hat Ritchie auch gesagt ...«, erwidert Carla müde.

»Und doch war er es, der mich am Telefon bat, diesen irgendwie ungewöhnlichen Tschetschenen mit der blütenweißen Weste einmal genauer unter die Lupe zu nehmen. Als meine Kollegen in seinem Lebenslauf auf die sechs Semester Psychologie und Kunstgeschichte stießen, war das für Lambert genau der Mosaikstein, der das Bild vervollständigte. Ramsan Terloy ist nicht wie sein toter Bruder und die anderen Gangmitglieder. Kein einfach gestrickter Türsteher und Schläger. Seine Intuition hat ihm gesagt, dass die Anonymität des Blumengrußes Ihre Neugier wecken und Sie rätseln lassen würde, ob die Blume selbst die Botschaft sein könnte. Und er wusste, dass Sie bei Elisabeth Short landen würden.«

Bischoff kommt mit einer Thermoskanne und vier Tassen zurück, füllt sie und lässt dann Delia Egmont herein, die sich mit einem leisen Klopfen an der Tür bemerkbar gemacht hat. Er drückt ihr einen Becher Kaffee in die Hand, zeigt auf einen Sessel und setzt sich ebenfalls wieder hin.

»Wir haben keine Beweise dafür, dass Ramsan Terloy für den Blumenstrauß und die verdammte Puppe verantwortlich ist, aber wenn wir mal einen Moment davon ausgehen, dann hat er mit dem zweiten Präsent den Psychoterror gewaltig eskaliert«, nimmt Rossmüller den Faden wieder auf.

»Und demonstriert, wie gefährlich er ist«, ergänzt Delia Egmont und spricht weiter, als alle sie neugierig ansehen. »Dass er den Fall überhaupt kennt, ist schon ungewöhnlich, zumindest für deutsche Verhältnisse. Ein siebzig Jahre alter Mord in Kalifornien, der nie aufgeklärt wurde. Extrem grausam und bizarr. In den USA gibt es bestimmt einen Haufen Leute, die die Geschichte noch auf dem Schirm haben. Aber wer in *Deutschland* interessiert sich noch dafür? Polizisten vielleicht, forensische Psychologen, Krimi-Liebhaber ... Ich selbst kenne den Fall, weil ich ein Fan von James Ellroy bin. Der hat ein Buch darüber geschrieben, das ziemlich erfolgreich war. Ist aber auch schon eine Weile her.«

»Die Tat wurde vor dem Hintergrund des lockeren Lebensstils der Ermordeten als frauenfeindliches Hassverbrechen gedeutet«, wirft Bischoff ein und wiegt zweifelnd den Kopf hin und her. »Passt das wirklich zu Ramsan Terloy? Sechs Semester Kunstgeschichte und Psychologie mögen ein Hinweis darauf sein, dass er sich von den anderen Dumpfbacken in seiner Community unterscheidet, aber als Indiz für den Psychoterror sind sie doch reichlich dünn.«

»Ich weiß nur eines: Er ist ein Chauvinist, der dezidierte Vorstellungen davon hat, was Frauen dürfen und was nicht«, sagt Carla und ist froh, dass ihre Stimme nicht mehr so zittrig klingt. »Mit Sicherheit kann er genauso gewalttätig werden, wie sein Bruder es vermutlich war – Studium hin oder her.«

Carla streckt die Hand nach dem Grappa aus, aber Bischoff kommt ihr zuvor, nimmt die Flasche an sich und trägt sie in die Küche. Carla öffnet den Mund zu einem wütenden Protest, aber Rossmüller würgt sie einfach ab.

»Streiten können Sie, wenn ich weg bin. Ich sage Ihnen jetzt, wie es weitergeht: Wir werden die Puppe und die Verpackung kriminaltechnisch untersuchen. Wenn es irgendwelche Spuren, Abdrücke oder Hinweise auf den Täter gibt, finden wir sie. Wir befragen die Angestellten des Spielwarengeschäfts nach dem Käufer der Puppe. Es handelt sich ja nicht um das blonde Standardmodell, sondern um eine Art Sonderausgabe. Vielleicht erinnert sich eine Mitarbeiterin an einen Kunden, der genau diese Puppe wollte. Natürlich zeigen wir ihnen auch Fotos von Ramsan Terloy, aber ich vermute, dass er jemanden beauftragt hat, die Besorgungen für ihn zu erledigen. Sie selbst halten sich bedeckt und bleiben ein paar Tage zu Hause. Beruhigen Sie Ihre Nerven, und machen Sie keine Alleingänge.«

Delia Egmont nickt beifällig, als der Hauptkommissar seine kleine Ansprache beendet.

Carlas giftiger Blick huscht von Rossmüller zu ihr. »Wollen Sie auch noch was sagen?«

»Klar«, sagt Egmont. »Bleiben Sie nüchtern.«

ZWANZIG

Carla beschließt, sich an Egmonts Empfehlung zu halten, und macht es sich mit einer Kanne Kräutertee auf dem Sofa bequem. Rossmüller ist vor einer halben Stunde aufgebrochen und Egmont ist ihm gefolgt, nachdem ihr Partner in dem Kleinbus vor dem Haus seinen Posten bezogen hat. Max Reuter. Ein athletischer, wortkarger Mann, wachsam und vertrauenerweckend. Carla hat noch keine zehn Sätze mit ihm gewechselt, weil er offenbar für die Bewachung und den Schutz des Hauses in der Nacht eingeteilt ist, während Egmont sie tagsüber fährt und begleitet.

Immer noch ist ihr übel, und ständig drängelt sich das Bild von der zerteilten Barbiepuppe in ihrem Kopf nach vorne. Der Absender hat sich Mühe gegeben, eine Puppe mit kurzen dunklen Haaren zu bekommen, die ihr zumindest ansatzweise ähnelt. Carla hat das Modell im »Barbie-Store« gegoogelt: *Petite, brünett, Kurzhaarschnitt / voll bewegliche Modepuppe, Geschenk für Sammlerinnen* steht da. Herzlichen Dank, Arschloch!

Zum wiederholten Mal schaut sie auf die Uhr. Moritz wird um 21:00 Uhr bei ihr sein. Eine Stunde noch, die sie irgendwie durchhalten muss, ohne durchzudrehen. Bischoff hat angeboten, ihr Gesellschaft zu leisten, bis Moritz kommt, aber sie wollte lieber allein sein. Wozu, um Gottes willen? Um sich immer mehr in Panik zu grübeln? Sie hätte das Angebot annehmen sollen.

Ihr Mitbewohner beginnt jetzt im Zimmer über ihr Saxofon zu spielen. »Round Midnight«, ein Jazzstandard von Thelonious Monk, den sie sehr gerne hört, aber sofort schießt ihr durch den Kopf, dass das Stück ungefähr zu der Zeit entstand, in der Elisabeth Short ermordet wurde. *Nicht hilfreich, alter Freund*, denkt sie. *Nicht hilfreich.*

Der fantastisch warme und seidige Klang des Instruments löst aber auch eine Kette von Erinnerungen an die letzten zwei Jahre aus. Das Sax gehört eigentlich Carla. Sie hat es nach der Scheidung von Felix für ein Heidengeld angeschafft, zusammen mit einem Oldtimer-Porsche, der bald den Geist aufgab. Nach vielen frustrierenden Monaten des Übens hat sie die Lust am Spielen verloren, und das teure Ding stand nur noch in einer Zimmerecke herum. Bis zu dem Tag vor knapp zwei Jahren, als sie Professor Tillmann Bischoff überreden konnte, bei ihr einzuziehen. Carla denkt sehr gerne daran zurück.

»Ich habe den Instrumentenkoffer gesehen«, hat er gesagt. »Was ist da drin?«

»Ein Saxofon.«

Bischoff hat die Augen verdreht. »Das ist klar! Ein gutes?«

»Allerdings. Ein Tenor-Sax von Selmer. Aus der Serie III.«

Carla hat das Instrument aus dem Koffer genommen und dabei den andächtig verträumten Gesichtsausdruck ihres neuen Mitbewohners gesehen.

Und so fand das Saxofon seinen Weg in Bischoffs Zimmer. Eine gute Entscheidung, denn Monate später rettete er Carlas Leben, indem er mit dem Instrumentenkoffer einen bewaffneten Eindringling beinahe erschlug.

Das war der Endpunkt einer Reihe von Ereignissen, die durch die Machenschaften ihres Ex-Mannes ausgelöst wurden, und Carla hat danach gehofft, ihr Leben in ein ruhiges Fahrwasser zurücksteuern zu können, aber das letzte Jahr ist ab der zweiten Hälfte ebenso chaotisch und gefährlich verlaufen, und von diesem Jahr hat sie jetzt schon die Nase voll.

Carlas Telefon meldet mit einem diskreten Ton den Eingang einer Textnachricht. Ellen schreibt: *Wenn's bei dir passt, ruf mich mal an. Geht um Papa.* Verdammt, das hat ihr gerade noch gefehlt. Carla zögert mehrere Minuten und versucht, sich seelisch auf weitere üble Nachrichten einzustellen. Wenn es ihrem Vater schlechter geht, wird Ricki das nicht mehr allein stemmen können. Was kommt als Nächstes? Tagesklinik? Pflegeheim? Sie reißt sich zusammen und tippt Ellens Nummer an.

Ihre Schwester ist sofort am Telefon und klingt ausgesprochen heiter. »Hallo, Liebes. Ich habe eine fantastische Nachricht. Da kommst du nie drauf!«

»Hast du was getrunken?«

»Nur ein winziges Schlückchen. Also, pass auf: Mit Trinken hat es nämlich was zu tun. Die Demenz ist vom Tisch. Ricki ist mit Papa in die Uniklinik nach Kopenhagen gefahren. Dort haben sie ihn gründlich auf den Kopf gestellt, und rausgekommen ist, dass er völlig dehydriert war.«

»Du meinst, er war ausgetrocknet?«

»Genau. Weil er das Mineralwasser, das Ricki ihm jeden Tag hinstellt, heimlich ins Klo gekippt hat. Das hat zu der Verwirrung geführt und seinen Zustand auch sonst verschlechtert. Im Klinikum haben sie ihn an den Tropf gelegt, und nach zwei Infusionen war er wieder glockenklar.«

»Wow«, sagt Carla.

»Nichts mit *wow*«, erwidert Ellen mit einem Anflug von Verärgerung. »Das ist absolut fantastisch. Kannst du dich nicht mal freuen, wenn was richtig Wunderbares passiert?«

»Doch! Das ist die erste gute Nachricht heute. Danke, dass du angerufen hast.«

»Kein Thema, Herzchen. Ich mach jetzt Schluss und stoße mit Leo auf Papas Verstand an.«

Ellen legt auf und Carla starrt auf ihr Handy. Warum hat sie Ellen nichts von der Puppe auf ihrer Türschwelle erzählt? Und von der eskalierenden Bedrohung, die der Fund bedeutet. Sie weiß es nicht genau. Vielleicht hat sie befürchtet, dass Ellens entsetzte

Reaktion ihre eigene Angst noch vergrößern würde. Verschweigen kann sie es nicht, aber erst muss sie mit Moritz reden. Der wird gleich kommen. Vielleicht sollte sie mit ihm noch was trinken? Vielleicht ... aber Alkohol ist nicht das, was sie jetzt braucht. Als sie hört, wie die Haustür geöffnet wird, steht sie auf und geht ihm entgegen.

»Guten Abend.« Moritz grinst breit. Statt den Gruß zu erwidern, zieht Carla seinen Kopf zu sich herunter und bringt ihren Mund an sein Ohr. »Ich will mit dir schlafen. Darf ich bitten oder willst du erst tanzen?«

Falls Moritz überrascht ist, lässt er es sich nicht anmerken. »Ich liebe deinen Sinn für Romantik«, sagt er heiser und küsst sie. »Scheiß aufs Tanzen!«

EINUNDZWANZIG

Am nächsten Morgen steht Moritz um sechs Uhr auf, um in die Klinik zu fahren. Carla bleibt liegen und lauscht den vertrauten Geräuschen von Dusche, Kaffeemaschine und Radio, registriert das Klacken, mit dem der Toaster das Weißbrot auswirft, und Moritz' leises Pfeifen, das er von sich gibt, wenn er morgens schon gute Laune hat. All das erzeugt ein Gefühl von Wärme und Geborgenheit, das sofort erlischt, als sie hört, wie die Haustür sich hinter ihm schließt. Wieder muss sie an die Puppe denken und an den kranken Verstand, der sich dieses ›Geschenk‹ ausgedacht hat. Carla ist beinahe sicher, dass dieser Verstand einem Mann gehört. Einem Mann, der sie so sehr hasst und verachtet, dass er davon träumt, ihr das antun zu können, was der Mörder von Elisabeth Short mit dieser gemacht hat. Sie denkt an den Tschetschenen in dem Berliner Hotelzimmer, seine Wut und Verzweiflung und dass er nur einen winzigen Schritt davon entfernt war, auf sie loszugehen ...

Bleiben Sie ein paar Tage zuhause und beruhigen Sie Ihre Nerven, hat Rossmüller gesagt. Carla denkt eine Weile über diesen Vorschlag nach, dann schnappt sie sich ihr Handy und sendet eine Sprachnachricht an Mathilde. *Komme zwei Tage nicht in die Kanzlei. Informieren Sie Ritchie und Delia Egmont. Sagen Sie meine Termine ab und verschieben Sie alles nach hinten.*

Sie versucht, noch einmal einzuschlafen, aber das funktioniert nicht. Unaufhörlich rotieren die Gedanken durch ihren Kopf. Ein Verbrechen, das vierundsiebzig Jahre her ist, so grausam und unfassbar pervers, dass es die Fantasien und Albträume der Amerikaner noch Jahre danach befeuert hat. Ähnlich wie die Verbrechen der Manson-Family oder die Morde der zahlreichen Serienkiller à la Dahmer und Bundy. Aber Charles Manson, Jeffrey Dahmer und Ted Bundy wurden gefasst, eingesperrt oder hingerichtet, die Ordnung wurde wieder hergestellt und der Gerechtigkeit zum Sieg verholfen. Der Mord an Elisabeth Short dagegen blieb ungesühnt. War das ein Aspekt, der den Absender der Puppe, neben der abartigen Grausamkeit der Tat, faszinierte? Ein Teil der Botschaft? *Das ist, was ich mit dir vorhabe, und ich werde niemals erwischt werden.* Gibt es eine Möglichkeit, diese Selbstgewissheit zu erschüttern? Muss Ramsan Terloy nicht davon ausgehen, dass sie der Polizei von ihrem Verdacht gegen ihn erzählt hat? Zumindest angedeutet hat, dass er hinter dem Anschlag mit dem Pick-up und der Drohung mit der Puppe stecken könnte?

Was würde passieren, wenn sie Rossmüller bittet, seine Berliner Kollegen von der Notwendigkeit einer Gefährderansprache zu überzeugen? Carla hat in der Vergangenheit vor allem bei Fällen von Stalking positive Erfahrungen mit diesem Mittel der polizeilichen Verbrechensvorsorge gemacht. »Wir wissen über Sie Bescheid und haben Sie im Auge: Was immer Sie vorhaben – lassen Sie es«, lautet die Botschaft der Staatsgewalt, die besondere Wirkung entfaltet, wenn die Beamten morgens um sechs Uhr auf der Matte stehen. Aber sind die tschetschenischen Gangs nicht sowieso daran gewöhnt, dass die Polizei sie beobachtet, ohne sich davon besonders beeindruckt zu zeigen? Ein Stalker muss in der Regel seine Nachstellungen und die üblen Attacken auf seine Opfer selbst erledigen. Ramsan Terloy hingegen wird immer jemanden beauftragen, für ihn tätig zu werden, und stets ein absolut wasserdichtes Alibi haben. Ihn interessiert nicht, was die Polizei zu wissen glaubt, sondern nur, was sie beweisen kann.

Im Grunde ist das bei dem anderen Fall, der ihr im Kopf herumspukt, ziemlich ähnlich. Emanuel Tarrasidis weiß nicht, dass

Ceija Stojanow sich in Deutschland aufhält, und auch nicht, dass sie viel zu viel Angst hat, um gegen ihn auszusagen, aber vermutlich würde es ihn auch nicht besonders beunruhigen. Er würde bestreiten, jemals in Stolipinowo gewesen zu sein, und niemand dort würde das Gegenteil behaupten. Etwas anders sieht die Sache bei Sofia Yannakakis aus. Wenn die ihn glaubhaft beschuldigen könnte, sie hier in Frankfurt so brutal geschlagen zu haben, dass sie eine Hirnblutung davontrug, würde das Tarrasidis in ernsthafte Schwierigkeiten bringen. Wenn, wenn, wenn ... Schluss mit der verdammten Grübelei!

Carla schlägt die Bettdecke zurück, steht auf und geht ins Bad. Sie lässt heißes Wasser in die Wanne, steigt hinein und arbeitet sich auf dem Tablet durch die Online-Ausgaben der großen überregionalen Tageszeitungen, die sie abonniert hat. Eine Weile gelingt es ihr, sich abzulenken, dann beginnt das Gedankenkarussell erneut zu kreisen, und sie legt das Tablet auf den Hocker neben der Wanne und lässt heißes Wasser nachlaufen. Die Wärme entspannt ihre Muskulatur und lindert ein wenig die Angst. Ganz langsam wird sie ruhiger. Sie muss etwas unternehmen, sich zur Wehr setzen, die Initiative an sich reißen. Es muss eine Möglichkeit geben, den Tschetschenen auszutricksen, ihn in eine Falle laufen zu lassen, statt sich wie ein Kaninchen in ihrem Bau zu verkriechen. Sie muss etwas gegen ihn in die Hand bekommen, das ihn ausbremst und davon abhält, sie weiterhin zu bedrohen. Dafür braucht sie Verbündete. Leute, die tough und clever sind und keine Angst vor einer körperlichen Auseinandersetzung haben. Zwei Personen, auf die diese Beschreibung zutrifft, kennt sie. Wie weit würden Delia Egmont und Max Reuter gehen, um sie zu beschützen? So weit, wie Aleyna es anordnet. Carla hat ihre Stimme noch im Ohr: *Ich werde dir Leute an die Seite stellen, gegen die Saad der reinste Chorknabe war. Exzellent ausgebildete Männer und Frauen. Gut organisiert, konflikterfahren und kein bisschen zimperlich.*

Und auch Aleyna selbst wird vielleicht zögern, aber ihr letztendlich auf jeden Fall helfen, weil ihr Vater sie auf dem Totenbett darum gebeten hat.

Carla steigt aus der Wanne, trocknet sich ab und schlüpft in einen Jogginganzug. Erst jetzt merkt sie, wie hungrig sie ist. Ein gutes Zeichen. Der Schock ist noch nicht wirklich überwunden, aber die Lähmung und das Gefühl der Ohnmacht lassen nach. Als sie zum Frühstück in die Küche kommt, sitzt Bischoff schon am Tisch. Er grinst und blinzelt hinter den dicken Brillengläsern. »Hey, du siehst ja schon viel besser aus als gestern Abend. Was ist passiert?«

Carla lächelt zurück. »Ich hatte eine sehr schöne Nacht. Und in der Badewanne ist mir ein guter Plan eingefallen.«

»Lass mal hören. Was hast du vor?«

»Ich werde einem großmäuligen Macho furchtbar in den Arsch treten.«

ZWEIUNDZWANZIG

Sie schafft es tatsächlich, der Kanzlei zwei Tage fernzubleiben, liest viel, schaut ein paar Filme an und lässt sich von Bischoff bekochen. Ritchie kommt vorbei und bringt ihr die Gaspistole, die sein Onkel ihm vermacht hat. Sie wird bei Carlas Plan nicht wirklich von Nutzen sein, aber wer kann so etwas schon wissen. Auf jeden Fall hört sie aufmerksam zu, als Ritchie ihr die Handhabung erklärt, und beschließt, das Ding mitzunehmen, wenn es losgeht. Vorher muss sie mit Aleyna und ihren Personenschützern sprechen, aber das hat noch etwas Zeit.

Am späten Nachmittag des zweiten Tages ruft Rossmüller an, um sie auf den neuesten Stand zu bringen.

»Also, die kriminaltechnische Untersuchung der Puppenverpackung ist ergebnislos geblieben. Außer den Abdrücken von Frau Egmont gab es an Schachtel und Geschenkpapier keine Spuren. Die Puppe wurde tatsächlich in dem Spielwarenladen gekauft, dessen Logo auf der Verpackung klebte. Sie wurde auf Wunsch einer Kundin extra bestellt und von dieser auch abgeholt und bar bezahlt. Eine Frau mittleren Alters. An mehr konnte sich die Verkäuferin nicht erinnern.«

»Scheiße«, sagt Carla, die eigentlich mit nichts anderem gerechnet hat und trotzdem auf irrationale Weise enttäuscht ist.

»Kommen wir zu Ihrem Hauptverdächtigen«, fährt Rossmüller fort. »Ich weiß, dass Sie davon überzeugt sind, dass dieser Terloy hinter dem Psychoterror steckt, aber es finden sich weiterhin keine Hinweise auf ihn. Bei den Berliner Kollegen gibt es eine

SoKo, die sich speziell mit Gang- und Clankriminalität befasst. Die haben die arabischen Familien auf dem Schirm, die Rocker, und natürlich die Tschetschenen, aber Ramsan Terloy taucht in keinem Zusammenhang auf. Er führt seinen Club, sorgt dafür, dass dort nicht gedealt wird, beschäftigt nur Tänzerinnen mit sauberen Papieren und bezahlt sie auch noch anständig. Eine Zeit lang gab es das Gerücht, der Club sei eine einzige große Geldwaschanlage, aber auch das blieb unbewiesen und ...«

»Okay«, unterbricht ihn Carla unwirsch, »ich hab's kapiert. Der Kerl ist der reinste Sonnenschein. Gibt es sonst noch was Neues?«

»Gibt es«, erwidert Rossmüller gleichbleibend freundlich. »Und zwar zu Emanuel Tarrasidis und dem internationalen Adoptionsgeschäft. Ich habe meine Nachforschungen ausgedehnt und Kontakt mit Den Haag und Interpol in Lyon hergestellt. Tatsächlich hat mich jemand zurückgerufen, nämlich unser gemeinsamer Bekannter Jean-Luc Delors. Wir hatten mit ihm zu tun wegen dieses Arabers mit den Hawala-Geschäften, Sie erinnern sich?«

Oh ja, denkt Carla, und wie ich mich erinnere. Sie hat den französischen Beamten vor zwei Jahren zum ersten Mal getroffen. Auf der Terrasse eines Teehauses in Mardin, nahe der türkisch-syrischen Grenze. Ein fülliger, unaufhörlich schwitzender Mann in einem grotesk schlechtsitzenden Anzug, der ihr unverblümt klarmachte, dass er ihren Ex-Mann für einen gefährlichen Kriminellen hielt. Leider hat er damit recht gehabt.

»Delors leitet eine kleine Sonderkommission, die sich engagiert und erfolgreich mit dem Thema illegale Adoption und Menschenhandel beschäftigt. Er ist sehr interessiert an Emanuel Tarrasidis und bietet an, nach Frankfurt zu kommen und sich mit uns und Ihrem Team auszutauschen. Sind Sie dabei?«

»Auf jeden Fall. Morgen Vormittag um 10:00 Uhr in meiner Kanzlei?«

»Ich gebe es nach Lyon durch.«

Carla beendet das Gespräch, lächelt zufrieden und informiert per WhatsApp Mathilde, Ritchie und Delia Egmont. Dann geht sie die Treppe hoch und spricht mit Bischoff. Endlich kommt Bewegung in die Sache.

DREIUNDZWANZIG

Carla ist sich sicher, dass Delors den gleichen scheußlichen Anzug trägt wie bei seinem letzten Besuch, und seine Zuversicht, dass die Nähte halten, scheint nach wie vor ungebrochen. Zudem ist er ausgesprochen gut gelaunt und strahlt über das ganze Gesicht. Zufrieden betrachtet er das reichhaltige Angebot an Getränken, Obst und Gebäck, das Mathilde aufgefahren hat, und schenkt sich gemächlich eine Tasse Kaffee ein.

»Bonjour, ich freue mich, hier sein zu können. Danke, dass Sie alle so kurzfristig kommen konnten. Danke auch an Madame Winter für den gastfreundlichen Empfang.« Delors spricht grammatisch und lexikalisch sehr gut Deutsch, aber der ausgeprägte französische Akzent sorgt dafür, dass er dennoch schwer zu verstehen ist.

Carla nickt. »Lassen Sie mich zwei Personen noch kurz vorstellen. Der junge Mann rechts von mir ist Richard Lambert und arbeitet für meine Kanzlei als privater Ermittler. Zu meiner Linken Delia Egmont, die zurzeit für den Schutz meiner Person zuständig ist.«

Der Franzose zieht überrascht die Augenbrauen hoch, stellt aber keine Fragen, sondern kommt direkt auf den Grund seines Besuches zu sprechen. Nach einem kurzen Blick in die Runde deutet er mit einer Handbewegung auf Rossmüller. »Dass ich dieses Treffen vorgeschlagen habe, verdankt sich dem Anruf meines Frankfurter Kollegen hier. Er hat sich bei uns nach einem Mann erkundigt, gegen den in Deutschland nichts vorliegt, den er aber verdächtigt, in kriminelle Machenschaften verstrickt zu sein. Herr Rossmüller wollte wissen, ob der Name Emanuel Tarrasidis bei Ermittlungen von Interpol jemals aufgetaucht ist.«

»Und?«, fragt Carla.

»Ja, der Mann ist aktenkundig. Aber bevor wir über ihn reden, möchte ich ein bisschen ausholen, um den Themenkomplex zu skizzieren, in den er möglicherweise involviert ist. Gut?« Der Franzose schaut noch einmal in die Gesichter seiner Zuhörer, und als alle nicken, macht er weiter. »Es geht um Kinder und um sehr schmutzige Geschäfte. In ganz Südosteuropa, besonders in Albanien, Rumänien, Bulgarien und Griechenland, gibt es eine rassistische Drangsalierung von Sinti und Roma, die vor ungefähr zwanzig Jahren einen traurigen Höhepunkt erreichte. Und fast immer spielen Kinder eine besondere Rolle.« Der Interpolbeamte schenkt sich aus der French Press Kaffee nach, bevor er weiterspricht. »Eine komische Sache. Wenn man es so lapidar dahersagt, erscheint es kaum glaubhaft, und die griechischen Behörden haben auch jede Menge Energie darauf verwandt, es abzustreiten, aber zwischen 1998 und 2002 verschwanden aus einem Heim in Athen mehr als 500 Kinder, ausnahmslos Roma. Weil diese Kinder allen egal waren, fiel ihr Verschwinden nur durch Zufall auf, und die Ermittlungen verliefen schnell im Sand.«

»Oh, ja«, sagt Bischoff. »Der Fall schlug damals ziemliche Wellen.«

Delors nickt. »Es war eine völlig chaotische Zeit. Nach dem Zusammenbruch des Regimes in Albanien 1990 war das Land ein ganzes Jahrzehnt lang von Armut und Anarchie geprägt. Also machten sich Hunderttausende Albaner auf den Weg nach Griechenland, und natürlich hatten sie ihre Kinder dabei. Nur hatten die Griechen so gut wie keine Verwendung für albanische Arbeitskräfte – egal, wie billig sie waren – und für deren Kinder schon gar nicht. Die Roma unter ihnen waren in den Augen der meisten Griechen sowieso nicht mehr als geduldeter Abschaum.«

Delors' Blick fällt auf Bischoff. »Warst du zu der Zeit mal in Griechenland?«

Bischoff nickt. »Klar! Wer damals in Athen oder Thessaloniki Auto fuhr, egal, ob als Einheimischer oder als Tourist, kam nicht an ihnen vorbei: den Straßenkindern, die in allen größeren Städten die Kreuzungen bevölkerten. Wenn die Ampel auf Rot sprang, schwärmten sie aus, um die Scheinwerfer und Windschutzscheiben der Autos zu reinigen. Die Kleineren unter ihnen streckten einem einfach nur die Hände entgegen und hofften auf ein paar Münzen.«

»Ich war Ende der 90er als Rucksack-Touristin in Griechenland und habe überhaupt nichts davon mitgekriegt«, sagt Carla nachdenklich.

»Es waren überwiegend Roma-Kinder aus Albanien, die von ihren Eltern oder organisierten Schleuserbanden zu dieser Art von Bettelei gezwungen wurden«, nimmt Delors den Faden wieder auf. »Ein lohnendes Geschäft. Ein griechischer Kollege erzählte mir, der Tagesverdienst eines solchen ›Ampelkindes‹ hätte nach heutigem Geld durchaus bis zu hundert Euro betragen können.«

Carla pfeift leise durch die Zähne. »Das war damals eine Menge Geld.«

»Ist es heute noch«, sagt Ritchie. »Wenn du auch nur zehn Kinder hast, die auf diese Weise für dich anschaffen, kommst du im Schnitt auf tausend Euro am Tag und dreißigtausend im Monat.«

»Es gab sehr viele von diesen Kids in Griechenland«, fährt Delors fort. »Die Behörden tippten auf eine Zahl zwischen 5000 und 10 000. Niemand wollte es genauer wissen. Erst im Jahr 1998 entwickelte die griechische Regierung unter dem Druck der UNO ein Programm zur Betreuung und Rehabilitierung der Kinder. Und jetzt wird's richtig irre: Im Verlauf des Programms wurden 661 Straßenkinder im Athener Kinderheim St. Barbara untergebracht. Nach offiziellen Angaben wurden 159 von ihnen wieder mit ihren Familien zusammengebracht. Vom Verbleib der restlichen Kinder wissen die Behörden nichts. So unglaublich es klingt: Als das Programm in St. Barbara 2002 auslief, waren 502 Kinder einfach verschwunden.«

»Hat die griechische Öffentlichkeit das so hingenommen?«, will Carla wissen.

Bischoff schüttelt den Kopf. »Nein, die Empörung war groß – in Griechenland und in ganz Europa. Ich war damals bei Ausgrabungen in Anatolien und der Skandal schwappte selbst bis dorthin. Die türkischen Medien haben die Geschichte genüsslich ausgeschlachtet und den Griechen war sie mächtig peinlich.«

»C'est vrai«, sagt Delors. »Aber dennoch wurden die Nachforschungen 2005 ergebnislos eingestellt. Es gab nur Vermutungen und Befürchtungen. Manche Kinder sind wahrscheinlich einfach aus dem Heim abgehauen. Andere fielen womöglich der albanischen Mafia in die Hände, wurden zur Prostitution gezwungen oder von Organhändlern umgebracht. Hartnäckig hielten sich damals Gerüchte, dass es in den albanischen Städten Fier und Durrës Privatkliniken gab, in denen Kinder getötet und ihre Organe für Transplantationszwecke ins Ausland verkauft wurden.«

Carlas Magen revoltiert, und sie verspürt das unmittelbare Bedürfnis, ihn mit hochprozentigem Alkohol zu beruhigen. Delors scheint ihren Gesichtsausdruck richtig zu deuten, denn er greift in die Innentasche seines Sakkos und fördert eine kleine Flasche zutage, die man üblicherweise als Flachmann bezeichnet. Er schüttelt sie an seinem Ohr und verzieht bedauernd das Gesicht.

»Leer«, sagt er. »Tut mir leid.« Dann macht er ungerührt weiter. »Was in Griechenland passiert, ist auch in Bulgarien, Rumänien und natürlich Albanien keine Seltenheit. Und immer trifft es Sinti und Roma. Aus Kindern jeden Alters kann man Profit schlagen. Vier- bis Achtjährige werden zum Betteln abgerichtet, etwas ältere Mädchen landen in der Zwangsprostitution, und Babys werden bei illegalen Adoptionen verhökert. Solche Fälle beschäftigen in Griechenland immer wieder die Gerichte. Sehr oft sind private Kliniken beteiligt, und natürlich spielt Korruption eine Rolle. Viele Jahre lang war es kein großes Problem, Standesbeamte zu finden, die gegen entsprechende Zahlung falsche Geburtsurkunden ausstellten, was auch noch besonders einfach war. Man brauchte nur zwei Zeugen, die angeblich bei der Geburt dabei waren, und ein Elternteil für den Antrag. Die Bescheinigung einer Klinik war nicht nötig. Keine Ahnung, ob sich das inzwischen geändert hat.«

»Ich könnte es herausfinden«, sagt Carla ein wenig ungeduldig. »Mit einem Anruf in Athen, aber das können Sie natürlich auch.«

»Es ist nur ein Detail am Rande. Ich erzähle das so ausführlich, weil ich mit einem solchen Fall befasst bin, und weil mich die Ausbeutung von Kindern in besonderer Weise ankotzt. Hauptsächlich aber, weil die Spur vom sonnigen Griechenland ins kalte Frankfurt führt, wie der Anruf von Herrn Rossmüller gezeigt hat. Haben Sie noch genug Geduld, um die Geschichte zu Ende anzuhören?«

»Klar doch«, sagt Carla ein wenig zerknirscht. »Entschuldigung.«

»Pas de problème. Ich gebe Ihnen die Kurzversion: Im Jahr 2019 gelang es griechischen Ermittlern zusammen mit Kollegen von Europol, eine kriminelle Bande auszuheben, die Handel mit neugeborenen Babys und Eizellen trieb. Laut Europol in Den Haag wurden zwölf Personen festgenommen und gegen insgesamt sechsundsechzig ermittelt. Bei Hausdurchsuchungen wurden große Mengen Bargeld, Adoptionspapiere und Geburtsurkunden sichergestellt.« Delors lässt seinen Blick einmal durch die Runde wandern, so als wolle er sich der ungeteilten Aufmerksamkeit seiner Zuhörer vergewissern, bevor er weiterspricht. »Die Bande hatte seit 2016 junge schwangere Frauen in Bulgarien angeworben und ins griechische Thessaloniki gebracht, wo die Frauen in Privatkliniken ihre Kinder bekamen. Nach Angaben von Europol wurden die Babys dann für jeweils mindestens 25 000 Euro illegal adoptiert. Einige der Bulgarinnen sollen auch als Leihmütter nach Thessaloniki gebracht worden sein.«

Carla beobachtet Delors und registriert eine emotionale Beteiligung, die sie dem ansonsten mürrisch-nüchternen Franzosen gar nicht zugetraut hat.

»Wie lief das mit den Eizellen ab?«, will Ritchie wissen. »Von so etwas habe ich noch nie gehört.«

»Das war offenbar der zweite einträgliche Geschäftszweig der Bande. Spenderinnen waren sehr arme Frauen hauptsächlich aus Bulgarien, Rumänien und Georgien, die sich in Thessaloniki Fruchtbarkeitsbehandlungen unterzogen. Auch hier war der Anteil von Frauen aus Roma- und Sinti-Familien hoch.«

»Unfassbar, auf welche Ideen die Leute kommen.« Bischoff schüttelt angewidert den Kopf. »Und was hat jetzt Tarrasidis mit dem ganzen ekelhaften Geschäft zu tun?«

»Die griechischen Behörden verdächtigen ihn, dabei eine maßgebliche Rolle gespielt zu haben und das auch weiterhin zu tun. Bei Europol betrachtet man ihn als Drahtzieher und Mastermind des ganzen Geschäfts.«

»Haben die Behörden auf internationaler Ebene etwas gegen ihn in der Hand?«, will Bischoff wissen.

Delors schüttelt den Kopf. »Sein Name taucht immer wieder auf, aber meistens wird er nur geflüstert. Der Mann scheint auf dem ganzen Balkan exzellent vernetzt und sehr gefürchtet zu sein. Er vermittelt, stellt Kontakte her, verhandelt mit Frauen und Kliniken, besorgt Geburtsurkunden, und nie findet sich jemand, der bereit ist, gegen ihn auszusagen. Kliniken und korrupte Standesbeamte profitieren von dem Handel, adoptionswillige reiche Europäer sind froh, dass es ihn gibt, und die betroffenen Roma-Frauen wissen genau, dass sie von den Staaten, in denen sie gerade mal geduldet werden, keinen Schutz erwarten können.«

»Das klingt nach einer kompletten Sackgasse«, wirft Ritchie ein.

»Das dachte ich auch«, sagt Delors. »Bis mich der Kollege Rossmüller anrief und mir von den zwei Frauen hier in Frankfurt erzählte, die persönliche Erfahrungen mit Tarrasidis gemacht haben.«

»Dann hat er Ihnen wahrscheinlich auch erzählt, dass die Ältere der beiden keine verwertbare Aussage machen *kann*, und die Jüngere es nicht *will*«, erwidert Carla.

»Nun, ich hätte da eine Idee, wie man Tarrasidis aus der Reserve locken und zu einem Fehler verleiten könnte«, mischt sich Rossmüller ein. »Genau genommen stammt der Vorschlag von Frau Egmont.« Er registriert die erwartungsvollen Blicke und grinst. »Auf den Busch klopfen und provozieren.«

»Okay, machen Sie das«, sagt Delors kalt. »Ich würde das Arschloch gerne in Handschellen sehen, bevor ich zurückfliege.«

»Nun, so schnell wird es wahrscheinlich nicht gehen, aber ich rufe ihn an und lade ihn ein, bei uns im Präsidium vorbeizukommen, um die ganze leidige Geschichte irgendwie beizulegen. Wenn Sie wollen, können Sie sich mit Frau Winter zusammen das Gespräch durch die Scheibe vom Nachbarraum aus ansehen.«

VIERUNDZWANZIG

Carla betrachtet Jean-Luc Delors von der Seite und registriert ein kleines freudiges Lächeln auf seinem Gesicht, als Tarrasidis in Gesellschaft seines Anwalts den Raum betritt und Rossmüller beiden einen Platz anbietet.

»Mon dieu, der ist ja noch dicker als ich!« Der starke französische Akzent lässt das Adjektiv wie »dii: kääärr« klingen.

Carla versteht zwar nicht ganz, was daran so erfreulich sein soll, aber die Bemerkung trifft zweifellos zu. Emanuel Tarrasidis bringt vermutlich 130 Kilogramm auf die Waage, die sich allerdings auf eine stattliche Körpergröße von mindestens ein Meter und neunzig verteilen. Er ist vielleicht fünfzig Jahre alt, hat dunkles, grau meliertes Haar und trägt einen gut geschnittenen blauen Anzug, der das Übergewicht erfolgreich kaschiert. Carla schießt durch den Kopf, dass Delors sich auch so einen Anzug leisten sollte, und sie schafft es, dabei nicht zu grinsen.

Insgesamt macht der Restaurantbesitzer den Eindruck eines freundlichen, gut situierten Bürgers, der gerne gut isst und seinen Wohlstand genießt. Carla fragt sich, wie er es geschafft hat, Ceija Stojanow derartig Angst einzujagen.

Bei dem Mann, der ihn begleitet, stellt sich diese Frage nicht. Carla hat ihn schon oft gesehen, meistens auf den Fluren des Frankfurter Amtsgerichts, zuletzt, als sie mit Bischoff zusammen in Tarrasidis' Restaurant war. Dr. Torsten Reiter, der Rechtsanwalt mit der schönen Frau, sieht haargenau so aus wie an jenem Abend. Groß, hager, Adlernase, dezente Bräune. Schicker englischer Anzug, vermutlich aus der Savile Row in London. Der Mann hat die Ausstrahlung eines eleganten Scharfrichters. Er deutet mit dem Zeigefinger auf die große Scheibe, die nur von seiner Seite ein Spiegel ist.

»Sitzt da jemand, der mithört?«

Rossmüller schüttelt den Kopf. »Diese Unterhaltung ist ja nichts anderes als ein informeller Gedankenaustausch und hat nicht das Geringste mit einem Verhör oder einer Vernehmung zu tun. Es wäre auch nicht nötig gewesen, dass Herr Tarrasidis einen Anwalt mitbringt.«

Aus seiner Sicht natürlich doch, denkt Carla. *Der wird gar nichts sagen und Reiter das Reden überlassen.*

»Wir werden sehen«, erwidert der Anwalt kühl. »Beginnen wir doch damit, dass Sie kurz erläutern, warum Sie meinen Mandanten zu diesem Gespräch eingeladen haben.«

»Nun, es geht zunächst noch einmal um den Tag, als diese Frau in sein Restaurant gestürmt ist und ihn beschuldigt hat, ihr ...«

»Stopp«, sagt Reiter. »Wie kommen Sie auf die Idee, dass sie ihn beschuldigt hat?«

»Hat sie nicht?«

»Natürlich nicht! Und das wissen Sie ganz genau. Die Therapeutin der Dame kann bezeugen, was geschehen ist, und mein Mandant hat Ihnen den Vorfall auch bereits geschildert. Beide Darstellungen stimmen überein. Die Frau hat ein paar automatisierte Äußerungen getätigt, die sie krankheitsbedingt in den unterschiedlichsten Situationen produziert und die mit diesen nichts zu tun haben. *Was soll ich sagen? Ui, jui, jui ... kein Schwein und dann zack ... und ich kein Telefon.* Sowas in der Art. Ich habe mir den ganzen Unsinn nicht gemerkt. Ach ja, und dann hat sie sich mit der flachen Hand auf den Kopf geschlagen. Das soll eine Beschuldigung sein?«

Rossmüller wiegt bedächtig den Kopf hin und her. »Nun mal langsam. Wir werden eine erfahrene Neuropsychologin hinzuziehen, die in der Lage sein wird, die Äußerungen von Frau Yannakakis in einen sinnvollen Zusammenhang zu bringen. *Was soll ich sagen* steht vielleicht für: Ich weiß nicht, wo ich anfangen soll. *Ui, jui, jui* kann bedeuten: Es ging alles so schnell und war schrecklich. *Kein Schwein und dann zack* meint womöglich: Ich war ganz allein und schon ist es passiert. *Und ich kein Telefon* könnte heißen: Es gab keine Möglichkeit Hilfe zu rufen. Was halten Sie *davon?*«

»Netter Versuch«, sagt Carla zu Delors gewandt. »Aber das funktioniert juristisch nicht. Nicht in Deutschland. Vielleicht in den USA, wo die Hälfte der Jurymitglieder bereit ist, jeden Scheiß zu glauben, wenn er nur in ihr Weltbild passt.«

Auf der anderen Seite der Scheibe hat Dr. Reiters Gesicht einen ausgesprochen höhnischen Ausdruck angenommen. »Ach, du große Güte! Für so einen Quatsch sind wir hierhergekommen? Haben Sie als Schüler gerne Interpretationen geschrieben? Was hat uns der Dichter damit sagen wollen? Glauben Sie ernsthaft, dass ein Gericht in Deutschland sich mit der Übersetzung, Deutung und Auslegung einer Zeugenaussage befasst? Ein Strafprozess ist doch kein Hermeneutik-Seminar!«

Rossmüller zuckt scheinbar betrübt mit den Schultern und möchte zu einer Antwort ansetzen, aber Reiter lässt ihn nicht zu Wort kommen. »Und wissen Sie, was besonders ärgerlich ist an dem ganzen Zirkus? Dass mein Mandant noch nicht einmal die Möglichkeit hat, ein Alibi vorzuweisen, weil diese Dame außerstande ist, den Zeitpunkt zu benennen, für den er eins braucht.«

»Touché«, sagt Delors und Carla gibt ihm recht. »Reiter ist wirklich gut. Bis jetzt hätte ich alles genauso gemacht.«

Rossmüller wirkt hinter der Scheibe nun ausgesprochen frustriert, kratzt sich nachdenklich am Kopf und holt dann unvermittelt zu dem Schlag aus, auf den er, wie Carla jetzt begreift, die ganze Zeit hingearbeitet hat.

»Gut, dann warten wir einfach ab, bis sich die sprachliche Kompetenz von Frau Yannakakis gebessert hat. Die Neurologen in der

Uniklinik sind optimistisch und die Therapeutin ist es auch. Die nächsten Tests finden in vier bis sechs Wochen statt, dann wissen wir mehr. Wenn sich in der Hinsicht etwas tut, melde ich mich bei Ihnen.«

Tarrasidis hat sich gut im Griff, aber Carla registriert das minimale Zusammenzucken, eine winzige Schrecksekunde - nicht zuletzt, weil sie in genau diesem Moment ebenfalls erschrickt. Wenn auch aus einem anderen Grund. Was verdammt nochmal macht Rossmüller da?

»Sind wir fertig?«, fragt Reiter.

Der Polizist schüttelt den Kopf. »Es gibt noch eine andere Sache, die ich gerne mit Ihnen besprechen möchte. Auch vage und in gewisser Weise bizarr, aber ich dachte mir, Sie sollten wissen, welche Gerüchte über Sie in Umlauf sind.«

Rossmüller hat sich nun direkt an Emanuel Tarrasidis gewandt und versucht offenkundig, diesen zu einer Äußerung zu provozieren, aber der Gastronom verzieht keine Miene und sein Anwalt antwortet für ihn.

»Oha! Sie verstehen es, einen Mann neugierig zu machen. Was für ein Unsinn wird noch behauptet?«

Rossmüller lehnt sich zurück und gießt sich aus der Karaffe auf dem Tisch ein Glas Wasser ein. »Im Jahr 2019 hat die griechische Polizei zusammen mit Ermittlern von Europol eine Gangsterbande hochgenommen, die sich auf den Handel mit neugeborenen Babys und Eizellen spezialisiert hatte. Es gab zwölf Festnahmen und über sechzig Ermittlungsverfahren. Bei einigen Vernehmungen haben die Athener Polizisten wohl ... nun, sagen wir mal, ziemlich viel Druck ausgeübt. Jedenfalls wurde bei fünf Verhören von den Beschuldigten der Name Ihres Mandanten als Organisator und Drahtzieher des Babyhandels genannt. Es gab auch ein Foto, das ihn mit einem der Beschuldigten zeigt. Der gab an gehört zu haben, dass Emanuel Tarrasidis in Frankfurt lebt, und so landete die Information auch auf meinem Schreibtisch.«

Dr. Reiter zeigt sich gänzlich unbeeindruckt. »Das war es schon? Eine Handvoll Lügen und Schutzbehauptungen, die in griechischen Verhörzimmern aus ein paar Kriminellen herausgeprügelt wurden?«

Rossmüller zuckt mit den Achseln. »Ich sagte ja – Gerüchte. Aber jetzt kommt's. Vor etwa acht Wochen hat die Polizei in Athen eine junge Prostituierte aufgegriffen. Eine Roma, die einen bulgarischen Pass hatte, der sie als Ceija Stojanow aus Plowdiw auswies. Sie gab an, dort einem ›dicken Mann‹ – den Namen wusste sie nicht – ihr noch ungeborenes Baby verkauft zu haben. Sie habe das Kind in einer Klinik in Thessaloniki zur Welt gebracht, wo man es ihr nach der Geburt weggenommen habe. Aus Angst vor ihrer Familie und dem ›dicken Mann‹ sei sie nicht nach Bulgarien zurückgekehrt. Eine der griechischen Kolleginnen hat richtig geschaltet und die Verbindung zu den Festgenommenen von 2019 hergestellt. Sie ließ sich die Fotos, die damals bei den Ermittlungen eine Rolle spielten, kommen, und auf einem hat die junge Frau Ihren Mandanten wiedererkannt. Das ist ein bisschen mehr als ein Gerücht, oder?«

»Sehr gut«, sagt Carla leise und neigt sich zu Delors hinüber. »Das war jetzt wirklich gut. Er benutzt Ceija Stojanow, um maximalen Druck aufzubauen, und nimmt sie zugleich aus der Schusslinie, indem er ihren Aufenthaltsort nach Griechenland verlegt. Tarrasidis wird dort ausgezeichnete Verbindungen haben, aber selbst ihm sollte es schwerfallen, diese Geschichte auf die Schnelle nachzuprüfen.«

Delors nickt und deutet mit dem Finger auf die Scheibe. Emanuel Tarrasidis ist blass geworden und öffnet den Mund, um zu antworten, aber sein Anwalt bringt ihn mit einer herrischen Handbewegung zum Schweigen.

»Was für ein lächerlicher Schwachsinn«, sagt er, und seine Arroganz ist selbst hinter der Scheibe beinahe physisch wahrnehmbar. »Wie hat denn die griechische Justiz auf diese verleumderischen Anschuldigungen reagiert? Was sagten Sie ... es ist acht Wochen her, dass diese Frau meinen Mandanten beschuldigt hat? Gab es seitdem irgendwelche Anfragen der Athener Staatsanwaltschaft an die deutschen Behörden? Ein Amtshilfeersuchen? Einen internationalen Haftbefehl? Einen Auslieferungsantrag? Irgendwas Offizielles, das Sie mir zeigen können?«

Rossmüller schweigt, hält aber dem höhnischen Blick des Anwalts stand.

Der setzt zur Schlussattacke an. »Wissen Sie, was die griechischen Behörden von bulgarischen Roma-Frauen halten, die auf den Strich gehen und angesehene Bürger aus angesehenen EU-Staaten verleumden? Ich wette, dass die Dame in Abschiebehaft sitzt und sich demnächst in ihrem Balkan-Ghetto wiederfindet. Und was das Foto angeht, das meinen Mandanten mit einem angeblichen Kriminellen zeigt – das beweist gar nichts. Schon gar nicht, dass sie bei irgendwas gemeinsame Sache gemacht haben!«

Tarrasidis und sein Anwalt stehen auf und machen Anstalten, wort- und grußlos den Raum zu verlassen.

»Danke, dass Sie gekommen sind«, sagt Rossmüller. »Das war sehr aufschlussreich.«

Dr. Reiter dreht sich auf dem Absatz um und starrt den Polizisten böse an. »Wenn ich erfahre, dass Sie irgendeine von den haltlosen Unterstellungen, die Sie hier abgesondert haben, öffentlich wiederholen, verklage ich Sie wegen Verleumdung und übler Nachrede, und zwar so, dass Sie nie wieder ein Bein auf den Boden bekommen.«

Dann rauscht er aus dem Raum, und Emanuel Tarrasidis hat Mühe, ihm zu folgen. Rossmüller wartet zwei Minuten, bis er sich zu Carla und seinem französischen Kollegen gesellt. Er macht einen ausgesprochen zufriedenen Eindruck.

»Ich glaube, das hat funktioniert! Die beiden waren maximal angefressen, oder haben Sie das nicht so gesehen?«

»Doch«, erwidert Carla. »Besonders der zweite Teil hat mir gefallen, als Sie Ceija Stojanow ins Spiel gebracht und den Ort der Handlung nach Athen verlegt haben. Man konnte von hier aus deutlich sehen, wie erschrocken Tarrasidis war. Extrem wichtig ist jetzt, dass er das Mädchen nicht zu Gesicht bekommt. Auf keinen Fall darf er wissen, dass sie in Frankfurt ist. Rufen Sie den Dolmetscher nochmal dazu und bringen Sie ihr nachdrücklich bei, dass sie in Lebensgefahr ist, wenn sie das Haus verlässt.«

Rossmüller nickt und macht sich eine Sprachnotiz im Handy. »Ich kümmere mich darum.« Nachdenklich studiert er Carlas Gesichtsausdruck. »Können Sie mir sagen, warum Sie so biestig gucken?«

»Weil Sie mit dem ersten Teil Ihrer Performance möglicherweise Leben und Gesundheit von Frau Yannakakis aufs Spiel gesetzt haben. Welcher Teufel hat Sie geritten, Sofia explizit als Köder zu benutzen, um den Mann unter Druck zu setzen? Wenn Sie sich derart positiv zu ihren Therapiefortschritten äußern und behaupten, dass es nur eine Frage der Zeit ist, bis sie eine gerichtsverwertbare Aussage machen kann, legen Sie ihm doch zwangsläufig nahe, dass er sie möglichst schnell zum Schweigen bringen muss.«

Rossmüller angelt sich einen Stuhl und setzt sich rittlings darauf. »Glauben Sie mir, das ist ihm schon seit geraumer Zeit klar. Seit Frau Yannakakis zum zweiten Mal in seinem Restaurant aufgetaucht ist, schwebt die Frage, ob sie ihn beschuldigen kann, wie ein Damoklesschwert über ihm. Ich stelle mir vor, dass er sich jeden Morgen fragt, ob er sie umbringen oder darauf vertrauen soll, dass sie sich nicht mehr erholt. Ich habe deshalb schon vor vier Tagen Polizeischutz für Ihre Mandantin beantragt, der heute genehmigt wurde. Dieser Schutz ist aber leider auf vierzehn Tage befristet. Schließlich ist sie nicht Salman Rushdie. Also habe ich heute den Druck erhöht und Tarrasidis klargemacht, dass er nicht einfach abwarten kann.«

»Das ist doch scheiße«, sagt Carla. »Sie wollen ihn verleiten,

Sofia anzugreifen, um ihn dabei auf frischer Tat zu erwischen. So wie man früher in Indien eine Ziege an den Baum band, um den Tiger anzulocken.«

»Nein, im Gegenteil«, widerspricht Rossmüller. »Wir werden den Polizeischutz so gestalten, dass er Tarrasidis davon *abschreckt*, die Frau zu attackieren. Demonstrativ und gut sichtbar postieren wir ein Dienstfahrzeug mit mindestens zwei Beamten vor dem Haus in Ginnheim, und zwar vierundzwanzig Stunden am Tag. Wenn Frau Yannakakis das Haus verlässt, wird sie in Begleitung eines uniformierten Kollegen sein. Ich verspreche, dass ihr nichts geschehen wird. Wir machen Tarrasidis deutlich, dass er handeln muss, aber ein Angriff auf Frau Yannakakis *keine* Option ist. Das ist das Dilemma, das ihn dazu provozieren wird, einen Fehler zu machen.«

Delors pfeift leise durch die Zähne und wiegt zweifelnd den Kopf hin und her. »Ein Dilemma, das *mich* an seiner Stelle auf die Idee bringen würde, das Land zu verlassen. Das sollten Sie vielleicht bedenken.«

Rossmüller zuckt mit den Schultern. »Wenn er die Nerven verliert, wäre das zum Beispiel einer der Fehler, die er machen könnte. Ihn auf einer internationalen Fahndungsliste zu platzieren, wäre auch ein schöner Erfolg.«

FÜNFUNDZWANZIG

Rossmüllers Erläuterungen seines Planes haben Carla nicht wirklich beruhigt. Tarrasidis wird sich auch ausrechnen, dass die polizeilichen Schutzmaßnahmen für Sofia Yannakakis nicht auf Dauer angelegt sind. Mit welcher Zeitspanne wird er kalkulieren? Wie abgebrüht ist er? Das Bild, das er hinter der Scheibe des Verhörraumes bot, entsprach nicht dem, das Delors von ihm gezeichnet hatte: *Bei Europol betrachtet man ihn als Drahtzieher und Mastermind des ganzen Geschäftes. Sein Name taucht immer wieder auf, aber meistens wird er nur geflüstert. Der Mann scheint auf dem ganzen Balkan sehr gefürchtet zu sein. Nie findet sich jemand, der bereit ist, gegen ihn auszusagen.* Wie bekommt man eine derart flächendeckende Einschüchterung hin, wenn nicht mit massiver Gewalt? Eine einfache Antwort auf eine einfache Frage.

Carla hat nicht die geringsten Zweifel an Delors' Schilderung. Emanuel Tarrasidis ist ein gefährlicher Krimineller, der in Frankfurt erfolgreich den Biedermann gibt. Was, wenn er einfach das Risiko eingeht, dass sich Sofia Yannakakis in den nächsten drei Wochen schon nicht nennenswert erholen wird? Und in Ruhe wartet, bis die Polizei abrückt?

Carla ruft Ritchie an und bittet ihn, mittags bei ihr zu Hause vorbeizukommen. Sie bringt ihn und Bischoff auf den neuesten Stand und schildert ihnen Rossmüllers Plan und ihre Bedenken.

Bischoff nickt bedächtig. »Da hast du nicht ganz unrecht. Der Plan ist nicht schlecht, enthält aber ein paar Unwägbarkeiten, die du gut auf den Punkt gebracht hast. Ich bin trotzdem froh, dass Rossmüller die Bedrohung von Sofia Yannakakis und dem Mädchen ernst nimmt und Maßnahmen ergreift.«

»Ja, er hat von Anfang an ein besonderes Interesse an dem merkwürdigen Fall gehabt. Schließlich ist er damit zu mir gekommen und hat mich um eine juristische Einschätzung gebeten, weil er die Sache nicht einfach auf sich beruhen lassen wollte. Er ist bewusst nicht zur Staatsanwaltschaft gegangen, weil er befürchtet hat, dass man ihn dort auslacht. Und als ich ihm riet, doch mal mit dem Restaurantbesitzer zu sprechen, war er regelrecht erleichtert.«

»Stimmt«, sagt Ritchie. »Das ist mir auch aufgefallen. Was mit der Frau geschehen ist, berührt ihn juristisch und menschlich, und er hat sich ganz schön aus dem Fenster gelehnt. Schon das Gespräch mit Tarrasidis heute Morgen ... Wenn dieser Dr. Reiter mit dem Polizeipräsidenten Golf spielt und behauptet, sein unbescholtener Mandant würde wegen nichts und wieder nichts belästigt, kriegt Rossmüller Probleme. Ohne die unerwartete Schützenhilfe von Delors hätte er das alles gar nicht riskieren können und vermutlich auch den Polizeischutz nicht genehmigt bekommen.«

Carlas Handy empfängt einen Anruf und Rossmüllers Name steht auf dem Display. Sie stellt auf Lautsprecher.

»Ich bin jetzt hier auf dem Hof in Ginnheim, zusammen mit dem Dolmetscher«, sagt Rossmüller. »Wir haben Ceija Stojanow klargemacht, warum sie im Haus bleiben muss, und ich glaube, sie wird kooperieren. Sie hat eine Heidenangst vor dem ›dicken Mann‹, und das ist auch gut so. Etwas schwieriger sieht es bei Frau Yannakakis aus, die nicht wirklich begreift, was die Polizeipräsenz vor ihrem Haus bedeutet. Ich habe ihr die beiden Kollegen vorgestellt, die heute in dem Auto sitzen, aber natürlich wird es in den zwei Wochen einen ständigen Wechsel geben. Sie hat ihnen sofort Kaffee gekocht und etwas zu essen angeboten, aber man konnte ihr ansehen, wie unwohl sie sich fühlte. Okay, so weit erstmal. Ich melde mich, wenn es etwas Neues gibt.« Rossmüller legt auf, bevor Carla danke sagen kann.

»Was machen wir, wenn Tarrasidis die Nerven behält und einfach wartet, bis der Polizeischutz aufgehoben wird?«, nimmt Ritchie den Faden wieder auf.

»Ich könnte Aleyna Ekincis noch einmal um Hilfe bitten«, sagt Carla. »Das möchte ich nur ungern tun, aber Aleyna würde ohne Weiteres die Kosten übernehmen, wenn ich sie bitte, ein Team ihrer Security-Firma zum Schutz von Sofia Yannakakis abzustellen. Geld ist *nicht* ihr Problem.«

»Nein, das Geld nicht«, sagt Bischoff. »Aber es gibt ein anderes Problem bei dieser Variante. Private Personenschützer arbeiten bevorzugt verdeckt. Sie würden im Haus sein, das Grundstück observieren, Sofia im Auge behalten und dabei im Hintergrund bleiben. Sie sind darauf trainiert, einen Angriff abzuwehren und mögliche Gefährder dingfest zu machen. Das ist etwas anderes als eine demonstrative Präsenz der Staatsgewalt zur grundsätzlichen *Abschreckung* eines Angriffs, wie Rossmüllers Plan es vorsieht.«

Carla nickt wütend. »Da hast du verdammt recht. Und dann haben wir tatsächlich die Situation mit der Ziege am Baum.«

SECHSUNDZWANZIG

Als Ritchie sich auf den Weg zurück in die Kanzlei macht und Bischoff in seinem Zimmer verschwindet, streckt Carla sich auf dem Sofa im Wohnzimmer aus, schließt die Augen und spürt, wie die seit Tagen alles beherrschende Anspannung einer angenehmen Schläfrigkeit weicht. In einer Endlosschleife kreisen ihre Gedanken um ihr kompliziertes Verhältnis zur Familie Ekincis.

Dass sie, was den Schutz von Sofia Yannakakis angeht, Aleyna nur sehr ungern um Hilfe bitten möchte, war ernst gemeint. Sie wird ihre Hilfe dringend brauchen, wenn sie sich gegen Ramsan Terloy zur Wehr setzt. Um noch mehr will sie nicht bitten, auch wenn sie mit Aleyna inzwischen eine enge Freundschaft verbindet.

Beinahe sechs Jahre ist es her, seit sie deren Vater vor einer Gefängnisstrafe bewahren konnte. Ein schmutziger Fall, mit dem Carla eher zufällig zu tun bekam. Zwanzig Jahre lang hatte der alte Ekincis im Ruhrgebiet mit Drogen, Glücksspiel und Schutzgelderpressung ziemlich entspannt gute Geschäfte gemacht, weil es nie Zeugen gab, die vor Gericht gegen ihn aussagen mochten. Irgendwann waren zwei korrupte Duisburger Ermittler entnervt auf die Idee gekommen, ihn dann eben für ein Verbrechen hinter Gitter zu bringen, das er *nicht* begangen hatte, indem sie Beweise fälschten und Zeugen manipulierten. Carla war es vor Gericht gelungen, den gesamten konstruierten Fall zu demontieren. Der Alte war freigekommen und die berufliche Laufbahn der beiden Polizisten hatte ein jähes Ende gefunden.

Carla hat damals ein grandioses Erfolgshonorar kassiert, aber was viel mehr zählte, war ein Versprechen, das Ekincis ihr beim Abschied gab. *Sie haben weit mehr getan, als Sie hätten tun müssen. Dafür schulde ich Ihnen Dank. Wenn der Tag gekommen ist, diese Schuld zu begleichen, rufen Sie mich an.* Zweimal hat Carla ihn beim Wort genommen, zuletzt kurz vor seinem Tod, und beide Male hat er es gehalten. Wenn seine Tochter ihr noch einmal gegen Ramsan Terloy hilft, muss das reichen.

Aleyna wird versuchen, ihr den Plan auszureden, aber am Ende zustimmen, weil sie es ihrem Vater versprochen hat.

Die bittere Ironie an der ganzen Situation ist, dass Carla niemals mit den Tschetschenen zusammengetroffen wäre, wenn sie selbst nicht Asan Ekincis gebeten hätte, einen Kontakt mit dem älteren der Terloy-Brüder herzustellen. Was für eine irrsinnige Geschichte ...

Die Müdigkeit überwältigt sie und lässt sie übergangslos in eine bizarre Traumsequenz gleiten.

Eine Beerdigung im August. Die Sonne brennt von einem wolkenlosen Himmel, die Luft flirrt, es ist sehr heiß. Kein Windhauch ist zu spüren. Sie betritt den Hauptfriedhof durch das »Alte Portal« und folgt der schwarzgekleideten Trauergemeinde, die sich mit gemessenen Schritten auf eine Grabstätte zubewegt. Sehr viele Menschen sind gekommen, und es scheinen immer mehr zu werden. Einen winzigen Augenblick überlegt Carla, ob das möglich ist, dann schiebt sie den Gedanken beiseite. Die vielköpfige Menge teilt sich jetzt und gibt den Blick frei auf einen großen, hoch aufgerichteten Marmorstein, vor dem Aberhunderte schwarzer Dahlien in großen Amphoren angeordnet sind. Carla spürt, wie ihr schlecht wird, obwohl die Blumen keinen Duft verströmen.

Die Trauernden gruppieren sich um einen Sarg, der neben einem bereits ausgehobenen Grab auf einer Holzbahre ruht. Vergeblich sucht Carlas Blick nach einem Geistlichen oder jemandem, der sich vielleicht anschickt, eine Rede zu halten oder ein

Gebet zu sprechen. Alle Anwesenden starren mit unbewegten Mienen auf die Grabstelle, drehen dann wie auf ein Zeichen hin die Köpfe und schauen erwartungsvoll in Carlas Richtung. Als die sich nicht rührt, hebt eine Frau mit Gesichtsschleier den Arm und winkt sie mit einer hoheitsvollen Geste heran. Carlas Übelkeit verstärkt sich. Sie will der Einladung nicht folgen, will sich dem Grab und den verdammten Blumen nicht nähern und setzt sich dennoch in Bewegung. Die Trauergemeinde beobachtet jeden ihrer Schritte, und ein paar Frauen nicken beifällig. Jetzt bleibt sie stehen. Noch näher heran geht nicht. Sie kann es nicht riskieren, sich an einem offenen Grab zu übergeben, und genau das wird geschehen, wenn sie auch nur noch einen Augenblick länger dem Anblick dieser Blumen ausgesetzt ist. Dann hebt sie den Blick und liest die Inschrift auf dem Grabstein:

DAUGHTER
ELISABETH SHORT
July 29, 1924 – Jan. 15, 1947

Entsetzliche Angst und Übelkeit rollen wie eine Welle über Carla hinweg, sie spürt eine kühle Hand an ihrer Wange, sieht über sich Bischoffs faltiges Ledergesicht und ist augenblicklich wach.

»Du hast so komische Geräusche gemacht«, sagt der Alte, nimmt ihr Handgelenk und fühlt den Puls. »Bisschen schnell für ein Nachmittagsschläfchen.«

Carla schiebt seine Hand beiseite und setzt sich auf. Sie spürt, wie die Übelkeit abflaut und die Angst nach und nach kalter Wut weicht.

»Das Arschloch hat es sehr tief in meinen Kopf geschafft. Wird Zeit, ihn da rauszuwerfen.« Sie greift nach ihrem Handy, tippt Aleynas Nummer an und freut sich, deren warme Altstimme zu hören.

»Hallo, meine Liebe. Was für eine schöne Überraschung.«

»Kannst du nach Frankfurt kommen?«

»Jetzt gleich?« Aleyna scheint ein wenig perplex.

»Nein, aber vielleicht innerhalb der nächsten drei Tage?«

»Mmhh, das ist ein bisschen schwierig. Ich habe hier jede Menge familiären Stress und tausend Sachen, um die ich mich kümmern soll.«

»Wieso das denn? Ich dachte, sie hätten dich rausgedrängt?!«

Aleyna gibt ein bitteres kleines Lachen von sich. »Das habe ich auch angenommen. Aber als ich meinen Brüdern eröffnet habe, dass ich mich ihrem Wunsch gemäß aus allem zurückziehe und somit auch für nichts mehr zur Verfügung stehe, war es auch wieder nicht recht. In der Zwischenzeit war ihnen nämlich aufgegangen, dass sie gar nicht so richtig wussten, wie das Geschäft funktioniert. Von morgens bis abends haben sie mich mit Fragen gelöchert. Die beiden Vollpfosten sind tatsächlich davon ausgegangen, dass ich mich weiterhin um die Finanzen und die juristischen Fallstricke kümmere und sie nach außen hin das Sagen haben.«

Carla pfeift leise durch die Zähne. »Das klingt, als wenn du deine Position neu verhandeln kannst. Vielleicht haben Malik und Ibrahim den ganzen Aufstand nur gemacht, um gegenüber der Familie und der Community ihr Gesicht zu wahren. Was, wenn du im Hintergrund die Fäden ziehst und deine Brüder Boss spielen lässt – könntest du damit leben?«

Aleyna kichert. »Ich bin gerade dabei, ihnen einzureden, dass das von vornherein *ihr Plan* war. Ich glaube, der Gedanke könnte in den Spatzenhirnen ruhig noch ein wenig reifen. Okay, Schatz! Ich komme! Worum geht's?«

»Um etwas, das ich nicht am Telefon besprechen möchte.«

»Das klingt nach etwas, das ich dir besser ausreden sollte.«

»Du kannst es versuchen, Habibi. Aber komm erst mal her.«

SIEBENUNDZWANZIG

Als Carla an jenem denkwürdigen Abend das Paket mit der zersägten Barbie auf ihrer Fußmatte fand, hat sie Aleyna Fotos von der Puppe und Informationsmaterial zum Fall Elisabeth Short geschickt. Das schaurige Artefakt jetzt auf dem Couchtisch liegen zu sehen, hat auf ihre Freundin offenbar eine deutlich drastischere Wirkung als irgendwelche Fotos. Aleyna ist tatsächlich mit ihrem Sessel ein Stück vom Tisch abgerückt.

»Sollte das Ding nicht als Beweismittel in irgendeiner Asservatenkammer liegen?«

»Es ist kein Beweismittel, sondern nur ein kaputtes Plastikspielzeug«, erwidert Carla und schenkt Kaffee ein. »Das ist ja das Perfide. Es gibt gar keinen Fall, in dem das Paket ein Beweisstück sein könnte. Keinen Täter, kein Opfer, nicht mal einen Geschädigten. Etwas Bedrohliches bekommt das Monstrum erst, wenn man von der Ermordung Elisabeth Shorts und der bestialischen Zurichtung ihres Leichnams weiß und den Zusammenhang herstellt. Wer auch immer der Absender sein mag, er hat mit dem Dahlienstrauß und der Puppe das Bedrohungsszenario in meinem Kopf installiert, ohne selbst eine Drohung auszusprechen.«

Aleyna nickt und trinkt einen Schluck Kaffee. »Ich nehme mal an, die kriminaltechnische Untersuchung hat nichts ergeben?«

»Nein.«

»Aber du denkst, du weißt, wer dahintersteckt?«

»Ramsan Terloy. Er hat ein Motiv – zumindest denkt er das – und er hat die Mittel. Er hat jemanden dafür bezahlt, mich mit dem

Pick-up zu rammen, und er hat genug Grips, um sich diesen netten kleinen Psychoterror auszudenken. Keine Ahnung, wie er auf den uralten Mordfall gestoßen ist, aber der hat seine Fantasie offenbar nachhaltig beflügelt.«

Aleyna verzieht angewidert das Gesicht. »Und er wird nicht aufhören.«

»Nein, das wird er nicht. Er wird stattdessen Schritt für Schritt die Schlagzahl erhöhen, bis er eines Tages vor mir steht. Sein Trumpf besteht darin, dass er nicht offen gewalttätig ist und es nie irgendwelche Beweise oder Zeugen gibt. Nach Auskunft der Berliner Polizei hat der Mann eine blütenweiße Weste. Deine Security wird mich nicht auf Dauer beschützen können, und auch Rossmüller hat deutlich gemacht, dass ihm die Hände gebunden sind. Also werde ich die Sache selbst in die Hand nehmen.«

»Und dabei brauchst du meine Hilfe.«

»Jepp! Ich werde den Plan auch mit Moritz, Ritchie und Bischoff besprechen, aber erst mal ist deine Zustimmung entscheidend. Würdest du mir Delia Egmont und Max Reuter zur Verfügung stellen, um Terloy in eine Falle zu locken?«

»Kommt darauf an, was sie tun sollen.«

»Sie sollen eine kleine Apartmentwohnung mit Kameras ausstatten, die aufzeichnen, was in dieser Wohnung passiert, und zwar in erstklassiger Bild- und Tonqualität. Sie sollten sich außerdem in der Nachbarwohnung aufhalten, das Geschehen am Monitor verfolgen und einschreiten, falls ich in ernsthafte Schwierigkeiten komme. Ich habe überlegt, Ritchie darum zu bitten, aber im Fall einer körperlichen Auseinandersetzung ist er Terloy nicht gewachsen. Egmont und Reuter sind da andere Kaliber.«

Aleyna nickt zwar, macht aber ein ausgesprochen skeptisches Gesicht. »Und was genau willst du tun?«

»Ich werde zwei nebeneinanderliegende Ferienwohnungen in Berlin buchen. Wenn Egmont und Reuter die eine Wohnung verwanzt haben, rufe ich Terloy in seinem Club an und bitte um ein Treffen in dieser Wohnung. Nur er und ich. Ich bin keineswegs sicher, dass er einwilligt, aber ich vermute, dass er neugierig ist und vielleicht deshalb kommt. Irgendwelche Sorgen um seine Sicherheit wird er sich nicht machen. Polizeilich liegt nichts gegen ihn vor und vor mir braucht er sich nicht zu fürchten. Schließlich bin ich nur eine Frau. Ein schneller Blick in die Wohnung wird ihn davon überzeugen, dass ich allein bin.«

»Was hast du vor, wenn ihr aufeinandertrefft?«

Carla zögert, aber sie weiß, dass sie nicht umhinkann, Aleyna reinen Wein einzuschenken. »Ich will ihn zwingen, die Maske des unbescholtenen Biedermannes fallenzulassen und sich vor laufender Kamera strafbar zu machen. Ich werde ihn provozieren, mich anzugreifen. Und ihn damit ein für alle Mal ausschalten.«

»Das ist eine Scheißidee«, sagt Aleyna. Sie sieht jetzt so besorgt und wütend aus, wie Carla sie noch nie gesehen hat. »Du hast den Mann doch im Hotel kennengelernt. Denkst du, dass seine Wut und Trauer seitdem weniger geworden sind? Wenn du ihn auf dem falschen Fuß erwischst, bringt er dich um, bevor Delia und Max auch nur einen Finger rühren können.«

»Das habe ich mir auch überlegt, aber es spricht einiges dagegen. Wenn er mich in den vergangenen Monaten im Auge hatte, hat er mit Sicherheit Egmont und Reuter bemerkt. Er weiß, dass ich unter Beobachtung stehe. Vielleicht ist das auch der Grund, warum er sich statt einer weiteren physischen Attacke auf die Psychospielchen verlegt hat. Die erlauben ihm mehr Distanz und zermürben mich ebenfalls. Ich denke, er wird in jedem Fall vorsichtig sein. Er muss auch damit rechnen, dass ich dieses Treffen anderen Leuten gegenüber erwähnt habe.«

Aleyna schüttelt den Kopf. »Wenn das so wäre, warum sollte er sich dann von dir zu einer Gewalttätigkeit provozieren lassen?«

»Es ist eine Gratwanderung. Er ist nicht dumm, und an der Rolle des unbescholtenen Bürgers, der so ganz anders ist als der Rest seines Clans, liegt ihm einiges. Er weiß, dass es von Vorteil ist, sich zusammenzureißen. Andererseits ist Selbstbeherrschung gegenüber einer Frau nicht unbedingt die Generaltugend eines tschetschenischen Machos. Was ist, wenn ich ihn frage, warum ein Mann seines Alters keine Ehefrau und Kinder hat? Ich könnte durchblicken lassen, dass ich ihn für schwul halte.«

»Ich könnte auch durchblicken lassen, dass ich dich für absolut lebensmüde halte«, sagt Aleyna böse. Auch sie hat offenbar keine Lust mehr auf diplomatische Formulierungen.

Carla bringt ein schwaches Grinsen zustande. »Das war nicht so bierernst gemeint, keine Sorge. Aber mir wird im entscheidenden Augenblick schon etwas Passendes einfallen. Einen Mann wie Terloy zu provozieren, dürfte nicht so schwer sein.«

»*Schwer* wird eher, dabei nicht krankenhausreif geschlagen zu werden! Zum letzten Mal: Es ist Bestandteil dieses Planes, dass du wahrscheinlich verletzt wirst. Das ist dir doch klar, verdammt! Hast du keine Angst?«

»Doch!« Carla beugt sich vor und senkt ihre Stimme. »Ich habe eine Scheißangst, aber ich werde mich nicht weiter terrorisieren lassen. Nicht von diesem Arschloch und auch nicht von irgendeinem anderen! Er hat sich in mein Hirn gefräst wie ein bösartiger Tumor, und ich werde ihn da höchstpersönlich wieder rausholen! Also, hilfst du mir jetzt oder nicht?«

Aleyna nickt resigniert. »Ich spreche mit Delia, Max und dem Chef der Firma. Er wird unter der Bedingung zustimmen, dass er nichts davon gewusst oder angeordnet hat und auch kein entsprechender Verdacht entsteht. Wenn Egmont und Reuter den Job akzeptieren, nehmen sie an den entsprechenden Tagen unbezahlten Urlaub, den ich finanziell ausgleichen werde. Plus Bonuszahlung, versteht sich. Egmont wird die beiden Apartments anmieten und bezahlen. Das Geld gibst du ihr später bar zurück. Informiere die beiden rechtzeitig, wann du die Sache durchziehen willst.«

Carla nickt. »Danke!«

»Den Dank kann ich nicht annehmen. Nicht dafür.«

ACHTUNDZWANZIG

»Verdammt, ich will das nicht. Und ich akzeptiere nicht, dass du dich darüber einfach hinwegsetzt.«

Moritz läuft in ihrem Schlafzimmer hin und her und ist so aufgebracht, dass er ununterbrochen redet. Carla geht zum Bett, hockt sich im Schneidersitz auf die Tagesdecke und hofft, dass ihm in absehbarer Zeit das Adrenalin ausgeht. Sie hat gewusst, dass dieses Gespräch das Schwierigste sein würde.

Als Aleyna am frühen Nachmittag nach Essen zurückgefahren ist, hat Carla sich mit Ritchie und Bischoff zusammengesetzt, und wie nicht anders zu erwarten, sind beide strikt gegen ihren Plan gewesen. Sie haben eine Stunde lang argumentiert, kritisiert und auf sie eingeredet, bis klar war, dass Carla nicht nachgeben würde. »Scheiß drauf«, hat Ritchie schließlich gesagt und Bischoffs letzten Satz einfach unterbrochen. »Genauso gut könntest du versuchen, einen Öltanker zu wenden.«

Carlas Sturheit ist schon mit sehr vielen Vergleichen beschrieben worden – der mit dem Öltanker gefällt ihr.

Als Moritz einen längeren Moment zum Luftholen braucht, unterbricht sie ihn. »Darf ich auch mal was sagen, oder geht der Monolog bis zum Morgengrauen weiter?«

Er verzieht das Gesicht und signalisiert mit einer schroffen Handbewegung seine Zustimmung.

»Gut«, sagt Carla. »Ich will fünf Minuten, ohne unterbrochen zu werden.«

Moritz nickt finster.

»Du hast mir erzählt, dass du im Jahr 2008 mit einem Team von ›Ärzte ohne Grenzen‹ im Sudan warst. Die Dafur-Region, oder? In dem Jahr wurden dort Dutzende Blauhelm-Soldaten der UNAMID-Friedenstruppen von Aufständischen umgebracht oder schwer verletzt. Ich habe das gegoogelt. Für alle humanitären Hilfsorganisationen war das Gebiet lebensgefährlich. Es gab eine ausdrückliche Warnung des Auswärtigen Amtes, und das hast du sehr genau gewusst. Zu der Zeit lebte deine Mutter noch. Ich wette, sie hat dich angefleht, nicht dorthin zu fliegen, doch das hat dich nicht davon abgehalten. Du hast eine andere Risikobewertung gehabt als sie und dich über ihre Bedenken hinweggesetzt. Nicht, weil du dumm oder lebensmüde warst, sondern, weil du das Risiko für vertretbar gehalten hast. Ich weiß, dass du mich liebst, aber das gibt dir nicht das Recht, mir vorzuschreiben, welches Risiko *ich* für vertretbar halten darf.«

»Das ist ein verdammt unfairer Vergleich«, zischt Moritz.

»Mag sein, aber wie wäre es damit: Es gibt viele Menschen, die gefährliche Hobbys oder Sportarten betreiben. Tiefseetauchen zum Beispiel oder Wingsuit-Fliegen. Ich hatte eine Kommilitonin, die Free-Solo-Klettern gemacht hat. Das sind die Irren, die im Alleingang ohne technische Hilfsmittel die Alpenwände hochkraxeln. Stell dir vor, das wäre *mein* Hobby gewesen, als wir uns kennenlernten. Hättest du dann gesagt, *tut mir leid, Schatz, ich habe mich in dich verliebt und deshalb musst du damit natürlich aufhören?*«

»Dann wäre es nichts geworden mit uns beiden, oder?« Die Bitterkeit in Moritz' Stimme ist unüberhörbar, aber Carla spürt, dass er nachgeben wird.

»Mit Sicherheit nicht«, sagt sie mitleidlos. »Ich brauche keinen Mann, der mich liebt und meint, das wäre ein gutes Argument, mir Vorschriften zu machen.«

»Okay«, sagt Moritz müde. »Es reicht, wenn ...«

»Ich habe noch zwei Minuten«, unterbricht ihn Carla. Sie wird das jetzt ein für alle Mal klarstellen. »Also: Es gibt in Berlin einen

Typen, der sich für unangreifbar hält. Weil er einen guten Ruf hat und über Geld, Macht und eine Schlägertruppe verfügt. Er hat versucht, mich umbringen zu lassen, und dabei einen Mann getötet, der zu meinem Schutz abgestellt war. Danach hat er angefangen, mich mit Psychospielchen zu terrorisieren. Er wird nicht aufhören, wenn man ihn nicht dazu zwingt. Exakt das werde ich tun. Zusammen mit zwei gut ausgebildeten und bewaffneten Ex-Bullen. Genauso wie du damals bin ich weder dumm noch suizidal. Aber ich werde diesen Dreckskerl aus meinem Leben entfernen, und zwar endgültig. Kann sein, dass ich dabei Prügel abbekomme, aber der Typ wird sich danach wünschen, er wäre mir nie begegnet.«

Moritz nickt und wendet sich ab. »Ich fahre jetzt nach Hause. Ruf mich an, wenn du einen Arzt brauchst.« Dann geht er aus dem Zimmer und schließt die Tür leise hinter sich.

NEUNUNDZWANZIG

Fünf Tage später betritt Carla gegen 22:00 Uhr die Ferienwohnung in Berlin-Charlottenburg. Sie hat vorher in einem kleinen italienischen Restaurant passabel gegessen und ist jetzt ziemlich nervös wegen des Anrufes. Egmont und Reuter sind schon da.

»Es ist alles vorbereitet.« Auch Egmont ist nicht so ruhig wie sonst. »Die Kameras sind installiert und senden die Bilder an Reuters Laptop in der Nachbarwohnung. Das WLAN ist stabil. Wir bekommen nebenan zuverlässig alles mit, was hier passiert. Möchten Sie ein Codewort für den Fall vereinbaren, dass Sie Hilfe brauchen, oder sollen wir entscheiden, wann es Zeit ist einzugreifen?«

»Warten Sie auf das Safeword, auch wenn es brenzlig aussieht. Ich werde Ihren Vornamen Delia rufen. Die Wohnungsschlüssel haben Sie?«

Reuter angelt sie aus der Tasche und hält sie in die Höhe.

Carla nickt. »Was denken Sie, wann ich anrufen soll?«

»Die Clubs öffnen frühestens um 23:00 Uhr, manche deutlich später, aber das heißt ja nicht, dass nicht vorher jemand dort ist«, sagt Egmont. »Probieren Sie es um halb elf. Vermutlich werden Sie ihn nicht ans Telefon bekommen. Also bitten Sie, dass man ihm etwas ausrichtet. Dass nämlich Carla Winter, Rechtsanwältin aus Frankfurt, ihn gerne morgen sprechen würde. Die Uhrzeit kann er sich aussuchen. Sie machen das schon ...«

Carla schaut auf ihre Armbanduhr. Immer noch zu früh ...

Reuter holt sein Portemonnaie heraus. »Ein paar Meter von hier gibt es einen Laden, der noch aufhat. Will noch jemand ein Bier?« Als beide Frauen nicken, zieht er los und kommt nach zehn Minuten mit drei Flaschen Bier zurück.

Carla nimmt einen Schluck, greift nach ihrem Handy und ruft die Webseite des Clubs auf. Sie tippt die dort angegebene Nummer an und wird nach dem dritten Klingeln von einer angenehmen Frauenstimme mit leicht osteuropäischem Akzent begrüßt.

»Guten Abend! Willkommen beim Road House in Charlottenburg-Wilmersdorf. Was kann ich für Sie tun?«

»Hallo! Mein Name ist Winter. Rechtsanwältin aus Frankfurt. Ich würde gerne mit Herrn Terloy sprechen.«

»Es tut mir leid, Herr Terloy ist nicht im Haus. Kann ich Ihnen vielleicht weiterhelfen?«

»Leider nicht. Es handelt sich um eine private Angelegenheit. Bitte richten Sie ihm aus, dass ich ihn morgen gern persönlich sprechen würde, wenn es seine Zeit erlaubt? Ich bin zurzeit in Berlin, gar nicht weit von Ihnen. Telefonisch bin ich auf diesem Handy durchgehend erreichbar und würde mich über einen Rückruf und seinen Besuch sehr freuen.«

Die Frau wiederholt die Nachricht und verspricht, sie auszurichten. Eine Stunde später ruft sie zurück.

»Herr Terloy möchte gern morgen Vormittag gegen 10:30 Uhr zu Ihnen kommen.«

»Das ist sehr nett«, sagt Carla und gibt die genaue Adresse, Apartmentnummer und Stockwerk durch. »Ich freue mich drauf!«

DREISSIG

Carla schläft sehr wenig in dieser Nacht, was nicht an der lausigen Matratze liegt. Immer wieder geht sie in Gedanken durch, was sie am nächsten Morgen erwartet, und versucht die Angst niederzukämpfen, die von Stunde zu Stunde größer wird. Sie ist sich auch keineswegs mehr sicher, dass Ramsan Terloy tatsächlich kommt. Vielleicht ist er doch nicht so neugierig, wie Carla angenommen hat, oder er hat einen diffusen Verdacht geschöpft, dass etwas nicht stimmen könnte mit dieser Verabredung. Was macht sie dann? Einfach nach Frankfurt zurückfahren?

Gegen acht Uhr quält sie sich aus dem Bett, duscht, telefoniert mit Bischoff und Ritchie und versucht vergeblich, Moritz zu erreichen. Dann vergeht die Zeit plötzlich sehr schnell. Terloy kommt nicht nur, er ist sogar pünktlich. Um exakt 10:30 Uhr klopft er an die Apartmenttür und Carla öffnet. Er registriert ihren schnellen Blick in den Flur und schaut sie ernst und misstrauisch an.

»Ich habe niemanden mitgebracht. Ich brauche keine Verstärkung, wenn ich mich mit einer Frau treffe. Sind Sie ebenfalls allein?«

»Klar! Kommen Sie rein und überzeugen Sie sich.«

Carla tritt beiseite und Terloy macht einen Schritt in das Apartment hinein, das nur aus einem großen Raum mit zwei Sesseln, Tisch, Bett und Küchenzeile besteht. In einer Zimmerecke steht ein kleiner Hocker, auf dem Carla ihre Jacke abgelegt hat.

»Öffnen Sie die Badezimmertür«, sagt Terloy.

Carla tut ihm den Gefallen. Das Bad ist so winzig, dass man es mit einem Blick checken kann. Terloy nickt zufrieden, schließt die Zimmertür hinter sich und kommt in den Raum hinein. Er zieht seinen Mantel aus, knöpft das Sakko auf und gibt den Blick auf die Pistole unter seiner Achsel frei. Genauso wie bei ihrer ersten Begegnung. Sein Aussehen hat sich seitdem ebenfalls nicht geändert. Groß und kräftig, Sonnenbrille, rotbraunes Haar, traditionell geschnittener Tschetschenen-Bart. Aber heute trägt er Handschuhe, wirkt gefährlicher als noch vor fünf Monaten und hat definitiv mehr Ähnlichkeit mit seinem verstorbenen Bruder als mit einem Studenten der Kunstgeschichte und Psychologie. Carla fordert ihn mit einer Handbewegung auf, im Sessel Platz zu nehmen, aber er schüttelt heftig den Kopf.

»Ich weiß nicht, was Sie sich gedacht haben, aber dies wird kein Vormittagsplausch. Ich bin gekommen, um mir ein paar Antworten zu holen, und wenn die mir nicht gefallen, wird Ihnen die Begegnung mit dem Pick-up wie ein Freizeitspaß vorkommen.«

Carla weicht erschrocken einen halben Meter zurück. Das geht zu schnell. Die Situation eskaliert viel rasanter, als sie angenommen hat. Sie hat sich vorgestellt, dass sie ihn provoziert, ihn dazu reizt, sie anzugreifen, aber er ist bereits jetzt unfassbar wütend. Sie setzt zu einer Antwort an, um Zeit zu gewinnen, aber Terloy schneidet ihr das Wort ab.

»Niemand weiß, dass ich hier bin, und es gibt keine Beweise dafür. Dieses Treffen hier haben Sie mit einer Sekretärin vereinbart, die eine entfernte Cousine von mir ist. Sie ist heute Morgen nach Grosny geflogen und wird nicht nach Deutschland zurückkehren. Falls Sie das Telefonat aufgezeichnet haben – vergessen Sie's! Es gibt fünf Leute, die beschwören werden, dass ich meinen Club den ganzen Tag nicht verlassen habe. Wenn ich also hier rausgehe und Sie tatsächlich noch sprechen können, dürfen Sie gerne erzählen, was immer Sie wollen. Es wird Ihnen nichts nutzen.« Terloys Stimme klingt jetzt heiser und erregt, als er einen weiteren Schritt auf Carla zu macht. »Ach, übrigens, Ihre Araber-

Freunde machen wir ebenfalls platt, in Berlin *und* im Ruhrgebiet. Richten Sie es aus. Den beiden Arschlöchern Malik und Ibrahim und ihrer Schlampe von Schwester. Die haben von Anfang an versucht uns zu ficken, und Sie haben dabei mitgemacht. Ich will jetzt wissen, was Sie damals wirklich in Berlin gewollt haben.«

Carla hat die Formulierung, jemand sei *starr vor Angst*, immer für ein abgedroschenes Klischee gehalten, aber tatsächlich hat sie das Gefühl, sich keinen Millimeter bewegen zu können. Terloy ist so wütend, dass die Ereignisse sich überschlagen und sie gleich am Anfang die Kontrolle zu verlieren droht. Sie muss versuchen, Zeit zu gewinnen. Carla konzentriert sich auf ihre Halsmuskulatur, und es gelingt ihr, nachdrücklich den Kopf zu schütteln. Als sie zu sprechen beginnt, kommt allerdings nicht mehr als ein Flüstern heraus.

»Wir haben Ihnen damals die Wahrheit gesagt. Was später passiert ist, lag nicht an uns. Aleyna ist von ihren Brüdern aus dem Geschäft gedrängt worden. Die machen jetzt ihr eigenes Ding.«

»Verlogene Schlampe«, sagt Terloy und kommt zwei Schritte auf sie zu.

Carla geht rückwärts und er folgt ihr. Sie ist entschlossen, sich zu wehren, aber natürlich hat sie gegen diesen Mann keine Chance. Doch darauf ist der Plan ja auch nicht berechnet. Der Tschetschene hebt die Fäuste, tänzelt ein wenig und boxt ihr dann mit erschreckender Beiläufigkeit in den Magen. Carla krümmt sich zusammen, lässt dabei die Arme sinken und kassiert eine rechte Gerade mitten ins Gesicht, die sie zu Boden schickt. Vergeblich versucht sie, den Sturz mit den Händen abzufangen, landet schmerzhaft auf dem Bauch und registriert das Blut, das auf ihre Finger tropft, bevor ihr die einschießenden Tränen die Sicht nehmen. *Eine menschliche Nase ist nicht viel stabiler als eine Scheibe Knäckebrot, und wenn man sie bricht, klingt es auch so ähnlich.* Wo hat sie das gelesen? In einem Kriminalroman vermutlich. Wer immer es geschrieben hat, wusste, wovon er sprach. Der Schmerz in ihrem Gesicht ist unbeschreiblich. Noch zwei oder drei weitere Schläge von diesem Kaliber wird sie womöglich nicht überleben. Das reicht jetzt! Schrei endlich, verdammt!

Carla versucht, sich auf den Ellenbogen aufzurichten und von dem Mann wegzukriechen, aber das ist unmöglich. Es gibt kein *weg*.

Einen Augenblick lang geschieht gar nichts, sie liegt mit keuchendem Atem auf dem Bauch und versucht, gegen die Ohnmacht anzukämpfen. Den Kopf anzuheben hat sie nicht mehr die Kraft, sodass sie nur die Beine und Schuhe des Angreifers sieht. Terloy umrundet sie mit drei gemächlichen Schritten und scheint unentschlossen, wohin er zielen soll. Schließlich bleibt er links von ihr stehen, holt mit dem rechten Bein aus und verpasst ihr einen Tritt in die Seite, der die Luft aus Carlas Lungen presst und ihr für einen winzigen Moment das Bewusstsein raubt. Dann lassen der Schmerz und der Blutgeschmack im Mund sie mit einem erstickten Schrei nach Luft schnappen.

Wieder macht Terloy eine Pause, er hat alle Zeit der Welt. Schließlich geht er drei Meter rückwärts, nimmt Anlauf wie ein Elfmeterschütze und stoppt die Bewegung des Fußes vor Carlas Kopf in letzter Sekunde. Mit einem leisen Lachen wendet er sich ab. Carla schafft es, den Kopf ein wenig zu drehen, und sieht, dass der Dreckskerl auf einem der Sessel Platz genommen hat und sie über den Tisch hinweg betrachtet. Zweifellos genießt er die Show. In aller Ruhe angelt er ein Päckchen Tabak aus seiner Hosentasche und beginnt, sich eine Zigarette zu drehen.

Carlas verzweifelter Blick huscht durch das Zimmer und erfasst den kleinen Hocker in der Ecke, auf dem ihre Jacke liegt. In deren rechter Tasche steckt Ritchies Gaspistole. Soll sie versuchen, den Hocker zu erreichen? Wozu? Sie braucht die Gaspistole nicht. Sie muss nur laut und deutlich das Safeword rufen, aber damit will sie noch warten, ein bisschen nur ... Bis ... es gibt ein Detail in ihrem Plan, von dem sie niemandem etwas erzählt hat. Aber Egmont wird nicht so lange warten, sondern dem Spuk ein Ende machen, auch ohne dass Carla das Safeword ruft. Jeden Moment wird sie in das Zimmer stürzen. Oder?

Noch einmal richtet sie sich auf den Ellenbogen auf und beginnt vorwärtszurobben. Sie weiß, dass der Mann am Tisch ihr zusieht, spürt seine Blicke im Rücken, wagt es aber nicht, sich umzuschauen.

Carla hört das Klicken eines Feuerzeuges und riecht den Rauch, der in ihre Richtung geblasen wird. Die Schmerzen im Brustkorb machen das Atmen zur Qual. Zehn Zentimeter vorwärts und noch einmal zehn. Vielleicht ist es besser, wenn sie nicht weiterkriecht, sondern einfach liegen bleibt. Vielleicht bleibt auch er dann am Tisch sitzen, raucht noch eine zweite Zigarette und weidet sich an ihrem Anblick. Stellt sich vor, was er als Nächstes mit ihr machen wird.

Zum ersten Mal, seit das Arschloch sie angegriffen hat, kommt ihr der Gedanke, dass sie in diesem Apartment sterben könnte, wenn sie nicht sofort Hilfe bekommt. Die clevere, coole Anwältin mit ihren ausgeklügelten Plänen. Umgebracht von einem Mann, den sie absichtlich angelockt hat und der jetzt den Spieß einfach umdreht. Weil die Wut seinen Verstand so vollständig benebelt hat, dass er nicht mehr kühl seinen Vorteil berechnet, sondern nur noch töten will. Aber vorher will er die Antworten auf seine Fragen aus ihr herausprügeln. Und nichts, was sie sagt, wird ihn davon abbringen. Sie muss das beenden ...

Carla richtet sich auf und kreischt: »Delia!«

»He, Frau Anwältin«, sagt er leise. »Was soll das Geschrei?« Offenbar hat ihn das merkwürdige Wort nicht misstrauisch gemacht.

Carla sackt wieder zusammen, drückt ihr Gesicht auf den stinkenden Teppichboden. Wo bleibt Egmont? Das dauert viel zu lange. Sie weiß nicht, wie viele Sekunden vergangen sind, seit sie geschrien hat, die Zeit dehnt sich, und viel davon bleibt ihr nicht mehr. Sie ist endgültig am Ende. Ihr Körper scheint nur noch aus Schmerz zu bestehen, die Bauchlage und das Blut in ihrer Nase erschweren das Atmen. Mit letzter Kraft dreht sie sich auf die Seite.

»Sie machen schon schlapp? Na, dann kommen wir mal zum Punkt.« Terloy ist mit zwei Schritten bei ihr, hebt den Fuß, tritt auf ihre linke Schulter und zwingt sie in Rückenlage. Dann geht er in die Knie, setzt sich auf sie und legt seine Finger um ihren Hals. »Ein letztes Mal. Warum haben Sie meinen Bruder in den Tod gelockt und für wen?«

Carla reißt ihren Mund auf und kann weder atmen noch sprechen. Terloy scheint das zu realisieren, lockert den Griff um ihren Hals und macht in diesem Augenblick eine seltsame Verwandlung durch. Sein Oberkörper richtet sich in einem einzigen Krampf steil auf, das Gesicht verzieht sich zu einer grotesken Grimasse, und die Augen treten unnatürlich weit aus den Höhlen. Für einen kurzen Moment verharrt er in dieser Position, dann kippt er in Zeitlupe zur Seite.

Carla schnappt nach Luft und sieht Delia Egmont dort, wo gerade noch der Tschetschene war. Sie kniet zwischen Carlas Beinen, legt einen Gegenstand von der Größe eines Elektrorasierers auf den Teppichboden und zerrt Ramsan Terloy von Carla herunter. Dann fühlt sie seinen Puls, hebt seine Augenlider kurz an und hilft Carla, sich vorsichtig aufzurichten.

»Sind Sie schwer verletzt?«

Carla nickt. Sie hat angefangen, am ganzen Körper zu zittern, und kann nur flüstern. »Was war das?«

»Ein Taser. Fünfzigtausend Volt. Absolut umwerfend.«

Die Personenschützerin zieht Kabelbinder aus der Tasche, fesselt Terloys Hand- und Fußgelenke und verschließt seinen Mund mit einem breiten Streifen Klebeband. Dann zieht sie seine Pistole aus dem Schulterhalfter, vergewissert sich, dass sie gesichert ist, und wirft sie in eine Zimmerecke. Delia Egmont ist unübersehbar stinksauer.

»Bis das Arschloch zu sich kommt, haben wir etwa acht Minuten, um zu besprechen, was geschehen ist und wie wir es beenden. Warum haben Sie das Safeword nicht viel eher benutzt? Wollten Sie damit warten, bis Sie tot sind?«

Carla hat noch immer das Gefühl, dass ihre Kehle zusammengedrückt wird, das Sprechen kostet sie unendlich viel Kraft, und sie bringt nichts als ein kaum verständliches Gebrabbel heraus. Egmont geht ins Bad und kommt mit einem Glas Wasser zurück. Carla trinkt in kleinen, vorsichtigen Schlucken.

»Also nochmal: Die Frage war ernst gemeint.« Egmont starrt sie finster an. »Warum haben Sie nicht früher geschrien, sondern sich so zurichten lassen?«

»Ich wollte, dass auf dem Video ein Mordversuch zu sehen ist.« Ihre Stimme ist wieder da.

Delia Egmont schüttelt fassungslos den Kopf. »Kann es sein, dass Sie völlig irre sind?«

»Kommt drauf an, wen Sie fragen.«

»Sie sollten sich einweisen lassen und in der Klapse Lebenshilfe-Bücher schreiben. Zum Thema: *Woran man einen guten Plan erkennt.*«

Carla schweigt eine Weile. »Eins nach dem anderen«, sagt sie dann. »Wie sieht mein Gesicht aus? Ist meine Nase gebrochen?«

Egmont zieht ihr Handy aus der Tasche, aktiviert die Selfie-Funktion und hält Carla das Display als Spiegel vors Gesicht. Das Nasenbluten hat aufgehört, und die Nase sieht zumindest für einen medizinischen Laien einigermaßen normal aus.

»Keine Formveränderung ... kein eingesunkener Nasenrücken, keine Seitenabweichung«, sagt Egmont fachmännisch. »Vielleicht haben Sie Glück gehabt. Aber der ganze Bereich ist schon angeschwollen. Sie müssen auf jeden Fall ins Krankenhaus. Auch das Veilchen und das Jochbein müssen untersucht werden. Die blutige Lippe ist nicht so dramatisch.«

»Wenn wir hier fertig sind, fahren Sie mich zurück nach Frankfurt. Da kenne ich einen guten Arzt.«

Die Tür des Appartements wird geöffnet und Max Reuter betritt den Raum. Sein Blick erfasst die Situation und richtet sich dann auf seine Partnerin. »Ich habe drüben alles sauber hinterlassen. Keine Abdrücke oder sonstige Spuren. Wenn du mich nicht weiter brauchst, sammele ich die Kameras ein.«

Carla sieht mit Erstaunen, wie er aus allen möglichen Nischen, Winkeln und Regalen insgesamt sechs Miniaturkameras hervorzaubert, die sie niemals bemerkt hätte. Er verstaut sie in einem Alukoffer, der voller Hightech-Equipment ist, und wendet sich Carla zu. »Sie waren extrem leichtsinnig, aber das wissen Sie wahrscheinlich. Ich fand die Idee von Anfang an grenzwertig, aber wenn ich gewusst hätte, *auf welche Weise* Sie das durchziehen wollen, hätte ich nicht mitgemacht. Wie auch immer, ich lasse Ihnen den Laptop hier, damit Sie dem Typen zeigen können, was wir in der Hand haben. Bild- und Tonqualität sind super. Ich warte im Wagen. Ruft mich an, wenn ihr hier fertig seid.«

Als die Zimmertür sich hinter ihm schließt, legt Carla eine Hand auf Egmonts Arm. »Warum haben Sie Ihren Partner nicht mitgebracht, als Sie hier reingestürmt sind? Wäre sicherer gewesen.«

Egmont schüttelt den Kopf. »Max ist ein begnadeter Technikfreak und Hacker. Der war nebenan genau richtig. Wenn Sie das Videomaterial sehen, werden Sie wissen, was ich meine. Ich dagegen bin die Frau fürs Grobe. Allerdings – um ehrlich zu sein – wenn Sie einen Taser haben, brauchen Sie keine Muckis.«

Dann weist sie mit einer Daumenbewegung auf den am Boden liegenden Mann. »Er kommt zu sich.«

Sie klappt den Laptop auf und tippt die Videos an, die ihr Partner gemacht hat. Der Monitor teilt sich in sechs Felder, jeder Winkel des Apartments ist aus unterschiedlichen Perspektiven erfasst.

Egmont schiebt das Notebook so zurecht, dass Terloy es gut sehen kann, und schenkt ihm ein sonniges Lächeln. »Showtime!«

EINUNDDREISSIG

Der Tschetschene starrt sie hasserfüllt und schockiert zugleich an und kann sich offenkundig nicht erklären, was passiert ist.

Egmont lässt das Lächeln verschwinden. »Kommen wir zur Sache. Gut, dass Sie wieder bei uns sind. Sie werden verwirrt sein und sich fragen, wie diese ganze Geschichte für Sie so schrecklich schiefgehen konnte. Wollen Sie, dass ich es erkläre?«

Ramsan Terloy nickt. Egmont hält den Taser in die Höhe und legt dann einen Finger auf die Lippen. Als der Tschetschene sofort noch einmal nickt, entfernt sie den Streifen Klebeband von seinem Mund.

»Wenn Sie ruhig sind und sich benehmen, bekommen Sie sogar was zu trinken.«

Der Mann auf dem Boden nickt ein drittes Mal.

»Schön«, beginnt Egmont. »Ich werde es kurz machen. Wir haben diese Wohnung mit Kameras ausgestattet, die von der Nachbarwohnung aus gesteuert wurden. So haben wir aufgezeichnet, was in den letzten zwölf Minuten hier geschehen ist. Ich zeige Ihnen ein paar Szenen, die Highlights sozusagen, damit Sie wissen, was Ihnen bei den Bullen das Genick brechen wird. Schauen Sie! Hier sieht man sehr schön, wie Sie auf eine hilflose Frau eindreschen – und hier, wie Sie die am Boden Liegende mit Fußtritten malträtieren. Dann das genießerische Zigarettenpäuschen und zum Schluss der Mordversuch, bei dem ich im letzten Moment dazwischengegangen bin. Reicht, oder?«

Terloys Augen weiten sich, als er die Videosequenzen sieht, und er hat begonnen, stark zu schwitzen. Sein entsetzter Blick huscht zwischen Egmont und Carla hin und her, so als wolle er herausfinden, vor welcher der beiden Frauen er sich mehr fürchten muss. *Eindeutig vor Egmont*, denkt Carla. *Sie ist unverletzt und weiß, wie der Taser funktioniert.*

»Die Aufnahmen wurden übrigens sofort weitergeleitet und bei fünf Notaren in ganz Deutschland hinterlegt. Sie werden in Zukunft die Lebensversicherung von Frau Winter und mir sein und der Garant dafür, dass Sie vernünftig sind.«

Es ist offensichtlich, dass Terloy wütend ist und Angst hat, und vermutlich peinigen ihn Muskelkrämpfe, aber ein Teil seines Verstandes funktioniert noch.

»Warum haben Sie die Bullen nicht gerufen?«

Das Sprechen fällt ihm schwer, es ist mehr ein Röcheln, aber Carla kann es verstehen. Zeit, sich an der Unterhaltung zu beteiligen.

»Weil wir die vielleicht nicht brauchen«, sagt sie, und Terloy dreht den Kopf in ihre Richtung. »Was die Videoaufnahmen zeigen, reicht für mindestens sieben Jahre Gefängnis, aber das ist nicht das, was ich will. Ich habe kein Interesse an einem Todfeind, der im Knast sitzt und dort Tag und Nacht Rachepläne schmiedet, mit deren Ausführung er dann irgendwelche anderen Arschlöcher beauftragt, vor denen ich mich in Acht nehmen muss. Sie haben sich in die Idee verrannt, dass Aleyna Ekincis und ich für den Tod Ihres Bruders verantwortlich sind. Zum letzten Mal: Das ist nicht wahr! Wir hatten mit dieser Autobombe nicht das Geringste zu tun. Mittlerweile ist es aber egal, ob Sie mir glauben oder nicht, denn jetzt haben wir die Aufnahmen. Falls mir auch nur eine winzige Kleinigkeit zustößt, die ich mit Ihnen in Verbindung bringe, wandern Sie hinter Gitter. Wenn Sie sich ruhig verhalten und mir aus dem Weg gehen, passiert gar nichts. Verstehen Sie, was ich sage?«

Als der Tschetschene nickt, fährt Carla fort. »Ich gebe zu, dass ich mich gerne für den Anschlag mit dem Pick-up rächen würde und für den verdammten Psychoterror mit den schwarzen Dahlien und der zersägten Puppe, aber ich will die ganze Sache hier und heute beenden und ... verdammt, warum gucken Sie so dämlich?«

Terloy schaut sie verständnislos an und streift mit einem furchtsamen Seitenblick den Taser.

»Welcher Psychoterror?«, fragt er leise.

Carla wendet sich Delia Egmont zu und deutet auf den Elektroschocker. »Zeigen Sie mir mal, wie man das Ding bedient.«

Egmont reicht ihr das Gerät.

Der Tschetschene schwitzt jetzt so stark, dass sein Gesicht wie glasiert aussieht.

»Bitte«, sagt er. »Das ist nicht nötig. Sie müssen das nicht tun. Ich gebe alles zu, was Sie wollen.«

»Was zum Beispiel?«, fragt Egmont.

Terloy windet sich. »Der Psychoterror. Die Drohbriefe und nächtlichen Anrufe. Die zersägte Puppe. Was immer Sie wollen!«

Egmont greift nach der Rolle mit dem Panzerband. »Kleben wir ihm das Lügenmaul wieder zu, damit man die Schreie nicht hört.«

»Moment«, sagt Carla. »Was war mit der Puppe? Warum haben Sie das gemacht?«

Ramsan Terloy scheint unschlüssig, was er antworten soll. »Ich war durcheinander. Habe gedacht, dass Ihnen die Puppe viel bedeutet und es Sie trifft, wenn ich sie kaputt mache.«

»Mit Elisabeth Short hatte das nichts zu tun?«

»Mit wem?«

»Mit einer Frau, die vor sehr langer Zeit ermordet wurde.«

Terloy gerät jetzt regelrecht in Panik. »Sie meinen, von mir? Okay, okay, auch das. Ich gestehe alles. Legen Sie den verdammten Taser weg!«

Carla steht mit großer Mühe auf und winkt Egmont zu. Ihr ist schwindelig und jede Bewegung tut höllisch weh. »Lassen Sie uns kurz ins Bad gehen.«

Die Personenschützerin lehnt die Tür an und atmet hörbar aus. »Sie denken, er war das nicht mit den Dahlien und der zersägten Barbie?«

Carla schüttelt den Kopf. »Er hat nicht die geringste Ahnung, wovon die Rede ist.«

»Scheiße.«

Carla nickt vorsichtig und ist kurz davor, sich in die Dusche zu übergeben. Sie reißt sich zusammen. »Wir müssen von vorne anfangen.«

Sie gehen zurück in den Wohnraum, wo Terloy vom Boden aus wütend zu ihnen hochstarrt.

Carla setzt sich vorsichtig auf einen der Stühle. »Erzählen Sie mir von dem Pick-up.«

Der Tschetschene scheint zu überlegen, wie er anfangen soll, und räuspert sich dann. »Kann ich einen Schluck Wasser haben?«

Egmont geht zur Küchenzeile, kommt mit einem Glas Wasser zurück und Terloy trinkt gierig, bevor er zu sprechen beginnt. Langsam und schleppend.

»Ich bin nicht klargekommen mit dem Tod meines Bruders und mit der Wut darüber. Und ich habe den Gedanken an Sie nicht aus dem Kopf gekriegt. Als wir nach der Explosion bei Ihnen im Hotelzimmer waren, habe ich Ihnen geglaubt, aber später sind mir Zweifel gekommen. Wir konnten nicht herausfinden, wer meinen Bruder getötet hat, alle Spuren verliefen im Sand. Niemand bekannte sich dazu oder prahlte mit der Tat. Aber immer wieder poppte die Frage auf, warum er auf einem Supermarktparkplatz war, auf dem er sonst niemals war. Und die Antwort war immer gleich. Weil er sich mit Ihnen in einem Bistro direkt nebenan getroffen hatte.«

»Ich habe Ihnen erklärt, dass Ihr Bruder den Treffpunkt selbst gewählt hat. Punkt! Aus! Basta! Und ich werde diesen ganzen

Scheiß nicht noch einmal durchkauen«, faucht Carla, und Terloys Blick huscht ein weiteres Mal zu dem Taser. »Wer ist den Amarok gefahren?«

»Ein entfernter Cousin von mir. Er sollte Sie nur touchieren. Ihnen Angst machen. Dass Sie in den Gegenverkehr geraten, war nicht beabsichtigt. Ich habe ihm den Wagen anschließend geschenkt. Er hat ihn in Polen verkauft und ist nach Grosny zurückgekehrt.«

Carla schaut zu Egmont hinüber, und als die nickt, macht sie weiter. »Ich frage Sie jetzt ein letztes Mal, und ich schwöre Ihnen, wenn Sie mich anlügen, merke ich das und grille mit dem Taser Ihre Eier, bis sie verdampfen.«

Die Worte hallen in ihrem Kopf nach und verstärken die Übelkeit. Hat sie gerade wirklich jemandem mit Folter gedroht? Das Adrenalin wird langsam abgebaut und sie spürt verstärkt die Schmerzen im Gesicht und die geprellten Rippen. Als sie über ihre Oberlippe leckt, stellt sie fest, dass ihre Nase wieder blutet.

Terloy nickt und Carla sieht an dem Auf und Ab seines Adamsapfels, dass er unaufhörlich seinen Speichel schluckt. Kein schöner Anblick.

»Was Sie zu dem Psychoterror gesagt haben, war frei erfundener Bullshit, weil Sie einfach Angst hatten. Stimmt das?«

»Ja.«

»Sie wussten gar nicht, wovon ich rede.«

»Nein.«

»Sie haben mir keine schwarzen Dahlien ins Krankenhaus geschickt.«

»Nein.«

»Und auch keine in der Mitte zersägte Barbiepuppe auf meine Fußmatte gelegt?«

Terloy runzelt die Stirn und in seiner immer noch ängstlichen Stimme schwingt ein Hauch verdrießliche Aufmüpfigkeit mit. »Warum sollte ich so etwas Bescheuertes tun?«

Carla nickt. »Ja, warum sollten Sie? Sie kennen Elisabeth Short ja gar nicht, oder?«

»Ich habe diesen verdammten Namen noch nie gehört!«

»Okay«, sagt Delia Egmont. »Abbruch! Wir verschwinden hier!«

Carla weiß, dass sie recht hat. Terloy hat so viel Angst, dass er buchstäblich alles gestehen würde. Aber darüber hinaus glaubt sie ihm tatsächlich.

»Gut«, sagt sie und blickt verächtlich auf den Mann herab. »Heute ist Ihr Glückstag. Meine Kollegin und ich gehen jetzt. Wir durchschneiden Ihre Handfesseln und lassen Ihnen das Messer für die Fußfesseln da. Wenn wir raus sind, warten Sie fünf Minuten, danach können Sie machen, was Sie wollen. Vergessen Sie Ihre Knarre nicht. Liegt dahinten in der Ecke.« Carla deutet mit dem Daumen hinter sich. Selbst diese lächerlich winzige Bewegung tut weh und auch das Sprechen strengt sie immer mehr an. Lange wird sie nicht mehr durchhalten. »Hauen Sie ab oder bleiben Sie noch. Das Apartment ist für die ganze restliche Woche bezahlt. Meinetwegen nehmen Sie eine Dusche und lassen sich Pizza und Bier kommen. Erholen Sie sich, bevor Sie Ihren Leuten wieder begegnen. Im Moment sehen Sie echt scheiße aus, aber das wird schon. Allerdings nur, wenn Sie meine goldenen Worte beherzigen: Kommen Sie mir nie wieder zu nahe!«

Carla streckt ihre Hand aus, Delia Egmont ergreift sie und hilft ihr vorsichtig, vom Stuhl hochzukommen. Das Atmen tut jetzt höllisch weh und Carla schwankt ein bisschen. Egmont stützt sie mit dem rechten Arm, hält in der Linken ihr Handy und ruft ihren Partner an.

»Wir kommen jetzt runter. Fahr den Bus direkt vor die Tür.«

Als sie auf den Korridor hinaustreten, schaut Carla sich ein letztes Mal um. Terloy dort auf dem Fußboden zu sehen tut gut. Sie wird diesen Anblick nicht vergessen. Er fängt ihren Blick auf und sie hebt grüßend die Hand.

»Yippie-Ya-Yay, Schweinebacke«, flüstert sie. Das hat sie immer schon mal sagen wollen.

Egmont wirft ihr einen amüsierten Seitenblick zu. »Schwarzenegger?«

Carla schüttelt den Kopf. »Bruce Willis.«

ZWEIUNDDREISSIG

Die Fahrt von Berlin nach Frankfurt verbringt Carla liegend auf der Rücksitzbank des VW-Busses. Max Reuter versucht so sanft und rücksichtsvoll wie möglich zu fahren, aber Carla zuckt bei jedem Schlagloch zusammen, bis endlich die Tabletten, die sie von Egmont bekommen hat, zu wirken beginnen.

Die Schmerzen im Brustkorb sind schlimm, weil sie unweigerlich bei jedem Atemzug getriggert werden, aber Carla erinnert sich daran, wie entsetzlich weh es tat, als die Rippen nach dem Crash gebrochen waren, und hat die leise Hoffnung, diesmal vielleicht mit einer Prellung davongekommen zu sein.

Wenn sie sich auf den Rücken dreht, schmerzt bei jedem Atemzug die Bauchdecke infolge des Schlages auf ihren Solarplexus, den sie gleich zu Anfang der Begegnung einstecken musste. Und natürlich ihr Gesicht. Noch einmal nutzt sie das Handy als Spiegel und muss feststellen, dass sich in der letzten halben Stunde nichts gebessert hat.

Trotz des Kühlpacks, das Egmont aus einem Miniaturgefrierschrank im hinteren Teil des Busses hervorgezaubert hat, sind die Schwellungen nicht zurückgegangen. Im Gegenteil. Ihr Gesicht sieht – wie die Kommentatoren im Boxsport es nennen würden – »schwer gezeichnet« aus, was eine euphemistische Version von »übel zugerichtet« ist. Vielleicht hätte sie doch mit dem Taser seine ...

Bevor sie den Gedanken zu einer kleinen lustvollen Rachefantasie ausbauen kann, klingelt ihr Telefon. Carla zuckt zusammen und spürt, wie ein hysterisches Kichern in ihr aufsteigt, als sie auf das Display schaut. Was für ein grandioses Timing.

Sie nimmt den Anruf entgegen und reißt sich zusammen.

»Hallo, Papa.«

»Hallo, Schatz, findest du auch, dass ich ein Mensch bin, der nur Ärger macht?«

Jost Bellmann kommt – wenn es um seine eigenen Belange geht – immer sofort zur Sache. Carla ist völlig überrumpelt.

»Wer behauptet denn sowas?«, fragt sie vorsichtig.

»Deine Schwester Ricarda. Kann sein, dass sie mich rauswirft.«

»Ausgeschlossen«, sagt Carla. »Sie liebt dich und schätzt deinen Rat.«

»Normalerweise ja, aber gestern hat sie mir vorgehalten, wie viel kostbare Zeit sie vergeudet hat, um mit mir von Arzt zu Arzt zu laufen, nur um dann gesagt zu bekommen, dass ich gar keinen Dachschaden *habe*.«

»Was doch ein schönes Ergebnis ist.«

»Na ja«, erwidert Jost Bellmann in wegwerfendem Ton. »Das habe ich ihr schließlich gleich gesagt.«

»Aber du bist doch kein Arzt.«

»Mein Gott, jetzt fängst du auch schon so an. Ich brauche doch keinen verdammten Doktor, um zu wissen, dass mein Oberstübchen tadellos aufgeräumt ist.«

»Okay«, lenkt Carla ein. »Warum rufst du denn dann an?«

»Weil Ricki so sauer ist und ich das ungerecht finde. *Sie* hat doch angefangen mit dem ganzen Zirkus. Macht einen Riesenaufriss, nur weil ich mal ein paar Namen vergesse, schleppt mich von Arzt zu Arzt, und als schließlich herauskommt, dass ich gar nicht plemplem bin, sondern nur keinen Durst hatte, ist alles meine Schuld!«

»Ich spreche mit Ricki«, sagt Carla müde. »Mach dir keine Sorgen, das renkt sich wieder ein.«

»Du klingst so komisch.«

»Ich bin im Auto. Auf der Fahrt von Berlin nach Frankfurt. Hatte da beruflich zu tun.«

»Nochmal zurück zu mir. Du klärst das mit Ricki?«

»Versprochen!«

»Gut«, sagt Jost Bellmann und legt unvermittelt auf.

Carla starrt verblüfft auf das Display, aber eigentlich gibt es keinen Grund für Verwunderung. Das war ein typisches Carla-Papa-Gespräch. Absurd und unfreiwillig komisch. Als Jugendliche hat sie sich oft gefragt, wieso der Humorist Loriot so genau wusste, wie es bei ihr zu Hause zuging. Egal – sie schiebt den Gedanken beiseite. Es gibt Wichtigeres zu tun.

Carla tippt Bischoffs Nummer an, und wie immer ist er sofort am Telefon. »Wie schlimm ist es?«

»Ziemlich schlimm, aber ich glaube, es lässt sich ambulant regeln. Ich konnte das Arschloch aus dem Verkehr ziehen, aber es gibt ein Problem ...« Sie hört Bischoff ungläubig schnaufen, als sie erzählt, dass Terloy für den Psychoterror als Täter offenkundig nicht infrage kommt. »Natürlich besteht die Möglichkeit, dass er ein Weltklasselügner ist, aber wir haben ihm geglaubt. Der Mann hatte so viel Angst, dass er alles gestanden hätte – und damit praktisch nichts.«

»Scheiße«, knurrt Bischoff. »Das klassische Dilemma der Inquisition.«

»Kannst du den Professor nicht mal stecken lassen?«, sagt Carla und bereut sofort den grantigen Tonfall. »Bitte informiere Ritchie und Mathilde. Mit Moritz spreche ich selbst.«

Aber das ist nicht so einfach. Als Bischoff auflegt, wählt sie Moritz' Nummer. Dreimal nacheinander meldet sich die Mailbox, dann gibt sie auf. Zwei Tage hat sie es jetzt geschafft, den Streit mit Moritz aus ihren Gedanken zu verbannen. Jetzt drängt er sich mit Macht in den Vordergrund. Im Grunde ist es eine Neuauflage des Konflikts, den sie im letzten Jahr hatten, als Carla mit Aleyna nach Berlin gefahren ist, um den älteren Terloy-Bruder zu treffen.

Moritz hatte nicht nur versucht, Carla das Vorhaben auszureden, sondern darauf *bestanden*, dass sie nicht fuhr. Zumindest hat sie es damals so empfunden.

Es ist ein sehr schmaler Grat zwischen Fürsorge und Bevormundung, sagt Ellens Stimme in ihrem Kopf, *und manchmal verschwimmen die Grenzen.* Und dann Aleynas pragmatischer Kommentar: *Ich weiß nicht, worüber du dich beschwerst. Ein Mensch, um den sich keiner sorgt, ist eine arme Socke.*

Ja, ja, ja! In welche psychologische Schublade soll sie kriechen? Ist sie eine Frau, der in besonderer Weise an Autonomie gelegen ist, oder einfach nur hundert Prozent beratungsresistent? Ritchies Vergleich mit dem Öltanker war eindeutig so gemeint.

Carla richtet sich auf und bringt sich in eine sitzende Position, was ihr für einen Augenblick Erleichterung verschafft. In ihrem Kopf hört sie endlich Moritz' Stimme und den letzten Satz, den er gesagt hat, bevor er ging. Sie greift nach ihrem Handy und schreibt ihm eine WhatsApp-Nachricht: *Ich brauche einen Arzt. In etwa vier Stunden.* Eine Minute später ist die Antwort da. *Warte auf dich in der Unfallchirurgie Theodor-Stern-Kai 7.*

»Gut«, sagt Carla leise und schließt die Augen. Sofort beginnen ihre Gedanken zu rotieren. Wenn Terloy nicht hinter dem Puppenterror steckt, wer kommt dann infrage? Sie ist in den letzten Jahren mit zahlreichen Ganoven und schrägen Vögeln aneinandergeraten und häufig verbal bedroht worden. Teils von normalen Bürgern, die fanden, dass sie einem Kriminellen eine zu milde Strafe verschafft hatte, teils von Kriminellen, die behaupteten, nur im Gefängnis zu sitzen, weil ihre Verteidigerin unfähig und böswillig war.

Das türkische Generalkonsulat hatte nach dem Ekincis-Freispruch versucht, Carla in der Öffentlichkeit als eine Art Hausanwältin krimineller Kurdenclans darzustellen, aber nach einem Vierteljahr war der Spuk vorüber gewesen. Die großmäuligen Tiraden der angeblich zu Unrecht verurteilten Straftäter hatten sich in allen Fällen als leere Drohungen erwiesen, und es war auch niemand dabei, zu dem das gehässige Raffinement der jüngsten Angriffe gepasst hätte.

Verdammt, das führt zu nichts. Mit einem frustrierten Seufzer lässt sie die Luft entweichen und legt sich wieder quer über die Rücksitzbank. Sie muss mit Bischoff und Ritchie sprechen. Und mit Moritz. Vor allem mit Moritz. Sie vermisst ihn mehr, als sie jemals für möglich gehalten hat.

DREIUNDDREISSIG

Egmont und Reuter liefern sie an einem Seiteneingang der Klinik für Unfallchirurgie ab, wo sie von Moritz und einem anderen dort zuständigen Arzt in Empfang genommen wird. Während sein Kollege vorangeht, beugt Moritz sich zu Carla hinunter. »Andreas ist ein Freund von mir und ein sehr guter Arzt. Er wird dich untersuchen und mir zuliebe nur sehr wenige Fragen stellen.«

Die Untersuchung einschließlich Röntgenaufnahmen von Kopf und Thorax ist sehr gründlich, und es dauert fünfundvierzig Minuten, bis Moritz' Freund zufrieden ist und Carla erfährt, dass sie sehr viel Glück gehabt hat.

»Wenn es nicht so ein blöder Kalauer wäre, würde ich sagen, dass Sie buchstäblich mit einem blauen Auge davongekommen sind. Die Rippen sind geprellt, aber nicht gebrochen. Das gilt auch für das linke Jochbein. Keine Hinweise auf eine Gehirnerschütterung, keine temporäre Bewusstlosigkeit, keine Gedächtnislücken, Pupillen und Reflexe unauffällig. Sie bleiben dabei, dass es ein Unfall war und keine Fremdeinwirkung vorlag?«

»Ja«, sagt Carla. »Ich war sehr tollpatschig. Ganz allein mein Fehler.«

Der Arzt schüttelt nachdenklich den Kopf. »Dann dürfen Sie jetzt gehen. Und seien Sie vorsichtig auf der Treppe.«

Als Carla den Untersuchungsraum verlässt, wartet Moritz auf dem Flur. Sie lächelt ihn zaghaft an.

»Ich lasse mich von Egmont nach Hause fahren. Kommst du mit?«

Moritz nickt stumm. Carla sieht ihm an, dass er in der letzten Nacht keine Minute geschlafen hat. Ein bisschen fürchtet sie sich vor den nächsten Stunden, hat Angst, dass er den Streit wieder aufflammen lässt und sie darauf hinweist, dass ein einziger Blick in den Spiegel ihr zeigen könnte, wie recht er hatte. Aber nichts dergleichen geschieht. Moritz ist unendlich erleichtert, sie lebend wiederzusehen, und absolut nicht interessiert an weiteren Debatten. Er gehört zu den Menschen, die einen Streit einfach abhaken können, ohne auf einer Klärung der Frage, wer recht hatte, zu bestehen.

Als Egmont sie bei Carla zu Hause rauslässt, werden sie von Bischoff begrüßt, der ihnen Tee kocht und sich dann zurückzieht.

»Ich muss mich hinlegen«, sagt Carla und winkt Moritz, ihr zu folgen. Sie legt sich angezogen aufs Bett und er streckt sich neben ihr aus.

»Erzähl mir, was passiert ist. Alles! Jedes Detail!«

Carla beginnt mit ihrem Anruf im Nachtclub und endet mit der schmerzhaften Rückkehr nach Frankfurt. Als sie fertig ist, schweigt sie eine Weile und wagt dann ein Lächeln. »Willst du eine Entschuldigung?«

Moritz schüttelt den Kopf. »Das wäre ein reines Lippenbekenntnis. Dir tut gar nichts leid.«

Carla verstärkt das Lächeln. »Stimmt! Ich hatte große Angst und es hat sehr wehgetan, aber das war es wert. Das Arschloch zum Schluss am Boden zu sehen, gefesselt und völlig panisch – das war es verdammt nochmal wert. Ich werde dieses Gefühl mein Leben lang nicht vergessen. Wie es war, die Angst zu überwinden und sich zu wehren. Jemandem beizubringen, sich nie wieder mit einem anzulegen. Und diese Lektion wird auch der andere Dreckskerl lernen.«

Moritz nickt nachdenklich. »Hast du irgendeine Idee, wer das sein könnte?«

»Nein, aber ich habe das komische Gefühl, dass ich es eigentlich wissen *müsste*. Dass ich eigentlich genug Informationen habe, die ich nur vernünftig zusammensetzen muss. Egmont und Bischoff haben etwas gesagt, das dieses Gefühl ausgelöst hat, aber ich kann mich nicht daran erinnern, was es war.«

»Wir treffen uns noch einmal mit Ritchie, Egmont und Bischoff und tragen zusammen, was wir haben.« Moritz streckt eine Hand nach ihr aus und registriert, dass sie unwillkürlich zusammenzuckt. »Gibt es eine Körperstelle, die man streicheln kann, ohne dass es wehtut?«

»Die Knie.«

»Warum nicht«, sagt Moritz und lächelt verträumt. »Beginnen wir mit den Knien.«

VIERUNDDREISSIG

Draußen ist es längst dunkel, und bald wird Bischoff zu ihr stoßen. Carla sitzt in dem Monstersessel von Ritchies Mutter und lässt die letzten Tage Revue passieren. Zurück in Frankfurt hat sie sich selbst eine einwöchige Ruhepause verordnet und versucht, ihr inneres Gleichgewicht wiederzufinden, das durch die Ereignisse in Berlin mehr gelitten hat, als sie sich eingestehen will.

Besonders viel gebracht hat die Auszeit nicht. Zweimal ist sie nachts schweißgebadet aufgewacht, weil sie Terloys Hände um ihren Hals und sein Gewicht auf ihrem Bauch zu spüren glaubte. Tagsüber fällt es ihr schwer, sich zu konzentrieren. Dauernd machen sich ihre Gedanken in alle Richtungen davon.

Mit dem Tschetschenen hat sie nur eine der beiden Bedrohungen ausgeschaltet. Der Barbiepuppen-Stalker wird keine Ruhe geben, bis ... Ja, bis *was* passiert? Bis Carla ein Ende wie Elisabeth Short findet? Oder in einer psychiatrischen Klinik landet? Einerseits glaubt sie nicht wirklich, dass das passieren wird, andererseits ahnt sie, dass er näher kommt, und das Gefühl einer allgegenwärtigen Bedrohung zehrt an ihren Nerven.

Zumindest die körperliche Genesung macht Fortschritte. Carla hat die Tabletten reduziert, kann wieder tiefer atmen und auch kleine Einkäufe erledigen, bei denen sie sich von Egmont begleiten lässt.

Ellen und die Jungs haben rheinischen Sauerbraten vorbeigebracht, den sie zusammen mit Bischoff verputzt haben, und Chris und Tom sind anschließend noch auf eine kleine Pokerrunde geblieben. Ellen hat ihre Schwester angestarrt und nicht den kleinsten Kommentar abgegeben, was Carla ihr hoch anrechnet.

Auch Mathilde ist zu Besuch gekommen und beim Anblick von Carlas Gesicht in Tränen ausgebrochen.

»Sie sollten mal den anderen sehen«, hat Carla gemurmelt, aber Mathilde hat nur wütend den Kopf geschüttelt.

»Auf abgestandene Kalauer von dem Kaliber kann ich verzichten. Wissen Sie, was mich noch mehr mitnimmt als Ihr zerschlagenes Gesicht? Dass Sie mit allen gesprochen haben, bevor Sie nach Berlin gefahren sind, nur nicht mit mir.«

»Ich brauchte nicht noch eine Stimme, die mir bescheinigte, nicht ganz bei Trost zu sein.«

Mathilde hat die Augenbrauen hochgezogen und den Kopf geschüttelt. »Das hätten Sie von mir nicht zu hören gekriegt. Habe ich Ihnen jemals geraten, klein beizugeben? Nein, ich hätte Ihnen Folgendes gesagt: Wenn Sie wirklich Kopf und Kragen riskieren wollen, um sich den Dreckskerl vom Hals zu schaffen, dann machen Sie es richtig! Zeigen Sie ihm ein für alle Mal, wo der Frosch die Locken hat.«

Carla musste so lachen, dass ihre Rippen wütend protestierten. »Glauben Sie mir, das weiß er jetzt! Und wenn ich das nächste Kriegsbeil ausgrabe, erfahren Sie es rechtzeitig!«

Mathilde hat gegrinst und zufrieden genickt. »Ich kenne eine Kosmetikerin, die mir was schuldet. Sie hat auch mal als Visagistin beim Theater gearbeitet. Die schick ich Ihnen vorbei. Wenn sie mit Ihnen fertig ist, können Sie getrost wieder unter Leute gehen.«

Das war nicht zu viel versprochen. Die Dame ist am Vormittag da gewesen, und als Carla nach einem zweistündigen Hausbesuch in den Spiegel schaute, hat das ihre Stimmung definitiv angehoben.

Überhaupt war heute ein guter Tag. Der siebte nach ihrer Rückkehr aus Berlin. Sie wird ab heute Abend die Tabletten absetzen und die Schmerztherapie auf sehr guten Beaujolais umstellen. Für halb neun ist sie mit Bischoff verabredet, um die neue Behandlungsphase einzuläuten, und sie freut sich darauf. Wie immer ist der Alte pünktlich zur Stelle, schwenkt fröhlich die Weinflasche und grinst über das ganze Gesicht.

Aber das Schicksal ist ein Schelm. Der Satz schießt Carla in genau dem Augenblick durch den Kopf, als Bischoff die Weinflasche öffnet und zeitgleich ihr Handy klingelt. Der Abend nimmt einen katastrophal anderen Verlauf. Carla weiß es, als sie Rossmüllers Namen auf dem Display sieht.

»Frau Yannakakis ist tot.« Seine Stimme klingt dunkel und gepresst.

Carla stellt auf Lautsprecher und legt das Telefon auf den Tisch. Sie beginnt zu schwitzen und ihr Puls beschleunigt. »Was ist passiert?«

»Sie ist überfahren worden. Auf der Ginnheimer Landstraße. Nach Verlassen des kleinen Supermarktes.«

»Ich komme.«

»Das ist nicht ...«

Carla lässt ihn nicht ausreden, sondern legt einfach auf. Ihr ist ein bisschen schwindelig. Sie setzt sich auf die Couch und schlägt in hilfloser Wut mit der flachen Hand auf die Tischplatte. »Ich hab's ihm gesagt, verdammt! Ich hab's ihm gesagt!«

Bischoff berührt sanft ihre Schulter. »Komm, ich fahr dich.«

Carla überlegt kurz, Egmont anzurufen, aber da, wo sie hinwill, wird es von Polizisten nur so wimmeln. Keine gefährliche Situation. »Danke«, sagt sie.

Als sie eine Viertelstunde später in die Ginnheimer Landstraße einbiegen, sehen sie schon von Weitem die Unfallstelle. Carla ist sicher, dass es ein Tatort ist. Notarztwagen, flackerndes Blaulicht, Absperrungen und die Umrisse eines menschlichen Körpers unter einer Plane. Carla erkennt Rossmüller, der neben einem Streifenwagen mit zwei seiner uniformierten Kollegen spricht und gleichzeitig telefoniert.

»Lass mich allein mit ihnen reden«, sagt Carla, und als Bischoff nickt, steigt sie aus und geht zu den drei Beamten. »Wie konnte das passieren?«, herrscht sie Rossmüller an.

Der zuckt erkennbar zusammen und weiß scheinbar nicht recht, wie er beginnen soll. »Klar, ich weiß, dass Sie mir die Schuld geben, aber das ist nur die halbe Geschichte«, sagt er schließlich hilflos.

»Dann raus mit der anderen Hälfte«, zischt Carla.

Rossmüller zeigt mit einer Handbewegung auf die Männer neben sich. »Das sind die Kollegen, die heute Abend zum Schutz von Frau Yannakakis eingeteilt waren.«

Carla schaut in zwei junge Gesichter, die betroffen und wütend zugleich aussehen.

»Sie hat uns ausgetrickst«, sagt der eine und der andere nickt heftig. »Man muss es von vorne erzählen.« Er schaut Rossmüller an, und als der ebenfalls nickt, beginnt er zu berichten. »Wir hatten von Anfang an den Eindruck, dass Frau Yannakakis nicht wirklich begriff, warum Tag und Nacht ein Polizeiwagen vor ihrem Haus stand. Sie war immer freundlich, weil das eben ihre Art war, aber ich denke, sie fühlte sich eher eingeengt und bedroht als beschützt. In den letzten zwei Tagen ist ihr, glaube ich, unsere Anwesenheit zunehmend auf die Nerven gegangen. Das haben die anderen Kollegen, die sich mit uns abwechselten, auch so empfunden.« Der junge Beamte zieht eine Zigarettenschachtel aus der Tasche, betrachtet sie voller Verlangen und steckt sie wieder zurück. »Jedenfalls hat sie heute Abend beschlossen, einen Ausflug zu machen, ohne jemandem Bescheid zu sagen. Sie hat das Haus durch die alten Stallungen unbemerkt verlassen, ist durch eine schadhafte Stelle in der Außenmauer auf die Straße gelangt und hat sich auf den Weg zu dem kleinen Supermarkt dahinten gemacht.« Er zieht die Schultern hoch und vollführt eine hilflose Geste mit den Händen. »Ach, Scheiße ... uns tut das echt leid, aber man kann nur jemanden beschützen, der auch beschützt werden *will*.«

»Wie ging es dann weiter?«, fragt Carla.

»Kurz und tödlich«, sagt Rossmüller bitter. »Beim Verlassen des Ladens wurde sie von einem Auto erfasst. Der Marktleiter hat es durch die Schaufensterscheibe gesehen. Der Fahrer hat seiner Aussage nach nicht versucht zu bremsen. Oder die Fahrerin. Alles ging so schnell, dass er weder zum Fahrzeugtyp noch zum Kennzeichen etwas sagen kann. Groß und dunkel sei der Wagen gewesen. Das war's. Dafür konnte er etwas über das Opfer sagen, als unsere Kollegen mit den Rettungskräften eintrafen. Die nette griechische Frau, die seit einiger Zeit nicht mehr richtig sprechen könne, liege dort auf der Straße. Über fünf Jahre war sie Stammkundin in seinem Markt. Die Kollegen haben die Dienststelle angerufen, die wiederum hat mit den beiden hier telefoniert. Die Jungs sind dann sofort ins Haus gestürmt.«

»Wo war die *junge* Frau? Ceija Stojanow?«, will Carla wissen.

»Weg«, sagt Rossmüller. »Das Haus war leer.«

»Scheiße!« Carla schüttelt frustriert den Kopf. »Was machen wir jetzt?«

»Natürlich suchen wir nach ihr, das heißt, wir geben ihre Beschreibung an die Kolleginnen und Kollegen weiter und bitten sie, die Augen offen zu halten. Für eine Fahndung gibt es keine Rechtsgrundlage, aber das wissen Sie ja selbst.«

Carla nickt. »Tut mir leid, dass ich eben so giftig war.«

»Schon verziehen«, sagt Rossmüller und stutzt, als das geisterhafte Blaulicht eines Einsatzwagens Carla streift. Das Make-up von Mathildes Freundin ist nicht gut genug, um einen erfahrenen Bullen zu täuschen. »Was um Gottes willen ist mit Ihrem Gesicht geschehen? Wer war das? Bitte lassen Sie mich das für Sie erledigen.«

»Das ist nett von Ihnen. Aber ich habe mich schon selbst darum gekümmert.«

Als Carla zurück zu Bischoff ins Auto steigt, ruft sie Delia Egmont an und erstattet kurz Bericht.

»Was denken Sie, wo die Kleine abgeblieben ist?« Egmonts Stimme hat nichts mehr von ihrer sonstigen Distanziertheit, sondern klingt erschüttert und mitfühlend.

»Keine Ahnung!«, lügt Carla. »Bitte holen Sie mich morgen früh ab.«

FÜNFUNDDREISSIG

Als Carla am nächsten Morgen von Egmonts Auto in den Fahrstuhl der Tiefgarage wechselt und übernächtigt und schlecht gelaunt die Kanzlei betritt, ist Ritchie schon da und begrüßt sie mit einem schiefen Grinsen. »Du hast gerade was Interessantes verpasst.«
»So früh schon?«
»Dr. Reiter hat angerufen.«
»Was wollte er?«
»Na, was schon? Mir klarmachen, wer *wir* sind – und wer ER ist. Und wenn wir uns mausig machen, telefoniert er mit Gott und wir sind im Arsch!«
Carla gibt ein kleines Lachen von sich. »Und? Machen wir uns mausig?«
»Kannste drauf wetten«, sagt Ritchie.
»Gut.« Carla schaut ihn ernst an. »Erzähl mal genau, was er gesagt hat. Möglichst wörtlich.«
»Rossmüller ist gestern Abend mit zwei Kollegen bei Tarrasidis im Restaurant aufgekreuzt. Sie sind zur Theke marschiert, haben sich lautstark vorgestellt, als Polizisten ausgewiesen und verlangt, den Chef zu sprechen. Tarrasidis kam dann aus seinem Büro gestürmt und hat sie hereingewunken, aber da hatten die Gäste mit dem aufgeregten Tuscheln schon begonnen. Dr. Reiter nannte den Auftritt eine bewusste Diffamierung und schikanöse Polizeiaktion, die auf jeden Fall disziplinarische Folgen für die Beamten hätte. Könnte er damit recht haben?«

»Eigentlich nicht. Rossmüller hat sich die Nummer mit Sicherheit gut überlegt. Natürlich ist er davon ausgegangen, dass Tarrasidis ein Alibi hat und er trotzdem danach fragen muss. Also wollte er dabei wenigstens ein bisschen Spaß haben.«

»Genau das ist der Punkt, der Reiter so auf die Palme gebracht hat«, feixt Ritchie.

»Wie viele Zeugen gibt es denn für Tarrasidis' Alibi?«

»Sieben. Drei Angestellte und vier Gäste, die alle den ganzen Abend im Restaurant waren.«

»Na, das dürfte reichen. Was hat Reiter noch gesagt?«

»Hauptsächlich hat er Drohungen ausgesprochen. Wenn von unserer Kanzlei irgendwelche Verlautbarungen ausgehen, die seinen unbescholtenen Mandanten in einen Zusammenhang mit dem unglücklichen Tod dieser armen Frau bringen – so hat er das ausgedrückt –, dann verklagt er uns bis ans Ende unserer Tage.«

»Okay«, sagt Carla. »Wir verhalten uns erst mal ruhig und lassen Rossmüller seine Arbeit machen.«

Sie lehnt sich zurück, schließt die Augen und versucht, die Schmerzen zu ignorieren. Es geht ihr nicht nur körperlich schlecht. Der Tod von Sofia Yannakakis macht ihr zu schaffen. Die halbe Nacht hat sie wach gelegen und sich gefragt, ob sie irgendeine Mitschuld daran trägt. Sie hätte Rossmüllers Plan nicht akzeptieren dürfen. Wenn sie energisch genug aufgetreten wäre, hätte er ihn wahrscheinlich verworfen. Sofia Yannakakis ist monatelang auf verschiedene Weise zum Opfer gemacht worden. Als sie den Mann, der ihrer Großnichte das Baby abgeschwatzt hat, zur Rede stellen wollte, hat der ihr auf den Kopf geschlagen und sie wie Abfall entsorgt. Nachdem sie mit knapper Not gerettet wurde, konnte sie nicht mehr zusammenhängend sprechen und verlor deshalb jede Möglichkeit, ihren Peiniger vor Gericht zu bringen. Und als der schließlich befürchten musste, dass sich daran etwas ändern könnte, hat er jemanden beauftragt, sie endgültig aus dem Weg zu schaffen. So, wie es im Moment ausschaut, wird er damit durchkommen. Carla sieht nicht die geringste Chance, Tarrasidis für Yannakakis' Tod zur Verantwortung zu ziehen.

Gestern Abend hat sie noch Almuth Hegemann angerufen und ihr von Sofias Tod erzählt. Die Therapeutin hat geweint und wollte wissen, ob die Polizei von einem Verbrechen ausgehe. Carla hat erklärt, dass es sich in jedem Fall um schwere Körperverletzung mit Todesfolge und Fahrerflucht handelt und die Polizei zunächst in diese Richtung ermittelt. Näheres wird sie heute Nachmittag von Rossmüller erfahren. Große Hoffnung, dass der Fahrer gefunden wird, hat sie allerdings nicht. Wenn ein Auto als Mordwaffe benutzt wird, hinterlässt das in den meisten Fällen entsprechende Spuren an dem Fahrzeug, die in der Regel beseitigt werden, indem man es abfackelt oder irgendwo versenkt. *Ui, jui, jui, kein Schwein und dann zack. Könn'se sich vielleicht vorstellen.* Carla wird die wenigen Sätze, die sie Sofia Yannakakis jemals hat sprechen hören, nicht vergessen. Und immer wieder muss sie an jene geisterhafte nächtliche Begegnung auf dem Klinikflur denken, als der Anblick dieser durch und durch gutmütigen Frau ihr die Schrecksekunde ihres Lebens bescherte.

Schluss jetzt. Wenn sie diese schuldbewusste Grübelei nicht in den Griff bekommt, kann sie den Tag abhaken. Sie zwingt ihre Gedanken zurück zu dem Gespräch, das sie am Abend ihrer Rückkehr aus Berlin mit Moritz geführt hat. Das Gefühl, dass sie wissen müsste, wer hinter dem Barbiepuppen-Terror steckt, hat sie nicht verlassen. Egmont und Bischoff haben etwas gesagt bezüglich des Mordes an Elisabeth Short, und beide Kommentare enthielten wichtige Hinweise. Das Gespräch hat an dem Abend stattgefunden, als sie die Puppe auf der Matte gefunden haben. Egmont, Bischoff, Rossmüller und natürlich sie selbst waren dabei.

Carla hält die Augen geschlossen und konzentriert sich auf den Abend, stellt sich die Gesichter der Anwesenden vor und versucht, sich an die Atmosphäre zu erinnern. Was für ein Mann ist das, der sie so sehr hasst, dass er davon träumt, ihr das antun zu können, was der Mörder von Elisabeth Short mit dieser gemacht hat? Und wieso weiß er davon? Delia Egmont hat diese Frage gestellt und zum Teil auch direkt beantwortet. Carla ruft die freundlich-sachliche Stimme der Personenschützerin in ihrem Kopf ab, und wie mit einem Fingerschnipsen ist die Erinnerung da. *Dass er den Fall überhaupt kennt, ist schon ungewöhnlich. Ein über siebzig Jahre alter Mord in Kalifornien. Extrem grausam und bizarr. In den USA gibt es bestimmt einen Haufen Leute, die die Geschichte noch auf dem Schirm haben. Aber wer in Deutschland interessiert sich noch dafür? Polizisten vielleicht, forensische Psychologen, Krimiliebhaber ...*

Ein Polizist? Carla hat in den langen Jahren als Strafverteidigerin viele von ihnen bis zum Anschlag genervt und sich nach Kräften unbeliebt gemacht, aber gibt es einen Polizisten, der sie persönlich abgrundtief hasst?

Den gibt es. Schlagartig ist die Erinnerung da. Es gibt einen, der ihr vorwirft, sein Leben ruiniert zu haben! Und ihr die Schuld gibt an allem Schlechten, das ihm jemals zugestoßen ist! Noch bevor sie das zugesoffene Gesicht vor sich sieht und den Namen weiß, kann sie den Mann *hören.*

Sie spürt, wie ihr Magen rebelliert, als die nölige Stimme mit dem permanent hämischen Unterton in ihrem Kopf auftaucht. »Sie können zufrieden sein mit dem, was Sie erreicht haben. Zwei Jahre auf Bewährung und Entlassung aus dem Polizeidienst. Die Pension ist auch weg – genauso wie meine Frau. Habe ich alles Ihnen zu verdanken. Sind Sie stolz auf Ihre Leistung?«

Die Stimme gehört Enrico Meissner, einem der beiden Duisburger Bullen, die damals versucht haben, den alten Ekincis in den Knast zu bringen. Vor zwei Jahren hat sie den Mann in einer Duisburger Hotelbar wiedergetroffen, und es ist zu einem äußerst giftigen Wortwechsel gekommen. »Was für eine schlaue kleine Fotze Sie doch sind«, hat er zu Carla gesagt – und dafür hat sie ihm ein riesiges Glas Cognac ins Gesicht geschüttet.

Glasklar und im Detail, wie eine unvergessliche Filmsequenz, hat sie die Szene vor Augen. Sieht noch einmal, wie Meissners Züge sich zu einer wütenden, triefenden Fratze verzerren, als ihm die hochprozentige Flüssigkeit in die Augen läuft und ihren Weg über die feisten Wangen in den Hemdkragen findet. Einen Augenblick hat sie gedacht, dass er vollständig die Kontrolle verliert, und befürchtet, er könnte bewaffnet sein. Dann ist er aufgestanden und durch die Lobby davongestapft.

Wenn die Ermordung Elisabeth Shorts ein frauenfeindliches Hassverbrechen war, passt das jedenfalls besser zu Enrico Meissner als zu Ramsan Terloy.

Carla öffnet die Augen und begegnet Ritchies Blick. Offenbar hat er sie beobachtet. »Es ist witzig, dir beim Denken zuzuschauen, ohne zu wissen, worum es geht. Du hast eine Mimik wie ein Stummfilmstar. Hattest du ein Erweckungserlebnis?«

»Nicht ganz, aber vielleicht eine brauchbare Idee. Es kann sein, dass du demnächst nach Duisburg fahren musst.«

Ritchie öffnet den Mund, um zu antworten, aber ein Anruf von Rossmüller kommt ihm in die Quere.

»Kurzes Update. Frau Yannakakis ist an einem Schädelbruch gestorben. Die Pathologin sagt, sie muss sofort tot gewesen sein. Wie sie das Haus verlassen hat, konnte inzwischen nachvollzogen werden. Am Ende der Stallgasse stand eine Leiter, mit der man auf den Dachboden gelangt. Von dort kommt man über eine Rampe für Futtermittel auf der anderen Hausseite wieder raus. Wir gehen inzwischen davon aus, dass das ganze Anwesen von außen observiert wurde. Jemand muss Frau Yannakakis beim Verlassen des Gebäudes beobachtet und diese Information weitergegeben haben.«

»Gab es irgendwelche weiteren Zeugen oder ist dem Marktleiter noch etwas eingefallen?«, fragt Carla.

»Negativ. Im Moment gibt es nicht den Hauch einer Spur.«

»Ich habe von Ihrem kleinen Auftritt im Restaurant erfahren. Kriegen Sie Probleme deswegen?«

»Nicht wirklich. Reiter hat sich bei meinen Vorgesetzten und der Staatsanwaltschaft beschwert. Daraufhin hat mein Chef mich angerufen und gemeint, ich solle sowas in Zukunft unterlassen. Mehr kommt da nicht.«

»Das klingt gut. Danke für den Anruf. Bitte halten Sie mich auf dem Laufenden.«

Carla legt auf und Ritchie schaut sie neugierig an. »Was war das eben mit Duisburg?«

»Darüber muss ich noch ein bisschen nachdenken. Wenn was dabei herauskommt, erfährst du es als Erster.«

Ritchie gibt sich mit der Antwort zufrieden und verschwindet in Richtung Mathildes Büro, um einen Kaffee zu schnorren. Carla fährt ihr Tablet hoch, ruft die überregionalen Tageszeitungen auf, die sie abonniert hat, und beginnt mit der morgendlichen Lektüre. Der Tod von Sofia Yannakakis wird selbst in den lokalen Portalen mit keiner Zeile erwähnt. Wie und wo soll sie bestattet werden? Carla beschließt, mit Almuth Hegemann darüber zu sprechen und vielleicht mithilfe des Dolmetschers Kontakt zu Sofias Mutter in Athen aufzunehmen. Ob die genug Geld hat, um eine Beisetzung in Athen ...

Carlas trübe Gedankengänge werden unterbrochen, als Mathilde, ohne zu klopfen, in ihr Büro stürmt, was noch nie vorgekommen ist. Sie balanciert mit links zwei volle Kaffeebecher und hält in der rechten Hand einen großen Briefumschlag im DIN-A4-Format, den sie auf Carlas Schreibtisch fallen lässt. »Post vom Stalker.«

Carla fällt auf, dass der Umschlag noch nicht geöffnet ist. »Woher wissen Sie das?«

»Von Ritchie. Schauen Sie auf den Absender. Der Brief ist angeblich von Dr. George Hodel, 5121 Fountain Avenue, Los Angeles, California. Das Arschloch hat wirklich einen fiesen Humor.«

»Helfen Sie mir auf die Sprünge.«

»Ritchie sagt, Dr. Hodel war lange Zeit so etwas wie der Hauptverdächtige im Black-Dahlia-Fall. Selbst sein eigener Sohn, der ironischerweise Detective beim LAPD war, hielt ihn für schuldig. Letztendlich beweisen konnte man ihm den Mord aber nicht.«

»Ritchie hat sich ganz schön weit eingearbeitet in die Materie.«

»Ja, klasse, oder?«, strahlt Mathilde. »Meine Entdeckung. Ein Prachtjunge!«

»Allerdings«, klinkt sich Ritchie ein, der in diesem Moment den Raum betritt. »Und der Prachtjunge will unbedingt dabei sein, wenn wir den Kerl schnappen, der versucht, dir mit dieser widerwärtigen Geschichte Angst zu machen. Hat das was mit Duisburg zu tun?«

»Mach den Brief auf.«

Ritchie fasst den Umschlag mit spitzen Fingern an, öffnet ihn vorsichtig und fördert ein einzelnes bedrucktes DIN-A4-Blatt zutage, das er auf Carlas Schreibtisch legt. Es handelt sich um ein Rundschreiben der Polizei von Los Angeles aus dem Jahr 1947. Eine Art Dienstanweisung für die Ermittler, die mit der Ermordung von Elisabeth Short befasst waren. Sie besteht aus einem offiziellen Briefkopf, einem Bild des Opfers und einem detaillierten Textblock.

Special
Daily Police Bulletin

OFFICIAL PUBLICATION OF POLICE DEPARTEMENT,
CITY OF LOS ANGELES, CALIFORNIA

CHIEF'S OFFICE, City Hall (Phone Michigan 5211-Connecting all Stations and Depts.) C. B. Horral, Chief of Police

Vol. 40	Tuesday, January 21, 1947	Nr. 14

WANTED INFORMATION ON ELISABETH SHORT
Between Dates January 9 and 15, 1947

Unter der aufwendig gestalteten Headline befindet sich ein Foto von Elisabeth Short, darunter eine Beschreibung ihres Aussehens (»black hair, green eyes, very attractive ...«), der Kleidung, die sie in dem genannten Zeitraum vermutlich trug, und eine Liste von Örtlichkeiten, an denen nach ihr gefragt werden sollte (»Hotels, motels, apartment houses, cocktail bars and lounges, night clubs ...«).

»Das Dokument kenne ich«, sagt Ritchie. »Wenn man im Internet nach »Black Dahlia« sucht, stolpert man dauernd darüber. Es ist ein interner Flyer des LAPD, »For Circulation Among Police Officers Exclusively«, wie es damals so schön hieß. Die Beamten sollten ermitteln, was Elisabeth Short in den letzten fünf Tagen vor ihrer Ermordung gemacht und wo sie sich aufgehalten hatte. Der Absender des Briefes hat das Ding einfach ausgedruckt und an dich verschickt. To keep the fire burning.«

»Ich werde dafür sorgen, dass er sich daran gründlich verbrennt«, sagt Carla und gibt sich Mühe, entschlossen und zuversichtlich zu klingen. »War der Brief in der regulären Post?«

»Nein, er ist offenbar schon vor 8:30 Uhr unten eingeworfen worden. Mathilde hat ihn gesehen, als sie um diese Zeit gekommen ist. Der Umschlag hat eine Winzigkeit aus dem Schlitz herausgeschaut. Sie hat ihn mit hochgenommen, sich zwar ein wenig gewundert, aber nicht weiter darüber nachgedacht. Als sie ihn mir dann in die Hand drückte, habe ich den Absender gesehen und gewusst, um was es sich handelte.«

»Gut!« Carla greift nach ihrem Telefon und wählt Rossmüllers Nummer. »Es gibt neue Post von dem Barbiepuppen-Stalker«, sagt sie, als der Hauptkommissar sich meldet. »Ein Ausdruck aus dem Internet, der mit dem Black-Dahlia-Fall zu tun hat. Als Absender ist ein Dr. George Hodel genannt, der, wie Ritchie mir sagte, damals einer der Hauptverdächtigen war.«

»Fassen Sie den Brief nicht mehr an«, sagt Rossmüller. »Ich schicke jemanden vorbei, der ihn fachgerecht eintütet und in die KTU bringt. Viel Hoffnung, irgendwelche Hinweise zu finden, habe ich allerdings nicht.«

»So oder so – wir kriegen den Kerl«, sagt Carla und klingt optimistischer, als sie ist. Tatsächlich hat der verdammte Brief eine unerwartet heftige Wirkung auf sie. Seit Ritchie den Umschlag geöffnet und die Sache mit dem Absender erklärt hat, fühlt sie sich von Minute zu Minute schlechter. Niedergeschlagen, müde und verzagt. Was für ein komisches altmodisches Wort, das ihr bestimmt Jahrzehnte nicht mehr ... Sie reißt sich zusammen. »Ich könnte ein ganz klein wenig Hilfe gebrauchen. Es gibt da jemanden im Ruhrgebiet, mit dem ich gerne reden würde. Ein ehemaliger Kollege von Ihnen, der vor sechs Jahren die Duisburger Kripo verlassen hat. Ich brauche seine Anschrift und Handynummer. Und vielleicht haben Sie ja eine Möglichkeit, die private Nummer von Herrn Dr. Torsten Reiter in Erfahrung zu bringen, das wäre sehr hilfreich.«

»Haben Sie wieder einen Ihrer berüchtigten Alleingänge im Sinn?«

»Ich weiß nicht, was Sie meinen.«

Rossmüller lacht leise. »Schicken Sie mir den Namen des Ex-Kollegen auf mein Handy.«

Als er auflegt, behält Carla ihr Telefon in der Hand, betrachtet es unschlüssig und trifft dann eine spontane Entscheidung. Egal, wie er es aufnimmt, einen Versuch ist es wert. Sie erwischt Moritz in einer kleinen Pause, und das ist ein gutes Omen.

»Wie viele Überstunden hast du angehäuft?«

»Schon wieder achtzig seit Weihnachten.«

»Meinst du, wir könnten ein paar davon abfeiern?«

Moritz zögert. »Möglich, dass ich das durchboxen kann. Warum fragst du?«

Carla holt tief Luft. »Ich brauche eine Auszeit. Der Tod von Frau Yannakakis, das Verschwinden der jungen Bulgarin und die Nachwirkungen der Berlin-Geschichte ... ich kann nicht mehr. Gerade habe ich einen Brief von diesem Barbiepuppen-Arschloch gekriegt ...« Sie bricht ab, fängt sich dann wieder. »Es war ein bisschen viel in den letzten Monaten.« Carla registriert, wie brüchig und mutlos ihre Stimme klingt. Sie hasst es und kann nicht das Geringste dagegen tun.

»Oh, verdammt«, sagt Moritz leise.

»Vielleicht kannst du deinem Chef sagen, dass dein Sohn dich in Wien braucht? Das wäre noch nicht mal gelogen.« Tatsächlich haben sie, als Florian in den Weihnachtsferien in Frankfurt war, bemerkt, wie sehr er seinen Vater vermisst. »Wir könnten fliegen. Ich bezahle das. Wir treffen uns mit Marion zum Frühstück, mittags holen wir Flori von der Schule ab und gehen alle was Leckeres essen. Vielleicht lernen wir sogar seine Freundin kennen! Du musst zugeben, dass das ein hervorragender Plan ist.«

»Ja«, sagt Moritz ganz ohne Ironie. »Der ist geradezu preisverdächtig. Ich tue alles, damit er aufgeht.«

Carla lächelt und spürt, wie der Krampf in ihrem Magen ein wenig nachgibt. »Du schaffst das! Und ich fahre jetzt nach Hause und packe ein paar Sachen ein.«

Als Carlas Reisetasche gepackt ist, ruft sie Delia Egmont an und erzählt ihr, was sie vorhat.

SECHSUNDDREISSIG

Als die Lufthansa-Maschine am nächsten Vormittag planmäßig um 9:45 Uhr in Wien landet, werden Carla und Moritz nach der Abfertigung von Moritz' Ex-Frau Marion abgeholt und zu dem Hotel unweit des Hundertwasser-Hauses gebracht, wo Moritz regelmäßig übernachtet, wenn er in Wien ist, um Florian zu besuchen.

Marion ist Schauspielerin am Wiener Burgtheater und scheint tagsüber jede Menge Zeit zu haben. Carla hat sie bei ihrem ersten Besuch als sehr umgängliche Person mit großem komödiantischem Talent schätzen gelernt. Seitdem hat sich der Kontakt freundschaftlich entwickelt, und Carla ist froh, für ein paar Tage eine unbeschwerte Auszeit mit Menschen genießen zu können, die nichts mit Frauenmördern, Stalkern oder Kinderhändlern zu tun haben. Egmont ist nicht gerade begeistert gewesen von dem Kurztrip und hat am Telefon mehrfach ihre Begleitung angeboten, aber Carla weiß, dass die Anwesenheit ihrer Personenschützerin gerade dieses Minimum an Normalität verhindert hätte, das sie so dringend braucht.

Ritchie, Mathilde und Bischoff sind instruiert, sie nur im äußersten Notfall anzurufen, und Marion, Florian und seiner Freundin Emilia gegenüber hat sie deutlich gemacht, dass sie über ihre beruflichen Aktivitäten nicht sprechen möchte, was alle drei, wenn auch mit Bedauern, respektieren.

Emilia entpuppt sich als sympathischer und fröhlicher Teenager. Dass sie ein Jahr älter ist als Florian, was diesem zu Beginn als heftiges Problem im Magen lag, scheint zwischen beiden nicht die geringste Rolle zu spielen.

Was den touristischen Teil des Kurztrips angeht, sind viele der weltberühmten Sehenswürdigkeiten der Stadt leider nur zu besuchen, wenn man lange vorher Tickets gebucht oder reserviert hat, aber sie schaffen es immerhin, eine Führung im Stephansdom und eine Dampferfahrt auf der Donau zu ergattern, und schenken sich schließlich achselzuckend den Rest des »Wien in drei Tagen«-Programms. Statt Stunden in Warteschlangen zu verbringen, schlafen sie morgens lange, bummeln anschließend durch den Burggarten und die Altstadt, verbringen gemütliche Stunden im Café Jelinek und gehen mit Emilia und Florian ins Kino.

An einem Abend kocht Marion für alle ein Saftgulasch mit Butternudeln, das Carlas Schwester Ellen auch nicht besser hinbekommen hätte. An den anderen beiden Abenden muss Marion arbeiten und Moritz und Carla lassen sich von Florian und Emilia in ein asiatisches »All-you-can-eat-Restaurant« entführen, wo sie fassungslos bestaunen, wie viel Teenager essen können, wenn es sie nichts kostet.

»Danke für die schöne Reise.« Carla zieht Moritz' Kopf zu sich herunter und küsst ihn. »Um Frankfurt aus dem Hirn zu bekommen, ist Wien absolut genial. Das machen wir in Zukunft regelmäßig.«

Den Rückflug hat sie für den nächsten Tag um die Mittagszeit gebucht, um etwas länger schlafen zu können, aber daraus wird nichts. Pünktlich um 7:15 Uhr wacht sie aus alter Gewohnheit auf. Ein wenig Tageslicht fällt bereits durch die Jalousien in das Hotelzimmer, genug jedenfalls, um Moritz von der Seite zu betrachten. Er sieht glücklich und entspannt aus, atmet ruhig und streckt jetzt im Schlaf eine Hand nach ihr aus. Eigentlich ist ihr erster Impuls nach dem Aufwachen gewesen, rasch unter die Dusche zu springen, aber das kann auch noch warten. Sie schiebt sich näher an Moritz heran, küsst ihn und macht sich an seinem Ohr zu schaffen.

In diesem Augenblick meldet sich ihr Handy mit Freddie Mercurys glasklarer Schalmeienstimme, und als sie Ritchies Namen auf dem Display sieht, weiß sie, dass die Auszeit vorbei ist.

»Okay, was gibt's?«, fragt sie verdrossen.

»Was Wichtiges. Tut mir leid. Emanuel Tarrasidis ist tot.«

Carla setzt sich auf und ist schlagartig hellwach. Moritz gibt ein ungehaltenes Grummeln von sich, weil sie ihm die Decke wegzieht. Carla deckt ihn wieder zu und streichelt seinen Kopf.

»Woher weißt du das?«

»Frühstücksfernsehen, Hessen regional. Guck ich manchmal bei der ersten Tasse Kaffee, wenn ich morgens um 7:00 Uhr schon komplett vergnügungssüchtig bin.«

»Das ist also eine offizielle, zuverlässige Verlautbarung? Nicht irgendein Hintertreppengerücht? Was genau haben die im Fernsehen gesagt?«

»Ich versuch's mal einigermaßen wortgetreu. *Heute Morgen wurde in einem Restaurant an der Bockenheimer Landstraße der Inhaber Emanuel T. von Mitarbeitern einer Reinigungsfirma tot aufgefunden. Fundumstände und Zustand des Leichnams lassen darauf schließen, dass er Opfer eines Gewaltverbrechens wurde. Die Polizei hat die Ermittlungen aufgenommen.*«

»Gut. Hast du schon was von Rossmüller gehört?«

»Ich wollte zuerst mit dir sprechen.«

»Okay, ich ruf ihn an. Wir reden weiter, wenn ich zurück in Frankfurt bin. Du kannst aber die Zeit schon mal nutzen und etwas für mich herausfinden: Erkundige dich bei der Stadtverwaltung, wer für die Märkte in Frankfurt zuständig ist. Es gibt garantiert eine Dienststelle, bei der die Standbetreiber eine Zulassung beantragen müssen und wo dementsprechend ihre Personalien erfasst sind. Es geht mir um den kleinen Markt an der Bockenheimer Warte. Ich will wissen, ob es unter den Händlern Männer mit türkisch klingenden Namen gibt. Wenn das der Fall ist, hätte ich gerne diese Namen plus Adressen und idealerweise die Telefonnummern. Ach ja – und noch was. Dieser Auftrag geht Rossmüller und seine Kolleginnen nichts an.«

»Oui, mon Capitaine.«

Carla muss wider Willen grinsen, legt auf und wählt Rossmüllers Nummer.

Mürrisch meldet er sich. »Ist ja klar, dass Sie auch schon wieder mitspielen. Soll ich Ihnen was sagen? Der frühe Vogel kann mich mal! Ich habe eigentlich dienstfrei und wollte ausschlafen, aber natürlich wurde ich trotzdem angerufen. Die Kollegen vom Kriminaldauerdienst konnten es gar nicht erwarten, den Fall weiterzureichen und mir aufs Auge zu drücken. Ich fahre jetzt los. Rufen Sie mich am späten Nachmittag an oder kommen Sie vorbei. Vorher gibt's eh nichts zu erzählen.«

Carla legt auf und denkt einen Augenblick nach. Dann ruft sie Egmont an, berichtet kurz und gibt ihre vermutliche Ankunftszeit durch. Als sie aufschaut, sieht sie, dass Moritz die Augen geöffnet hat und resigniert den Kopf schüttelt.

SIEBENUNDDREISSIG

Der Flieger landet pünktlich in Frankfurt, und als Carla sich von Egmont in die Adickesallee fahren lässt und KHK Rossmüller in seinem Büro gegenübersitzt, hat sie nach drei Minuten das Gefühl, niemals weg gewesen zu sein.

»Die Sauerei hätten Sie sehen sollen. Ein riesiger, dicker Mann in einer ebenso riesigen Blutlache. Direkt vor seinem Schreibtisch. Um 6:00 Uhr morgens kommt ein Team von einer Reinigungsfirma. Die haben ihn gefunden und sofort die Polizei angerufen. Erfreulicherweise haben sie gleich von der Bürotür aus gesehen, was los war, und sind nicht im ganzen Raum herumgetrampelt. Trotzdem konnten die Kollegen von der Spurensicherung nichts finden, was auf den Täter hinweist.«

Rossmüller wuchtet die Füße auf den Schreibtisch und nippt angewidert an seinem Kaffee. Er sieht nicht gut aus. Müde, unrasiert und ein bisschen verkatert. So wie vor seinem Coming-out, als er noch ein übergewichtiger, ungepflegter Junggesellen-Cop war.

»Was wissen Sie über die Tatzeit?«

»Als er gefunden wurde, war er etwa fünf bis sechs Stunden tot. Die Tatzeit muss also zwischen Mitternacht und 1:00 Uhr liegen.«

»Sie sprachen von sehr viel Blut. Wie ist er gestorben?«

»Jemand hat ihm die Kehle durchtrennt. Von hinten und von links nach rechts. Sieht nach einem Rechtshänder aus. Kein einzelner sauberer Schnitt von Ohr zu Ohr wie bei *Game of Thrones*, sondern die Kehle war praktisch gar nicht mehr zu erkennen. *Alles völlig zersäbelt,* wie es die Pathologin ausdrückte. Tarrasidis muss elendig verblutet sein.«

Rossmüller schüttelt betrübt den Kopf. Er hat das Opfer weiß Gott nicht gemocht, aber Carla sieht dem Polizisten an, dass er dem dicken Mann einen solchen Tod nicht gewünscht hat.

»Was zum Teufel hat er mitten in der Nacht noch im Restaurant gewollt?«

Rossmüller zuckt mit den Achseln. »Seine Frau sagt, das habe er häufig gemacht. Wenn alle Gäste und Angestellten weg waren und die Küche geputzt, hat er sich bis spät in der Nacht mit der Buchhaltung und dem ganzen Papierkram beschäftigt, den so ein Restaurant mit sich bringt. Dafür ist er oft am nächsten Tag erst um 11:00 Uhr aufgestanden.«

Carla runzelt die Stirn und sieht ihn prüfend an.

Der Hauptkommissar blinzelt ungehalten. »Was soll denn der Gouvernantenblick?«

»Lassen Sie mich mal teilhaben an Ihren Gedanken. Es gibt ein paar Merkwürdigkeiten bei diesem Mord, die Ihnen garantiert aufgefallen sind. Mir können Sie es sagen. Ich bin auf Ihrer Seite.«

Rossmüller bringt ein schwaches Lächeln zustande. »Ist das so? Na gut, ich fange mal mit einem Punkt an, über den ich sofort gestolpert bin. Wie ist der Täter ins Restaurant gelangt? Es gibt einen Lieferanteneingang auf der anderen Hausseite, aber der ist mit einem Hightech-Schloss gesichert, und meine Kollegen haben keine Hinweise darauf gefunden, dass sich jemand daran zu schaffen gemacht hat. Überhaupt gibt es nirgendwo am oder im Haus Anzeichen für ein gewaltsames Eindringen.«

»Auch der Haupteingang des Restaurants war selbstverständlich abgeschlossen, während Tarrasidis seinen Bürokram gemacht hat?«

»Seine Frau sagt ja. Also habe ich ihr vorgehalten, dann gäbe es nur die Möglichkeit, dass ihr Mann seinen Mörder persönlich hereingelassen habe. Diese Möglichkeit wiederum hat sie vehement bestritten. Sie sagt, ihr Mann sei ein sehr vorsichtiger und misstrauischer Mensch gewesen, der sich von zahlreichen Neidern und Konkurrenten bedroht fühlte. Es gäbe definitiv niemanden, den er um diese Zeit hereingelassen hätte.«

»Tja«, sagt Carla, »dann hat er gestern Abend eine Ausnahme gemacht, die ihn prompt das Leben gekostet hat.«

»Wie müsste man sich eine solche Ausnahmeperson vorstellen?«

»Es muss jemand sein, den er kannte. Zumindest flüchtig. Einem wildfremden Mann hätte er bestimmt nicht die Tür geöffnet.«

»Gut. Und es muss jemand sein, den er nicht als gefährlich eingeschätzt hat. Er hat ihn nämlich nicht nur hereingelassen, sondern ihm wenig später im Büro auch den Rücken zugedreht.«

»Stimmt! Komisch, oder? Überlegen Sie mal, wie groß und kräftig dieser dicke Mann war. Eigentlich muss man angesichts der Statur des Opfers und des Tathergangs doch annehmen, dass der Täter ebenfalls groß und kräftig war. Trotzdem hat Tarrasidis ihn nicht gefürchtet.« Carla schüttelt ungeduldig den Kopf und trinkt einen Schluck von dem Kaffee in ihrer Tasse, der inzwischen kalt und bitter geworden ist. »Vielleicht ein Komplize aus dem Kinderhandel-Geschäft. Aus der Balkan-Connection. Jemand, mit dem zu reden Tarrasidis *selbst* ein Motiv hatte. Stellen Sie sich die Situation vor: Es klopft an der Eingangstür. Unser Opfer geht aus dem Büro, um nachzuschauen, wer da so spät noch stört. Er sieht einen Mann, den er kennt und den er nicht fürchtet, obwohl er ein ziemlicher Brocken ist. Schön und gut, aber reicht das aus, um ihn hereinzubitten? Nein. Es muss noch etwas anderes dazukommen. Etwas muss ihn mit dem Mann verbinden. Ein gemeinsames Interesse, Geschäfte, Geld, was auch immer. Und sei es nur Neugier oder die Befürchtung, dass es um etwas enorm Wichtiges gehen muss, wenn dieser Mann nachts um halb eins persönlich vor der Tür steht, statt anzurufen oder zu schreiben.«

Rossmüller nickt anerkennend. »Sie sind ein echt schlaues Frauenzimmer.«

Carla lacht. »Wo haben Sie den Ausdruck denn her? Das Wort habe ich ja ewig nicht gehört.«

Rossmüller grinst zurück. »Mein Freund sagt das immer, wenn er über seine Mutter spricht: *Meine Mama ist ein schlaues Frauenzimmer.*«

»Ich nehme es mal als Kompliment. Und Ihnen biete ich eine Wette an. Der Mörder war ein Komplize aus dem Adoptions-Business oder irgendwelchen anderen dunklen Geschäften, von denen Tarrasidis' Ehefrau garantiert keine wirklich genauen Kenntnisse hat. Vielleicht hat man ihm das Aufsehen verübelt, das er erregt hat, indem er Frau Yannakakis erst angriff und dann töten ließ. Vielleicht hat sich bis nach Thessaloniki rumgesprochen, dass die deutsche Polizei gegen ihn ermittelt. Vielleicht, vielleicht, vielleicht ...«

Rossmüller nickt betrübt. »Wenn Sie recht haben, hat der Mörder heute Morgen in einer der ersten Maschinen nach Sofia oder Thessaloniki gesessen und wird uns so schnell nicht mehr beehren.«

»Vielleicht wäre es nützlich, wenn Sie Ihre griechischen Kollegen miteinbeziehen. Deren Spitzel und V-Leute in Athen und Thessaloniki könnten Augen und Ohren offen halten, ob jemand mit dem Mord an Tarrasidis herumprahlt. Das passiert häufiger, als man annehmen sollte. Vielleicht lässt sich auch herausbekommen, wer in Zukunft die Stelle des dicken Mannes einnehmen wird. Er war eine herausragende Figur, die nicht so ohne Weiteres zu ersetzen sein ...«

Carla kann den Satz nicht beenden, weil ihr Handy den Eingang einer Textnachricht meldet, die sie mit einem um Entschuldigung bittenden Blick zu Rossmüller öffnet.

Es kommt nur ein Name infrage. Hakan Demirel, Ben-Gurion-Ring 130, 4. Stock, 66 Jahre alt, Witwer und kinderlos, Handy 0162 299 2721 Grüße, R.

Carla lässt das Telefon in ihrer Jackentasche verschwinden. »Eine letzte Frage hätte ich noch. Können Ihre Kollegen schon etwas über die Tatwaffe sagen?«

»Die sind sich nicht ganz einig. Aber unsere Rechtsmedizinerin, eine echte Koryphäe mit dreißig Jahren Berufserfahrung, hat eine interessante Vermutung.«

Rossmüller macht eine gekonnte Kunstpause und Carla verdreht die Augen.

»Okay! Raus damit! Oder wollen Sie einen Trommelwirbel?«

»Ein Teppichmesser«, sagt Rossmüller mit triumphierendem Unterton. »Sie kennen die Dinger? Kurze versenkbare Klinge, angeschrägte Schneide, extrem scharf?«

»Oh, ja«, sagt Carla nachdenklich. »Die sind schon in der Schublade gefährlich.« Sie macht Anstalten aufzustehen, setzt sich dann wieder hin und lächelt Rossmüller an. »Noch eine Frage. Wirklich die letzte! Zu Ihrer Hochzeitsfeier – dürfte ich da jemanden mitbringen?«

Rossmüller ist überrascht, aber er strahlt über das ganze Gesicht. »Klar doch! Gerne! Bringen Sie die ganze Mannschaft mit. Ihren Nervendoktor, den alten Bischoff, Mathilde Stein und vor allem Ihren Ermittler – diesen Jungspund mit der Rockröhre. Meine Freunde werden ausflippen.«

ACHTUNDDREISSIG

Carla lässt ein paar Tage verstreichen und denkt in der Zeit darüber nach, wie sie weiter vorgehen soll. Mehrmals geht sie auch das Gespräch mit Rossmüller noch einmal durch. Sie hat sich große Mühe gegeben, es als zweifelsfrei und logisch darzustellen, dass es sich bei dem Täter angesichts der Statur des Opfers um einen Mann handeln muss. Möglicherweise ist Rossmüller das aufgefallen, aber es wird keinen großen Schaden anrichten.

Was den Gemüsehändler betrifft, hatte sie eigentlich vor, unangemeldet und überraschend an seiner Tür zu klingeln, ihn quasi zu überrumpeln und ihm klarzumachen, dass er keine andere Wahl hat, als mit ihr zu sprechen. Nach reiflicher Überlegung hat sie diesen Plan fallen lassen und sich für eine telefonische Voranmeldung entschieden.

Also ruft sie am frühen Abend die Nummer an, die Ritchie ihr geschickt hat. Es dauert eine Weile, bis jemand ans Telefon geht, aber dann meldet sich eine müde Altmännerstimme. »Demirel. Hallo?«

»Guten Abend, Herr Demirel. Mein Name ist Winter. Ich bin Rechtsanwältin und habe Frau Yannakakis vertreten. Sie war die Tochter der Großtante von Ceija Stojanow.«

»Was wollen Sie von mir?«

»Ich würde gern mit Ihnen sprechen. Es dauert nicht lange.«

»Wozu soll das gut sein?«

»Es gibt zwei Gründe. Erstens will ich verstehen, was passiert ist und warum Frau Yannakakis sterben musste. Und zweitens mache ich mir Sorgen um Ceija. Ich glaube, Sie und ich, wir sind die einzigen beiden Menschen in Frankfurt, die sich dafür interessieren, wo sie ist und wie es ihr geht. Bitte reden Sie mit mir.«

Hakan Demirel schweigt und lässt sich Zeit.

»Gut«, sagt er schließlich. »Kommen Sie in einer Stunde vorbei.« Er nennt die Adresse, die sie schon von Ritchie erfahren hat, und legt dann auf.

Carla atmet erleichtert durch. Das war überraschend einfach. Der erste Schritt ist getan. Gut, dass der alte Mann dem Gespräch zugestimmt hat. Sie hätte ihm sonst drohen müssen, was ihr sehr unangenehm gewesen wäre.

Als Nächstes tippt Carla Egmonts Nummer an. »Bitte holen Sie mich von zu Hause ab. Ich muss in einer Stunde in Bonames sein. Ben-Gurion-Ring. Da möchte ich nicht allein hin.«

Die Siedlung am Ben-Gurion-Ring ist eine sogenannte Großwohnsiedlung aus den 70er-Jahren, die mehrere Jahrzehnte als prominentester sozialer Brennpunkt der Stadt galt. Jede Menge Hochhäuser mit teilweise zehn Stockwerken, knapp fünftausend Leute aus 46 Nationen, Morde, Drogen, Gewalt, das volle Programm. Inzwischen soll es besser geworden sein.

»Geht klar«, sagt Egmont und legt auf.

Als Carla zwanzig Minuten später in den VW-Bus steigt und neben der Personenschützerin Platz nimmt, grinst die sie freundlich an.

»Schön, Sie zu sehen. Wie geht es Ihnen?«

Carla zuckt mit den Achseln. »Durchwachsen. Ich habe es Ihnen ja am Telefon erzählt. Mir hat eine Woche lang alles wehgetan, und trotzdem habe ich mich fantastisch gefühlt. Andererseits haben mich der Tod von Sofia Yannakakis und Ceija Stojanows Verschwinden ziemlich mitgenommen. Gestern hat mir Rossmüller ausführlich erzählt, wie man Emanuel Tarrasidis aufgefunden hat. Auch nicht gerade aufbauend. Aber die Sache in Berlin war ...«

Egmont nickt und startet den Bus. »Wie lange werden Sie noch Personenschutz benötigen?«

»Nicht mehr lange. Im Moment bin ich gerade dabei, meine Angelegenheiten zu ordnen. Das Gespräch, das ich gleich führen werde, spielt dabei eine wichtige Rolle. Haben Sie den Ben-Gurion-Ring mal kennengelernt?«

»Ich war zweimal da. In meiner Zeit als Polizistin. Damals noch nicht beim Bund. Im Jahr 2014 gab es dort einen spektakulären Mord. Am helllichten Tag und vor zahlreichen Zeugen wurde in der Grünanlage ein Drogenhändler von einem Rivalen erschossen. Mit zweiundzwanzig Schüssen regelrecht exekutiert. Der Täter hat dabei die ganze Zeit gelacht. Auf dem Spielplatz waren viele Kinder, die das mitansehen mussten. Das hat den schlechten Ruf des Rings auf Jahre zementiert.« Delia Egmont entdeckt einen Parkplatz in der Nähe der Wohnanlage und hilft Carla, den richtigen Plattenbau zu finden. »Soll ich mit hochkommen?«

»Ja, das wäre nett.«

Carla rechnet nicht damit, dass der Fahrstuhl funktioniert, und er tut es auch nicht. Also nehmen sie die Treppe in den vierten Stock und betrachten dabei die zahlreichen Graffitis, mit denen die Treppenhauswände dekoriert sind. Die Wohnung von Hakan Demirel zu finden ist nicht schwierig.

»Bitte warten Sie im Flur auf mich und halten Sie ein bisschen Abstand«, sagt Carla. »Ich gehe allein hinein.«

Egmont nickt und zieht sich zurück, während Carla auf den Klingelknopf drückt. Als die Tür geöffnet wird, sieht sie sich einem mittelgroßen älteren Mann gegenüber, der wesentlich freundlicher gestimmt zu sein scheint als noch vor einer Stunde. Er trägt ein kariertes Flanellhemd und ausgebleichte Jeans, die er mit elastischen Hosenträgern in Position hält. Sein mageres, wettergegerbtes Gesicht und das volle graue Haar lassen ihn jünger als sechsundsechzig aussehen.

»Hallo«, sagt er. »Kommen Sie herein.« Demirel spricht akzentfrei Deutsch mit einem leichten südhessischen Tonfall. Er klingt nicht mehr so müde wie vorhin am Telefon.

Carla folgt der Einladung und betritt einen kurzen Korridor, von dem zwei Zimmer sowie Küche und Bad abgehen. Sie streift die Schuhe ab, was ihr einen wohlwollenden Blick ihres Gastgebers einträgt, und registriert, wie peinlich sauber und aufgeräumt es um sie herum ist.

»Lassen Sie uns ins Wohnzimmer gehen.« Demirel öffnet eine der Türen und geleitet Carla in einen Raum, dessen Einrichtung eine fröhliche Mischung aus deutscher und türkischer Lebensart darstellt. Neben einer wuchtigen Schrankwand und einem dazu passenden Sofa aus dunkler Eiche gibt es farbenfrohe Gobelins und große Fotos von der Hagia Sofia an den Wänden, zwei hochflorige Teppiche mit orientalischen Motiven und einen runden Tisch, der höchstens fünfundzwanzig Zentimeter hoch und offensichtlich für Menschen gedacht ist, die ihre Mahlzeiten auf traditionelle Weise am Boden sitzend einnehmen.

Carla bekommt zu ihrer Erleichterung einen Platz auf dem Sofa angeboten, vor dem ein Couchtisch platziert ist. Darauf befinden sich ein silbernes Teeservice und eine Schale mit Gebäck. Demirel schenkt Tee ein und bietet von den Süßigkeiten an, Carla lehnt, wie es sich gehört, zweimal höflich ab, der Gemüsehändler insistiert freundlich, sodass sie beim dritten Mal einen Keks nimmt und ihn betont genießerisch auf der Zunge zergehen lässt. Dann trinkt sie vorsichtig einen Schluck von dem höllisch heißen Tee und beschließt, das traditionelle Höflichkeitsvorspiel ein wenig abzukürzen.

»Ich bin Ihnen sehr dankbar, dass Sie sich bereit erklärt haben, mit mir zu sprechen«, sagt sie lächelnd. »Wie geht es unserer gemeinsamen kleinen Freundin?«

»Wieso denken Sie, dass ich das weiß?«

»Nun, wegen Ihres Sinneswandels. Am Telefon waren Sie ziemlich ablehnend und nicht übermäßig freundlich. Sie haben dem

Gespräch nur zugestimmt, um das Terrain zu sondieren und herauszufinden, was ich weiß und will. Nach unserem Telefonat haben Sie Ceija angerufen und gefragt, was Sie tun sollen. Sie hat Ihnen gesagt, dass man mir trauen kann, und das ist der Grund, warum ich jetzt Tee serviert bekomme.«

Demirel nickt. »Ceija hat gesagt, dass Sie nett *und* schlau sind. Beides ist richtig. Und um Ihre Frage zu beantworten: Ja, es geht ihr gut.«

»Das freut mich. Sie vermissen sie, oder?«

»Sieht man mir das an?«

»*Ich* kann es sehen. Wie haben Sie sich kennengelernt?«

»Auf dem Markt an der Bockenheimer Warte. Eines Morgens ist sie mir aufgefallen. Eine hübsche junge Frau, eigentlich noch ein Mädchen. Schwarze schulterlange Haare, ein roter Pullover und eine blaue Latzhose. Sie streunte ziellos über das Gelände und sah dabei so traurig aus, dass es wehtat, sie anzuschauen. Oft stand sie an den verschiedenen Ständen, sah sich die Waren an und wandte sich kopfschüttelnd ab, wenn man fragte, ob sie etwas kaufen wollte. Irgendwann kam sie an meinen Stand, als ich mit einer Kundin Türkisch sprach. Ich konnte das Leuchten in ihrem Gesicht sehen und habe sie ebenfalls auf Türkisch angesprochen. Von da an kam sie jeden Donnerstag auf einen Plausch vorbei. Sie war einfach froh, mit jemandem reden zu können.«

»Ja, das hat sie mir auch erzählt. Und Sie haben ihr Spargel geschenkt und für sie zubereitet. Das hat sie sehr berührt.«

Demirel nickt erneut. »Es gab auf dem Markt sehr viele Lebensmittel, die sie noch nie gekostet hatte. Ich habe sie Süßkartoffeln probieren lassen, Artischocken, Austernpilze und Gorgonzola. Alles Mögliche. Sie hat die Sachen immer erst vorsichtig mit den Fingern berührt, die Struktur der Oberfläche ertastet, dann mit geschlossenen Augen daran gerochen und schließlich ein wenig geknabbert, bevor sie wirklich einen richtigen Bissen genommen hat.«

»Sie hätten gerne für sie gesorgt, oder?«

»Ja.« Der Gemüsehändler steht auf, läuft im Zimmer herum und setzt sich dann wieder. Er wirkt aufgewühlt und traurig. »Ich lebe seit zwanzig Jahren allein. Seit meine Frau gestorben ist. Wir hatten keine Kinder. Überhaupt keine Familie in Deutschland. Ceija war wie die Enkeltochter, die ich gerne gehabt hätte. Oft habe ich nachts wach gelegen und mir vorgestellt, wie es gewesen wäre, wenn sie es mit ihrem Baby nach Deutschland geschafft hätte. Ich habe mir ausgemalt, dass ich zusammen mit ihrer griechischen Tante für beide hätte sorgen und das Kind aufwachsen sehen können und ...« Demirel macht eine entschuldigende Geste mit beiden Händen, um anzudeuten, was die Einsamkeit mit einem anstellen kann. »Verrückte Träume eines alten Mannes. Die Wirklichkeit sah bescheidener aus, war aber auch nicht schlecht. Immer donnerstags trafen wir uns morgens auf dem Markt. Gegen 17:00 Uhr habe ich Schluss gemacht, sie hat mir geholfen, den Wagen zu beladen, und dann sind wir zu mir gefahren und haben zusammen gegessen.«

Demirel kämpft jetzt mit den Tränen, Carla schweigt und wartet, bis er sich wieder gefasst hat.

»Was hat sie Ihnen erzählt?«, fragt sie dann.

»Alles. Von Stolipinowo, der Armut und dem Dreck. Vom dicken Mann und wie der ihr das Baby abgeschwatzt hat. Wie sie sich von Thessaloniki nach Athen durchschlug und schließlich von da nach Deutschland kam.«

»Sie wissen, dass sie auf dem Markt den dicken Mann wiedergesehen hat und ihm heimlich zu seinem Restaurant gefolgt ist?«

»Ja, ein haarsträubender, unfassbarer Zufall. Tagelang hat sie überlegt, ob sie sich nicht doch getäuscht haben könnte. Ich habe ihr geraten, die Sache auf sich beruhen zu lassen und dem Dicken aus dem Weg zu gehen. Das hat sie auch versprochen, aber sie konnte es nicht.«

Demirel zieht ein kariertes Stofftuch aus der Hosentasche, faltet es bedächtig auseinander und schnieft hinein, bevor er weiterspricht. »Sie hat Sofia Yannakakis von dem dicken Mann erzählt und damit die Kette von Ereignissen ausgelöst, die schließlich mit deren Ermordung endete. Vor einem Supermarkt. Auf offener Straße. Dieser elende Dreckskerl!«

Carla schaut ihren Gastgeber überrascht an. Dessen Traurigkeit hat sich sekundenschnell in kalte Wut verwandelt.

»Hat Ceija gleich angenommen, dass Tarrasidis für Sofias Ermordung verantwortlich war?«

Demirel nickt heftig. »Sie hat Sofias Tod aus zweihundert Metern Entfernung miterleben müssen. Als Frau Yannakakis die Polizisten ausgetrickst hat, war Ceija unter der Dusche. Sie kam aus dem Bad, sah, dass niemand da war, und hat gleich die richtigen Schlüsse gezogen. Also ist sie ebenfalls durch den Hinterausgang raus und die Ginnheimer Landstraße in Richtung Supermarkt hinuntergerannt, weil sie sich Sorgen gemacht hat. Als Nächstes sah sie, wie Sofia aus dem Markt kam und überfahren wurde. Der Fahrer hat nicht angehalten oder abgebremst und Ceija hat gewusst, was das bedeutet. Sie ist nicht in das Haus in Ginnheim zurückgekehrt, sondern zu mir gekommen. Die ganze Nacht über hat sie geweint, gekotzt und gezittert, und am nächsten Morgen ist sie einfach hiergeblieben.«

Demirels Handy, das auf dem Couchtisch liegt, klingelt. Er wirft einen Blick auf das Display und drückt den Anruf weg.

Carla trinkt noch etwas Tee und atmet tief durch, bevor sie ansetzt. »Es tut mir leid, dass ich Sie das fragen muss, aber wie hat sie es geschafft, den dicken Mann zu töten?«

Demirel ist blass geworden und senkt den Blick. »Sie fragen gar nicht, *ob* sie ihn getötet hat, sondern nur *wie?*«

»Bitte keine Spielchen mehr«, sagt Carla sanft. »Ich weiß es, und Sie wissen es auch. Von mir wird es sonst niemand erfahren, das schwöre ich Ihnen. Aber Sie müssen mir erzählen, wie es passiert ist.«

Demirel zuckt resigniert mit den Achseln. »Sie hat das Restaurant beobachtet. Sehr oft. Auch spätabends. Ich habe sie zur Rede gestellt, sie gefragt, was das soll, und sie beschworen, dort wegzubleiben. Aber es war vergeblich. Nach Sofias Tod konnte ich gar nicht mehr zu ihr durchdringen. An jenem besagten Abend hat Ceija gesehen, wie die letzten Gäste und später auch das Personal gegangen sind. Aber es brannte Licht und sie wusste, dass Tarrasidis noch im Lokal war. Ich weiß nicht, ob sie wirklich einen Plan hatte ... Sie hat an die Tür des Restaurants geklopft, der Dicke ist gekommen und muss bei ihrem Anblick einen wahnsinnigen Schreck bekommen haben. Er habe sie angestarrt wie einen Geist, hat sie mir später erzählt. Offenbar war er unschlüssig, ob er sie hereinlassen sollte, aber schließlich hat wohl die Neugier gesiegt. Er hat die Tür geöffnet und ihr bedeutet, ihm ins Büro zu folgen. Besorgt oder ängstlich war er nicht, nur wütend. Sie ging direkt hinter ihm, und sobald sie im Büro waren, ist sie ihm auf den Rücken gesprungen und hat ihm mit dem Teppichmesser die Kehle durchgeschnitten.«

Demirels Stimme ist immer leiser geworden und bleibt jetzt ganz weg. Carla wartet geduldig, bis er sich wieder gefangen hat.

»Es muss entsetzlich gewesen sein«, fährt er nach einer Weile fort. »Tarrasidis ist natürlich nicht gleich gestorben, sondern hat getobt und gebuckelt wie ein Rodeo-Pferd, während das Blut aus seiner Kehle schoss. Wie verrückt hat er versucht, Ceija abzuschütteln, aber sie hat sich festgekrallt und erst losgelassen, als er auf die Knie gesunken ist. Auch dann ist er nicht gleich umgekippt, sondern hat vor dem Schreibtisch gekniet, während das Leben mit jedem Herzschlag aus ihm herausgepumpt wurde. Ceija hat ihm beim Sterben zugesehen und dann mich angerufen.«

Demirel schüttelt deprimiert den Kopf und Carla sieht, wie sehr ihm die Erinnerung an diesen Abend zu schaffen macht. »Ihre Stimme klang völlig verändert. Monoton, unbeteiligt und roboterhaft. Bitte hol mich mit dem Auto vom Restaurant ab, hat sie gesagt. Ich bin voller Blut.«

»Das haben Sie gemacht?«

Demirel nickt. »Mit meinem Kleintransporter. Bevor ich losgefahren bin, habe ich den Innenraum vorne mit Plastikfolie ausgelegt. Wie in einem Gangsterfilm.«

»Hat sie das Teppichmesser irgendwo gekauft?«

»Nein, sie hat es aus dem Handschuhfach meines Wagens genommen. Ich hatte es, um Verpackungen aufzuschneiden oder Kabelbinder zu durchtrennen. Es ist samt der blutigen Kleidung im Main gelandet.«

»Gut. Wo ist Ceija jetzt?«

»In Griechenland. Ich habe ihr ein Flugticket nach Athen gekauft und alles Geld mitgegeben, was ich in der kurzen Zeit zusammenkratzen konnte. Sie wohnt wieder bei der Schwester ihres verstorbenen Großvaters.«

»Ich brauche die Telefonnummer, unter der sie erreichbar ist.«

Demirel geht zur Schrankwand, holt aus einer der Schubladen einen Zettel und notiert darauf die Nummer.

»Ich werde einiges mit ihr zu besprechen haben, aber diese Kommunikation sollte nicht über Sie laufen. Es gibt da einen Dolmetscher, den Ceija auch schon kennt. Den werde ich in Anspruch nehmen, wenn ich Kontakt mit ihr aufnehme. Die Wahrscheinlichkeit, dass wegen des Todes von Tarrasidis ein Verdacht auf Ceija fällt, ist gering, aber falls das jemals geschieht, sollte es möglichst wenig nachvollziehbare Kontakte zwischen Ihnen beiden geben. Bitte denken Sie daran, dass Sie sich in erheblichem Maße strafbar gemacht haben. Was mich betrifft, hat dieses Gespräch niemals stattgefunden. Wenn Sie meine Hilfe brauchen, melden Sie sich.« Carla steht auf und streckt dem Gemüsehändler die Hand entgegen. »Danke!«

Demirel erwidert den Händedruck und begleitet sie hinaus. Als

Carla auf den kalten Hausflur tritt, hört sie seine Stimme in ihrem Rücken. »Kann man diese Adoption irgendwie anfechten?«

Carla dreht sich noch einmal um. »Ich denke darüber nach«, sagt sie.

Delia Egmont löst sich von der Wand, an der sie lehnt, und kommt auf Carla zu. »Wie ist es gelaufen?«

»Großartig. Ich habe jede Menge standeswidriges Verhalten an den Tag gelegt, für das man mir die Zulassung streitig machen könnte. Ich habe Kenntnis von Straftaten erlangt, die ich als unabhängiges Organ der Rechtspflege nicht verschweigen dürfte, Tipps gegeben, wie man sich der Strafverfolgung entzieht, und versucht, die Polizei auf eine falsche Spur zu locken.«

Egmont grinst sie von der Seite an. »... und dabei viel Spaß gehabt, möchte ich wetten.«

Carla lächelt zurück. »Spaß ist das falsche Wort, aber Bedauern trifft es auch nicht ganz. Als Erstes muss ich dafür sorgen, dass Ceija Stojanow offiziell meine Mandantin wird. Das verschafft mir Spielraum. Vielleicht kann ich auch in dieser Adoptionsgeschichte etwas für sie erreichen. Bitte fahren Sie mich nach Hause.«

Während der Fahrt ins Nordend hängen beide Frauen schweigend ihren Gedanken nach.

»Schönen Abend, Frau Anwältin«, sagt Delia Egmont, als Carla zwanzig Minuten später aus dem VW-Bus steigt. »Ich hole Sie morgen früh wie immer von zu Hause ab, und das sollten wir auch weiterhin so handhaben. Eine Rechnung ist schließlich noch offen.« In Egmonts Stimme ist ein glucksendes kleines Lachen zu hören. »Falls Ihnen zu deren Begleichung eine weitere unkonventionelle Lösung einfällt, lassen Sie es mich wissen. Ich arbeite gerne für Sie.«

Carla nickt. »Danke! Ich glaube, ich habe ein paar Ideen, die mich aus der Gefahrenzone herausbringen. Ansonsten machen wir erst mal weiter wie bisher.«

Sie winkt Egmont zu, geht zum Haus, und noch während sie die Haustür aufschließt, wählt sie Ritchies Nummer.

»Übermorgen, also am Donnerstag, fährst du nach Duisburg. Morgen Abend kommst du zu mir und ich erkläre dir, um wen und was es geht und was du tun musst. Wenn in Duisburg alles gelaufen ist, habe ich noch einen weiteren Job für dich, den du aber hier in Frankfurt von zu Hause aus erledigen kannst.«

»Gibst du mir einen Tipp, worum es geht?«

»Wenn du an dein Bewerbungsgespräch bei mir denkst, kommst du selbst drauf.«

NEUNUNDDREISSIG

Das Pinneken in Duisburg-Marxloh ist eine Ruhrgebietskneipe von der Art, wie es nicht mehr viele gibt. Seit fünfzig Jahren am gleichen Standort, wenn auch mit häufig wechselnden Betreibern, hat der Laden am Anfang von den guten Zeiten des Stadtteils profitiert und später den Niedergang der Stahlindustrie und die Massenarbeitslosigkeit überlebt.

Auch die zunehmende Verelendung großer Teile der Marxloher Bevölkerung in den letzten zwei Jahrzehnten hat die Gaststätte nicht gefährden können. Der Grund dafür ist einfach und auf einer Plastiktafel hinter der Theke verewigt:

> Wenn es den Leuten gut geht, saufen sie –
> wenn es ihnen schlecht geht, auch!

Enrico Meissner betrachtet von seinem Barhocker aus das Schild und muss wie immer ein bisschen grinsen angesichts der unbestreitbaren Lebensklugheit des Satzes. Wie er weiß, gibt es allerdings einen Umstand, der dem Inhaber Sorge bereitet. Seit der türkische Bevölkerungsanteil in Marxloh den der Deutschen erheblich übersteigt, geht das Geschäft zurück, da die Muslime sich weder für Pils und Doppelkorn noch für Buletten und Jägerschnitzel erwärmen können.

Für Enrico Meissner ein eindrucksvolles Beispiel dafür, wie der Islam die deutsche Leitkultur in Gefahr bringt und ihn selbst natürlich auch. Wenn es das Pinneken nicht mehr gäbe, wüsste er nicht, wohin er gehen soll. Es ist seine Stammkneipe und Zuflucht, seit er vor sechs Jahren den Polizeidienst verlassen hat. Na ja – das ist vielleicht nicht ganz richtig ausgedrückt. Seine Frau hat ihm solche Formulierungen immer gleich um die Ohren gehauen. Damals, bei den endlosen Streitereien, als sie sich tagelang nur angeschrien haben. *So siehst du das? Dass du den Polizeidienst verlassen hast? Hochkantig rausgeflogen bist du, weil in dem Verein für Kriminelle kein Platz ist! Und für Vollidioten auch nicht! So einfach ist das!*

Er ist etliche Male kurz davor gewesen, ihr eine reinzuhauen, und nur die Tatsache, dass er auf Bewährung war, hat ihn davon abgehalten. Als sie ihn endgültig verließ, war er froh, die Versuchung los zu sein. Nur hat Melanies Auszug seinen sozialen Abstieg rasant beschleunigt. Allein und ohne Job konnte er die Wohnung im schönen Stadtteil Baerls nicht halten und ist schließlich nach einigen Zwischenstationen in einem lausigen Zweizimmerappartement in Marxloh gelandet. Und im Pinneken.

Meissner winkt dem Wirt zu, der hinter dem Tresen in einem Erotikmagazin blättert, und bestellt mit einer Bewegung seines Zeigefingers noch ein Bier. Drei hatte er schon, aber eins geht noch. Er will nachher noch in die Gartenlaube. Wenn er dann zu viel Alkohol intus hat, macht es keinen richtigen Spaß. Später, wenn er fertig ist, kann er sich in seiner Wohnung getrost die Kante geben. Ist auch billiger als in der Kneipe. Nur, dass zu Hause niemand ist, mit dem er reden kann. Besonders häufig ist ihm nicht danach zumute, aber manchmal eben doch. Und dafür ist das Pinneken ideal. Man kann leicht mit jemandem ins Gespräch kommen, aber man muss nicht. An einem Ecktisch spielen drei alte Männer Skat. Er könnte sich jederzeit dazusetzen, aber es wird nicht erwartet, dass er das tut. Die anderen Stammgäste mögen und respektieren ihn. Nicht *trotz*, sondern *wegen* der Sache mit dem Araber.

Niemand hat ihn jemals blöd angemacht, als sich herumsprach, warum er bei der Polizei rausgeflogen war. Im Gegenteil. Alle verstanden, wieso es ihm und seinem Kollegen Piet Dellbrück gestunken hat, dass der Scheißaraber mit allem durchkam. Und warum sie schließlich auf die Idee gekommen sind, ihn dann eben für eine Straftat einfahren zu lassen, die er *nicht* begangen hatte. Den unverzollten Shisha-Tabak und die zehn Kilo Koks in einer von Ekincis angemieteten Wohnung zu platzieren, war ein Kinderspiel gewesen.

Und dann ist das Miststück aus Frankfurt angereist, hat den Fall auseinandergepflückt, und am Ende sind Dellbrück und er im Arsch gewesen. Der arme Piet hat den Rauswurf nicht lange überlebt. Sechs Monate danach hat ihn auf der Autobahn ein Herzinfarkt bei hundertzwanzig Stundenkilometern gegen die Leitplanken befördert. Auch das steht auf der Rechnung, die er der Anwaltsschlampe präsentieren wird.

»Wohlsein! Noch 'n Kurzen dabei?« Der Wirt setzt das Bier vor ihm ab und schaut ihn fragend an.

Meissner schüttelt den Kopf und erhascht einen Blick auf das Pornoheft hinter der Theke. Gute Fotos, explizit, schmutzig und mit eindeutig sadistischer Note. Meissner verkneift sich ein Grinsen. Starker Tobak, aber nichts gegen das, was er in seiner Gartenlaube aufbewahrt. Das sind Bilder von einer Schlampe, die es *echt* hart erwischt hat. Aufgenommen nicht in einem Studio, sondern auf einem unbebauten Grundstück im Stadtviertel Leimert Park, Los Angeles, im schönen Jahr des Herrn 1947. Es sind Fotos aus dem Darknet, auf denen man wirklich *sieht*, was passiert ist. Nicht das harmlose Zeug, das vom LAPD für die Öffentlichkeit freigegeben wurde. Er hat das Material auf Hochglanzpapier ausgedruckt und in ein schönes altmodisches Fotoalbum eingeklebt. Samt dem äußerst anregenden Obduktionsbericht, zahllosen Zeugenaussagen und den Bildern der lebenden Elisabeth Short, auf denen sie verdammt gut aussieht. *Black hair, green eyes, very attractive.* Vielleicht nicht ganz so *attractive* wie Carla Winter, die er jeweils direkt daneben positioniert hat, aber an deren Aussehen konnte man ja etwas ändern.

Meissner nimmt einen großen Schluck aus seinem Bierglas und wischt sich den Schaum vom Mund. Er merkt, dass der Wirt ihn neugierig beobachtet. Ob man ihm die Erregung ansieht, die ihn überkommt, wenn sich seine Gedanken mit den Fotos beschäftigen? Unwahrscheinlich. Er setzt ein gewinnendes Lächeln auf, und der Wirt grinst zurück.

Meissner registriert, dass sich die Kneipentür öffnet, und sieht im Spiegel hinter dem Tresen einen Mann die Kneipe betreten. Er kommt drei Schritte herein, schaut sich im Raum um und sagt: »Tach auch.« Mit dem kurzen Gruß zieht er die Aufmerksamkeit der wenigen Gäste einschließlich des Wirts auf sich, was nicht an dem westfälischen Tonfall, sondern an der tiefen, rauen und leicht versoffenen Stimme liegt, die partout nicht zu der Erscheinung des Mannes passt. Er ist noch jung, höchstens Mitte zwanzig. Glattes Gesicht, Hornbrille und halblanges gelocktes Haar. Er trägt Jeans, Sneakers und einen Kapuzenpulli mit dem blau-weißen Vereinsemblem des MSV Duisburg auf der Brust. Mit einem freundlichen Grinsen in die Runde geht er zum Tresen und lässt sich mit zwei Hockern Abstand zu Meissner dort nieder. »Darf ich?«

»Is'n freies Land«, sagt Meissner.

Der neue Gast nickt. »Pils und Malteser«, grummelt er.

Meissner streift ihn mit einem neugierigen Seitenblick. »Bist du 'n Rocksänger oder sowas?«

»Nee, Gebäudereiniger. Wieso?«

»Deine Stimme.«

»Gauloises und Bourbon ab zwölf«, grinst der junge Mann.

Meissner nickt anerkennend und zeigt mit dem Finger auf dessen Brust. »Meiderich-Fan?«

»Über meinen Alten. Immer, wenn er blau war, hat er mir erzählt, wie er und die Zebras in der Gründungssaison der Bundes-

liga deutsche Vizemeister wurden. Der Höhepunkt seines Lebens.«
Er zeigt mit einer Handbewegung auf die Wand links von ihnen, an der mit zahlreichen Fotos die wechselhafte Geschichte des *Meidericher Spiel-Vereins* seit 1902 dokumentiert ist. »War'n langer Weg in den Keller.«

Meissner seufzt zustimmend. »Als MSVler musste wat abkönn'.«

Der Wirt bringt Bier und Malteser, und der junge Mann kippt erst den Schnaps hinunter und leert dann das Bierglas in einem Zug.

»Wohl wahr«, sagt er und legt einen Schein auf die Theke. »Man sieht sich.«

Dann steigt er vom Hocker und verschwindet so schnell, wie er gekommen ist. Meissner schaut ihm nach. *Nett*, denkt er. *Nich' verkehrt für so 'n jungen Kerl.*

Dann hakt er die Begegnung ab und seine Gedanken kehren zurück zu den Plänen für den Abend. Es ist fast 18:00 Uhr. Zeit, sich auf den Weg zu machen. Das ist ein weiterer Vorteil des Pinneken. Von dort zu der Kleingartenanlage, in der sich sein Schrebergarten samt Häuschen befindet, braucht er zu Fuß nur zwanzig Minuten.

Er gibt dem Wirt ein Zeichen, zahlt sein Bier und bricht auf. Noch vor fünf Jahren hätte er sich nicht vorstellen können, einem Kleingartenverein beizutreten. So eine spießige Kacke war nicht sein Ding. Aber dann hat ihn die Langeweile der Arbeitslosigkeit zunehmend mürbe gemacht, und außerdem war er draufgekommen, wie sich mit selbst angebautem Obst und Gemüse ein bisschen Geld dazu verdienen ließ, wenn man es im Bekanntenkreis verhökerte. Natürlich ist das im umfangreichen Regelwerk des Vereins ausdrücklich verboten, aber scheiß drauf! Statt Wasser in Wein verwandelt er eben Kohlrabi in Currywurst. So what?

Inzwischen genießt er den Garten richtig. Natürlich gibt es auch Probleme, hauptsächlich mit den vielen ausländischen Kleingärtnern, die, statt Obst und Gemüse zu ziehen, lieber einen Riesengrill auf den Rasen stellen und ihre Kinder bis spät am

Abend herumplärren lassen. Aber das hat er klären können. Er ist zweimal sehr böse geworden, und seitdem kann er in Ruhe vor der Gartenhütte auf einer Bank sitzen und seinen Gedanken nachhängen.

Diese Gedanken beschäftigen sich seit ungefähr zwei Jahren ausschließlich mit der Frage, wie er sich an der Rechtsanwaltsschlampe aus Frankfurt rächen wird. Gehasst hat er sie seit der ersten Minute des Ekincis-Prozesses, aber den Entschluss, sie zu töten, hat er vor zwei Jahren gefasst, als ein ehemaliger Kollege aus dem Betrugsdezernat ihm den Tipp gab, dass Carla Winter im Duisburger Hotel Conti abgestiegen war und sich in der Hotelbar aufhielt. Er konnte nicht anders, als dort hinzufahren und sie zur Rede zu stellen. Ein schlimmer Fehler.

Ihre Arroganz bei dieser Begegnung ist so überwältigend gewesen, dass er sie übel beleidigt hat. Dumm vor so vielen Zeugen. Sehr dumm! Und dann ist etwas Ungeheuerliches geschehen. Sie hat ihn vor allen anderen Gästen gedemütigt, lächerlich gemacht und bedroht. Ihm ein riesiges Glas Cognac ins Gesicht geschüttet und lautstark behauptet, er habe sie sexuell belästigt. Und der Barkeeper, die schwule Drecksau, hat ihr geholfen und gedroht, die Polizei zu rufen, wenn er die Bar nicht verlässt.

Ihm war nichts anderes übriggeblieben, als abzuhauen. Danach hat er sich eine Woche lang betrunken, und am siebten Tag ist er im Internet - halleluja - auf die »Schwarze Dahlie« gestoßen. Wenn er ein gläubiger Mensch gewesen wäre, hätte er das als Fingerzeig des Herrn gesehen.

Er hatte sich früher schon mit Morden an Frauen beschäftigt, war mit den Taten von Ted Bundy, Anthony Sowell, Daniel Camargo Barbosa und natürlich Jack the Ripper vertraut, aber das Schicksal von Elisabeth Short hat seine Fantasie auf einzigartige Weise bereichert und seine Gedanken in ganz neue Bahnen gelenkt. Jede Woche ist neues Material dazugekommen. Fotos, Reportagen, Gutachten, alles sorgfältig dokumentiert und in seinem Album archiviert. Es hat Spaß gemacht, die Sammlung anzulegen, und es macht Spaß, sich in der Gartenhütte mit ihr zu beschäftigen.

Meissner biegt in die Schwabenstraße ein und spürt wie immer eine warme Welle der Erregung, als er an die Fotos denkt, die auf ihn warten. Es stimmt, was man über die Vorfreude sagt. Seit er dem Miststück die Puppe geschickt hat, ist das Gefühl immer intensiver geworden. Er erreicht das große Tor zur Gartenanlage, schließt auf und nähert sich auf verschlungenen Kieswegen seiner Parzelle. In einigen Hütten brennt Licht, hier und da sind Stimmen und Gelächter zu hören, aber insgesamt ist um diese Jahreszeit nicht viel los. Er öffnet das Törchen zu seiner eigenen kleinen Scholle und spürt, dass etwas nicht stimmt. Es ist beinahe dunkel, er lässt den Blick umherschweifen und richtet ihn dann auf die Tür seiner Gartenhütte. Das Vorhängeschloss ist aufgebrochen, der dicke Stahlbügel zeigt höhnisch in die Luft.

Mit zwei Schritten ist Meissner bei der Tür, reißt sie auf, drischt auf den Lichtschalter und erstarrt. Die Hütte bietet Platz für einen Tisch, einen Stuhl, einen kleinen Ofen und eine Kommode mit zwei abschließbaren Schubladen, die beide bis zur Hälfte herausgezogen wurden. Er sieht sofort, dass sie leer sind. Auf der Kommode steht, an die Hüttenwand gelehnt, ein schön gerahmtes Foto im DIN-A4-Format. Es zeigt Carla Winter. Sie trägt eine Sonnenbrille, lacht fröhlich in die Kamera und reckt ihm den ausgestreckten Mittelfinger entgegen.

VIERZIG

Carla stellt das Handy auf Lautsprecher, als Ritchies Name auf dem Display aufleuchtet. Seine Rock-'n'-Roll-Stimme klingt heiter und zufrieden. »Ich habe ein Album gefunden mit grauenhaften Fotos von Elisabeth Short und auch vielen Bildern von dir. Auf dem Ding sind garantiert seine Fingerabdrücke. Mit etwas Glück vielleicht sogar Spermaspuren. Ich habe die Hütte von hier aus gut im Blick. Er ist jetzt seit einer halben Minute drin, eben hat er geschrien. Hörte sich an wie kurz vor Zwangsjacke. Ich finde, du solltest jetzt anrufen. Grüß ihn von dem Gebäudereiniger.«

Carla legt auf und wählt die Handynummer, die sie von Rossmüller bekommen hat. Nach dem zweiten Klingeln meldet sich eine wuterstickte Stimme: »Sie gottverdammtes ...!«

»Stopp! Dafür habe ich keine Zeit«, unterbricht ihn Carla, und ihr eisiger Ton scheint Meissner einen Augenblick lang auszubremsen. »Sie sind wirklich zum Erbrechen dumm! Kapieren Sie nicht, wann Sie einfach besser mal das Maul halten sollten?

Also in aller Kürze: Sie verschicken gerne Botschaften und heute haben Sie eine von *mir* bekommen. Ich habe das Fotobuch mit Ihren Abdrücken darauf und Zugang zu allen Informationen, die über rechtskräftig verurteilte Straftäter im System sind. Ich kann Ihnen wahlweise die Polizei oder fünf durchtrainierte Araber auf den Hals schicken. Wenn Sie mir noch einmal in die Quere kommen, mache ich Sie fertig. Alles mitbekommen? Dann dürfen Sie sich jetzt besaufen! Übrigens, eine Kleinigkeit noch. Der Gebäudereiniger lässt Sie grüßen. Er sagt, Sie wüssten schon Bescheid ...«

Carla legt auf und lächelt. Sie muss daran denken, ab dem nächsten Monat Ritchies Gehalt zu erhöhen. Heute Mittag hat er sie angerufen und auf den neuesten Stand gebracht. *In Meissners Wohnung war nichts, aber er hat eine Hütte in einer Kleingartenanlage, in der er sich oft aufhält. Die schaue ich mir an ... ach, und ich hätte gern ein Foto von dir. Mach ein Selfie mit Sonnenbrille und Stinkefinger und schick es mir aufs Handy. Ich drucke es aus und kaufe einen schönen Rahmen. Das gibt ihm den Rest.*

Was für ein Goldjunge.

Carla überlegt kurz und beschließt, mit Terloy weiterzumachen. Natürlich ist es viel zu früh für den Club, aber irgendjemand wird schon da sein. Tatsächlich meldet sich eine Männerstimme mit italienischem Akzent. »Road:ehous:e! Wir haben noch:e geschlossen.«

»Das weiß ich. Holen Sie mir Ramsan Terloy ans Telefon.«

»Ich kenne keinen Ramsan Terloy.«

»Wer sind *Sie*?«

»Jackie. Ich mach hier sauber.«

»Okay, Jackie. Du bist ja mit Sicherheit nicht der einzige Zweibeiner in dem Laden. Sag Bescheid, dass Rechtsanwältin Winter aus Frankfurt den Chef sprechen möchte. Irgendwer wird schon eine Handynummer haben. So wichtige Leute wie der sind immer erreichbar.« Carla lacht humorlos und kühlt ihren Stimmton auf Gefrierpunktnähe herunter. »Wenn er mich in den nächsten zwanzig Minuten nicht zurückruft, dann wird ihm das sehr leidtun.«

Sie legt auf, schaut auf die Uhr und stellt fest, dass Terloy den Zeitrahmen ausschöpft. Nach genau zwanzig Minuten ruft er an. Scheinbar will er deutlich machen, dass er sich trotz der unterlegenen Position, in der er sich befindet, nicht beliebig herumschubsen lässt.

»Was wollen Sie noch?«, fragt er mürrisch.

»Hören, wie es Ihnen geht, was sonst? Nee, ernsthaft jetzt, ich wollte Sie daran erinnern, wie die Karten verteilt sind. Wo der

Hammer hängt, Sie wissen schon. Seien Sie brav und bleiben Sie in Berlin. Aber wenn ich Sie anrufe, gehen Sie ans Telefon. Wenn nicht, bekommen Sie eine Stunde später uniformierten Besuch. Ansonsten machen Sie sich keinen Kopf. Ich werde Sie nicht anzeigen, die ganze Geschichte nicht weitererzählen und nirgendwo damit angeben. Und eine gute Nachricht gibt es auch noch: Was den Psychoterror angeht, sind Sie endgültig aus dem Schneider. Wir haben den Dreckskerl gefunden und bestraft.«

»War's das?«

»Klar doch«, sagt Carla. »Wenn Sie mehr wollen, müssen Sie extra zahlen.«

»Sie sind wirklich ein elendes ...«

»Dünnes Eis«, unterbricht ihn Carla. »Ganz dünnes Eis! Ich bin sicher, Sie wollen das nicht sagen.«

Terloy schweigt und versucht offenbar, die Beherrschung zurückzugewinnen. Carla begreift, dass es ein Fehler war, ihn weiter zu provozieren. Ihr mühsam errungener Sieg beruht auf der Erpressung, mit der sie ihn in der Hand hat. Die funktioniert aber nur, solange er in der Lage ist, einigermaßen kühl zu kalkulieren. Wenn sie ihr Blatt überreizt, explodiert er, und alles war umsonst. *Auch dünnes Eis. Gaaanz dünnes Eis.*

»Lassen Sie uns beide die Ruhe bewahren«, sagt sie und drückt auf den roten Punkt.

Carla legt das Telefon neben sich aufs Sofa und atmet tief durch. Sie hat gut gespielt bisher, aber sie darf sich von ihrem Triumphgefühl nicht mitreißen lassen. Ramsan Terloy ist und bleibt ein gefährlicher Mann. Ihre Erpressung basiert darauf, dass er sein sicheres und luxuriöses Leben in Berlin um jeden Preis behalten will. Was aber, wenn er eines Tages beschließt, dass ihm dieser Preis zu hoch ist? Ihr einfach eine Kugel verpasst und sich nach Tschetschenien absetzt, von wo aus er garantiert nicht ausgeliefert wird. Prioritäten können sich ändern.

Auf eine schäbige, kleinbürgerliche Art gilt das auch für Enrico

Meissner. Er hat eindeutig das Zeug zum Amokläufer. Eine Weile wird er die Füße still halten, weil er weiß, dass er sonst ins Gefängnis wandert. Und die anderen Knackis ihm als Ex-Bullen die Hölle heißmachen. Aber was, wenn irgendwann die toxische Grundsubstanz von Frauenfeindlichkeit, Ausländerhass und dem Gefühl permanenter Unterlegenheit in seinem Hirn zu zäher, kondensierter Schlacke einkocht und einfach hochgeht? Was, wenn er eines Tages »Scheiß drauf« sagt?

Carla weiß, dass sie ihn im Auge behalten muss. Mehr kann sie nicht tun.

Sie greift erneut nach ihrem Smartphone und wählt Dr. Reiters private Handynummer. Während Rossmüller keinerlei Probleme hatte, an die Anschrift und Mobilfunknummer von Enrico Meissner heranzukommen, musste er bei Reiter eine alte Schulfreundin um Hilfe bitten, die als Sekretärin bei der Rechtsanwaltskammer arbeitet.

»Guten Abend, Herr Kollege.«

Reiter stutzt kurz und erkennt dann ihre Stimme. »Woher haben Sie diese Nummer?«

»Keine Ahnung. Ich beschäftige einen jungen Mann, der sich um so etwas kümmert. Wenn Sie möchten, frage ich ihn.«

»Was wollen Sie?«

»Kondolieren. Sie haben einen Mandanten verloren, der Ihnen am Herzen lag. Mein Beileid. Natürlich auch deshalb, weil das unerwartete Ableben von Herrn Tarrasidis Sie möglicherweise in die eine oder andere unangenehme Situation bringt.«

»Sie sprechen in Rätseln.« In Reiters wie immer arrogant und gelangweilt klingender Stimme nimmt Carla eine kleine alarmierte Note wahr.

»Schenken Sie mir ein paar Minuten Ihrer kostbaren Zeit, und ich kläre Sie auf. Erinnern Sie sich, dass wir uns vor Kurzem im Mykonos über den Weg gelaufen sind? Mein alter Freund Professor Bischoff und ich wurden dort zufällig Zeugen einer kleinen Szene, die unsere Aufmerksamkeit erregt hat. Obwohl Sie eindeutig privat in dem Restaurant weilten, waren Sie sofort bereit, Ihre schöne Frau allein zu lassen und dem Kellner in Tarrasidis' Büro zu folgen, als Sie darum gebeten wurden. Professor Bischoff hat daraus einen interessanten Schluss gezogen, Ihr Verhältnis zu Emanuel Tarrasidis betreffend.«

»Lassen Sie hören.«

»Er hat vermutet, dass Sie etwas verbindet, das über das normale Verhältnis von Anwalt und Mandant hinausgeht. Er sagte, entweder hätten Sie einen sehr persönlichen Bezug oder es ginge um viel Geld.«

»Worauf wollen Sie hinaus?« Dr. Reiter klingt jetzt eindeutig gereizt.

Carla seufzt mitfühlend. »Woher haben Sie nur Ihren Ruf, besonders scharfsinnig zu sein? Gut, ich erkläre es in einfachen Worten: Solange Emanuel Tarrasidis noch lebte, gab es weder einen Anlass noch eine rechtliche Grundlage, seine Beziehung zu Ihnen unter die Lupe zu nehmen. Sie war sozusagen durch das Anwalt-Mandanten-Verhältnis definiert und geschützt. Das sieht nun anders aus. Tarrasidis ist jetzt ein *Mord*opfer, und die Ermittlungen in einem *Mord*fall erlauben es, *alle* sozialen Beziehungen des Opfers und deren speziellen Charakter in Augenschein zu nehmen, und das gilt natürlich auch für die geschäftlichen.«

»So funktioniert das nicht, dafür sorge ich«, zischt Reiter.

»Doch, werter Kollege. Das ist nicht nur möglich, sondern unvermeidlich. Und glauben Sie mir, Tarrasidis' Verwicklung in die illegalen Adoptionsgeschäfte kommt auf jeden Fall raus, weil viele Leute, die bisher aus Angst den Mund gehalten haben, ihn jetzt aufmachen werden. Lassen Sie mich ein klein wenig fantasieren. Was wäre, wenn der Kriminalbeamte, über den Sie sich neulich lustig gemacht haben, einen forensischen Buchhalter einschaltet. Und wenn dieser Buchhalter die Bewegungen des Geldes auf Tarrasidis' Konten analysieren und feststellen würde, dass jahrelang exorbitante Summen, die an Sie gingen, als Zahlungen für ›Juristische Beratung‹, ›Anwaltliche Vertretung‹, ›Mitarbeiterschulungen‹ und weiß der Himmel was noch verbucht wurden. Wenn also bewiesen wird, dass viel Geld geflossen ist für Leistungen, die nachweislich nicht erbracht wurden. Und wenn auf einmal der Verdacht auftaucht, dass Emanuel Tarrasidis nicht einfach Ihr Mandant, sondern Ihr *Komplize* war. Verstehen Sie? Das Irre ist, dass noch nicht einmal etwas bewiesen werden muss.«

»Sie drohen mir mit Rufmord?«, schnaubt Reiter.

»Großer Gott«, sagt Carla. »Ich drohe mit gar nichts. Haben Sie nicht mitbekommen, wie das in der Öffentlichkeit mittlerweile abläuft mit den sogenannten Narrativen? Wenn Sie auf einmal nicht mehr der ›streitbare‹ Jurist Dr. Reiter, sondern der ›umstrittene‹ Rechtsanwalt Reiter sind und die wirklich reichen Kunden auf Distanz gehen? Dann ist sie weg – die Segeljacht. Ui, jui, jui ... und zack, wie meine ermordete Mandantin Frau Yannakakis gesagt hätte!«

Dr. Torsten Reiter schweigt. Carla wartet einen Augenblick, lächelt und beendet das Gespräch.

Das hat Spaß gemacht. Sie legt die Füße auf den Couchtisch und denkt daran, wie schön es wäre, wenn sie jetzt eine Zigarette rauchen könnte. Oder besser noch eine FAT LADY, eine von jenen dicken kurzen Zigarren, die sich Männer in Macho-Filmen gönnen, wenn es etwas zu feiern gibt. Ob dieses Verlangen jemals ganz verschwindet? Das plötzliche Wiederaufflackern der Sucht kommt nur noch ein- oder zweimal im Jahr vor, aber immer lauert sie in einem hinteren Winkel des limbischen Systems auf den goldenen Moment der Schwäche. Aber der wird nicht heute sein. Und ob es etwas zu feiern gibt, wird die Zukunft zeigen ...

Der noch ausstehende Anruf ist der letzte auf ihrer Liste und im Vergleich zu den vorherigen drei angenehm. Die Nummer von Serhat Celik hat sie von Delia Egmont.

»Carla Winter hier. Wir haben uns neulich kennengelernt. In Ginnheim. Sie haben übersetzt, was die junge Bulgarin erzählt hat.«

»Ja, ich weiß, wer Sie sind.« Celik klingt müde, aber freundlich. »Brauchen Sie noch einen Hausbesuch? Das geht heute leider nicht mehr.«

»Nein. Ich habe einen Auftrag für Sie, den Sie auch gern morgen erledigen können. Von Ihrem Büro aus. Ich möchte, dass Sie die junge Frau, die Sie ja schon kennen, in meinem Namen anrufen und ihr einige Informationen übermitteln. Haben Sie die Möglichkeit aufzuzeichnen, was ich Ihnen sage?«

»Selbstverständlich.«

»Gut, dann beginnen Sie jetzt damit. Ich gebe Ihnen zuerst die Handynummer durch.« Carla liest die Nummer vor, die der alte Gemüsehändler auf einem zerknitterten Zettel notiert hat, und fährt dann mit der eigentlichen Botschaft fort. »Richten Sie ihr zunächst herzliche Grüße und mein tief empfundenes Beileid zum Verlust von Sofia Yannakakis aus. Auch mich hat ihr Tod sehr getroffen, und ich habe großes Verständnis für alles, was danach passiert ist. Herr Demirel hat mir davon erzählt. Außer ihm und mir weiß es niemand und das wird auch so bleiben. Ich hoffe, dass sie bei Sofias Mutter gut aufgehoben ist, und rate ihr, dort zu bleiben und auf ihren Pass achtzugeben.

Was nun ihr Baby angeht, gibt es vielleicht eine winzige Chance, es zumindest wiederzusehen. Ein deutscher Polizeibeamter mit guten Beziehungen zu Europol hat angedeutet, dass er eine Möglichkeit sieht, die Klinik in Thessaloniki unter Druck zu setzen mit dem, was nach dem Tod von Emanuel Tarrasidis bekannt wurde. Vielleicht können seine griechischen Kollegen die Klinikleitung davon überzeugen, dass es in deren eigenem Interesse ist, den Namen der Adoptiveltern herauszugeben. Falls dieser Fall eintritt, kann ich versuchen, für Frau Stojanow ein regelmäßiges Besuchsrecht zu erwirken, wenn sie das möchte. Selbstverständlich wäre das kostenlos. Sie kann sich mit der Entscheidung Zeit lassen und alles in Ruhe überlegen. Wenn es tatsächlich gelingen sollte, die Identität der Adoptiveltern und den Aufenthaltsort des Kindes zu ermitteln, was keineswegs sicher ist, werden wir sie informieren.« Carla macht eine Pause und überlegt, ob sie etwas vergessen hat. Dann ergänzt sie: »Das wäre die Nachricht, die Sie übermitteln sollen. Wählen Sie einfache Worte und versuchen Sie sicherzustellen, dass sie alles versteht. Wenn sie mit mir Kontakt aufnehmen will, soll sie sich bei Ihnen melden. Nach dem Telefonat rufen Sie mich bitte an und berichten, wie es gelaufen ist. Und schicken Sie Ihre Rechnung an die Kanzlei.«

»Eine Rechnung wird es nicht geben«, sagt Serhat Celik und klingt auf einmal gar nicht mehr müde. »Bei dem Plan wäre ich einfach gern so dabei.«

EINUNDVIERZIG

Ritchies Blick wandert von Carla zu Till Bischoff und zurück zu dem Laptop, der aufgeklappt auf dem Wohnzimmertisch steht. Auf dem Monitor ist eine Vielzahl von Fotos zu sehen, die alle dieselbe Person zeigen. Einen Mann in den Vierzigern, hager, blond und auf verwegene Weise gutaussehend.

Auf allen Fotos scheint er im Urlaub zu sein. Mal liegt er am Strand und blinzelt in die Sonne, mal sitzt er in einem Pariser Straßencafé, mal befährt er auf einer Dschunke einen Fluss oder reitet auf einem Kamel über eine riesige Sanddüne. Es gibt auch viele Fotos, die ihn in Großaufnahme zeigen, aber fast immer ist im Hintergrund eine exotische Kulisse wahrnehmbar, die darauf verweist, dass der Mann in der Welt herumgekommen ist.

Ritchie schaut Carla an und lächelt. »Ich bin tatsächlich aus deiner Andeutung hinsichtlich des Bewerbungsgespräches nicht schlau geworden, weil ich damals so aufgeregt war, dass ich hinterher nicht mehr wusste, mit was ich angegeben hatte. Aber jetzt erinnere ich mich.«

»Du hast gesagt, du bist gut am Computer und verstehst etwas von Fotomontagen und *Deep Fakes*. Wie man sie macht und wie man sie erkennt. Ich hoffe, das war keine Angeberei.«

Ritchie aktiviert sein Schulsprecherlächeln. »Nein, das war eine sehr bescheidene Untertreibung.«

Bischoff muss lachen, verschluckt sich an seinem Wein und hustet ausgiebig.

Carla wartet geduldig, bis er fertig ist. »Okay, ich finde falsche

Bescheidenheit auch zum Kotzen. Du bekommst Gelegenheit zu beweisen, was du draufhast. Ich habe hier knapp sechzig Fotos von meinem Ex-Mann, den du sicher erkannt hast. Globetrotter, Abenteurer, Ingenieur, Schmuggler, Lügner, Dieb und Mörder. Dabei mutig, hilfsbereit, charmant, zärtlich und dennoch bei Bedarf absolut skrupellos. Ein Mann, der in keine Schublade passt und Liebhaber des Schwarz-Weiß-Denkens in den Wahnsinn treibt.«

»Ja«, sagt Ritchie in betont neutralem Tonfall. »Ich habe gehört, dass Felix Winter ein besonderer Mensch war.«

»So könnte man es ausdrücken. Ein Dreckskerl der Sonderklasse, der es geschafft hat, Carla sieben Jahre nach der Scheidung wieder in seine Machenschaften hineinzuziehen«, knurrt Bischoff, der Felix Winter mehr als jeden anderen Menschen verabscheut.

Carla nickt und trinkt einen Schluck Wein. »Und der trotzdem alle seine aufwendig inszenierten Pläne sofort über Bord warf, als es darum ging, *mich* vor einem Killer zu retten.«

»Weißt du, wie oft du diese Rechtfertigungsarie schon vorgesungen hast?«, fragt Bischoff.

»Na ja, immer dann, wenn ich mich freue, am Leben zu sein! Wie dem auch sei, Felix landete auf einer Todesliste und wurde einige Zeit später angeblich in einem Hotelzimmer in Mardin erschossen. Eine Kugel in sein Gesicht aus nächster Nähe veränderte sein Aussehen vollkommen und auch von seinen Zähnen war nichts übrig, was man mit irgendwas vergleichen konnte. Die örtliche Polizei fand Indizien, die darauf hinwiesen, dass es sich bei dem Toten um Felix handelte, und schloss den Fall ab.«

»Habt ihr Bier im Haus?«, fragt Ritchie.

Bischoff steht auf, holt eins aus der Küche und reicht es ihm.

»Danke.« Ritchie nimmt einen großen Schluck aus der Flasche und schaut Carla an. »Trotzdem haben die Zweifel nie aufgehört. Die Leute, die seinen Kopf wollten, waren nicht hundertprozentig sicher, dass sie ihn auch bekommen hatten. Immer wieder gab es

Gerüchte und Menschen, die ihn an irgendeinem gottverlassenen Fleck dieser Welt gesehen haben wollten. Und du warst dir auch nicht sicher.«

Carla nickt, und Ritchie spricht weiter.

»Erinnerst du dich daran, wie ich im letzten Jahr Moritz, Bischoff und dir die Fotos von den Männern gezeigt habe, die Natascha Berlings Haus observiert hatten? Bei einem der Fotos warst du erschrocken. Der Mann darauf war groß, mager und blond. Sein Gesicht war faltig und unrasiert, er trug Jeans und eine helle Jacke. Du hast gedacht, es könnte dein Ex-Mann sein, oder?«

Carla nickt erneut. »Er hatte eine gewisse Ähnlichkeit mit Felix. Aber ich konnte nicht mit Sicherheit sagen, dass er es war. Nicht in dem Sinne, dass ich ihn *erkannt* hätte. Das Gesicht war nicht wirklich scharf und das Licht schlecht. Wenn es ein Video gewesen wäre und ich etwas von seiner Körpersprache hätte sehen können ... aber scheiß drauf, das ist alles Schnee von gestern.« Carla macht eine kleine theatralische Pause, bevor sie weiterspricht. »Mittlerweile ist es mir egal, ob er lebt oder tot ist, aber nicht egal ist mir, dass es immer noch Typen wie dieses Arschloch aus der Tiefgarage gibt, die der Meinung sind, neun Jahre nach der Scheidung müsste ich doch noch eine Idee haben, wo er steckt. Und dass es einen Versuch wert wäre, das aus mir herauszufoltern.«

Bischoff grinst. »Und jetzt hast du dir überlegt, dass unser Wunderknabe dir ein Foto bastelt, auf dem dein Ex so mausetot aussieht, dass niemand mehr Zweifel hat, und ich dieses Foto dann an den richtigen Orten unter die Leute bringe.«

»Das ist die Idee«, sagt Carla zu Ritchie gewandt. »Die Fotos, die du auf dem Monitor siehst, habe ich dir auf einen Stick gezogen. Such dir ein Bild aus, das du so manipulieren kannst, dass es auch für Leute, die sich auskennen, echt wirkt. Ich will ein über alle Zweifel erhabenes Spitzenprodukt! Wenn du Geld brauchst für irgendwelche KI-Tools, sag mir Bescheid.«

Ritchie steht auf und schnappt sich den Stick. »Ich fange gleich an.« Bevor er rausgeht, dreht er sich noch einmal um. »Wo soll er gefunden werden? Und wie ist er umgekommen? Any favourites?«

»Ein Strand in Thailand«, sagt Carla prompt. »Mit einer Kopfwunde. Stumpfe Gewalteinwirkung, wie man so schön sagt.«

»Okay. Bei den klimatischen Bedingungen dort brauche ich fachliche Beratung von einem Pathologen hinsichtlich Leichenstarre, Totenflecken und anderer sichtbarer Veränderungen des Körpers nach dem Ableben. Frag Moritz, ob er jemanden kennt, der meine Fragen beantwortet, ohne selbst welche zu stellen.«

EPILOG

»Best barbershop in Kandahar«
APRIL 2021

Das ganze Land ist nervös und wie elektrisiert, Angst und Anspannung sind beinahe mit Händen zu greifen. Niemand weiß genau, was passieren wird, aber eines wissen alle: dass nichts so bleibt, wie es in den letzten zwanzig Jahren gewesen ist.

Gestern, am 14. April, hat Präsident Joe Biden den Abzug aller US-Streitkräfte aus Afghanistan bis zum 11. September 2021 angekündigt. Niemand zweifelt daran, dass dann auch die anderen NATO-Truppen das Land verlassen werden. Der Krieg ist vorbei, und es ist klar, wer ihn gewonnen hat.

Die Taliban haben die Macht zurückerobert, und bald wird es sein, als seien sie nie weg gewesen – nur schlimmer.

Er sitzt auf einer Bank in einem abgeteilten Bereich des angeblich besten Friseursalons in Kandahar und wartet darauf, dass er an die Reihe kommt. Der Shop ist tatsächlich hypermodern eingerichtet und braucht hinsichtlich der technischen Ausstattung den Vergleich mit Läden in Westeuropa nicht zu scheuen. Die Frisuren der ausschließlich männlichen Angestellten sind allesamt betont stylish und offensichtlich auch als Werbung gedacht. Seit er in Kandahar lebt, kommt er alle drei Wochen hierher.

Als der Kunde vor ihm bezahlt, nimmt er auf einem der Stühle vor den großen Spiegeln Platz, und Ali Reza, der Chef des Salons, legt ihm den Umhang um. Auch er hat einen trendigen Undercut-Schnitt mit Seitenscheitel. Sie tauschen die üblichen Höflichkeitsfloskeln aus, die heute allerdings knapper ausfallen, weil Reza, entgegen der Landessitte, ziemlich schnell auf seine Sorgen zu sprechen kommt.

»Es gibt Gerüchte, dass die Taliban das Schneiden der Bärte und auch der Haare verbieten wollen. Sie sagen, gläubige Männer müssen einen langen Bart haben, um den Propheten zu ehren.« Der Salonchef schüttelt verständnislos den Kopf und zieht die Schultern hoch. »Als sie das erste Mal an der Macht waren, haben sie nur verboten, dass Männer extravagante Frisuren trugen, und darauf bestanden, dass sie überhaupt bärtig sein mussten. Da gab es für uns trotzdem noch etwas zu verdienen. Aber wenn sie mit den neuen Regeln Ernst machen, sind wir alle geliefert. Die meisten Ausländer werden das Land verlassen und die wenigen, die bleiben, können den Verlust nicht ausgleichen.«

Der Friseur seufzt, flucht dann leise vor sich hin und beginnt mit seiner Arbeit.

Sein Kunde versteht ihn sehr gut. Was für eine bittere Ironie. Bei der Nachricht von der drohenden Rückkehr der Taliban haben die meisten an drakonische Strafen, rechtlose Frauen in Burkas und die Abschaffung aller Bildungschancen für Mädchen gedacht. Dass die radikale Auslegung der Religion das Friseurhandwerk ruinieren könnte ... Der Gedankengang bricht ab, als das Handy in seiner Hosentasche den Eingang einer Nachricht meldet.

Seine Hand gleitet suchend unter den Umhang. Ali Reza unterbricht das Haareschneiden und wartet höflich, bis der Kunde sein Telefon aus der Tasche gefischt hat. Er schaltet es an und sieht ein Foto, das ihm einen kurzen eisigen Schrecken einjagt. Auch der Friseur, der ihm von hinten über die Schulter sieht, gibt ein entsetztes Japsen von sich.

Das Foto zeigt einen Strandabschnitt, der an drei Seiten von niedrigen Felsformationen gesäumt wird. Vermutlich irgendwo in Südostasien. Thailand vielleicht, Laos, Kambodscha oder auch Vietnam. Die zum Meer hin offene Seite gibt den Blick frei auf kristallklares, grünblau schimmerndes Wasser, aus dem in größerer Entfernung ein dunkler Felsblock wie ein riesiger Daumen in den Himmel ragt. Der Sand des Strandes ist feinkörnig und beinahe weiß.

Auf ihm stehen drei barfüßige asiatische Männer. Sie tragen Strohhüte, weite Hemden ohne Kragen und unterhalb der Knie endende Hosen. In den Händen halten sie Smartphones und fotografieren einen vierten Mann, der reglos im flachen Wasser liegt. Bis auf helle Shorts ist er unbekleidet. Seine vermutlich ehemals sonnengebräunte Haut hat auf dem Foto einen deutlichen Graustich. Er ist groß, hager und wirkt mit dem blonden Siebentagebart und den hellen Haaren wie ein Nordeuropäer oder weißer US-Amerikaner. Seine Augen sind geschlossen und der Mund ist leicht geöffnet. An seiner linken Schläfe ist eine blaurote Schwellung erkennbar.

Diese Kopfverletzung, die Hautverfärbung und Reglosigkeit sowie der Gesichtsausdruck und nicht zuletzt die Tatsache, dass die Männer keinerlei Rettungsversuche unternehmen, sondern sich auf ihre Erinnerungsfotos konzentrieren, sprechen dafür, dass der Mann tot ist.

Wunderbar. Der Kunde auf dem Friseurstuhl begreift sofort, was für eine gute Nachricht das ist.

Der Friseur versteht nicht das Geringste. »Wie ist das möglich? Das sind doch *Sie!* Oder haben Sie einen Zwillingsbruder?«

»Nein! Das Foto ist eine Fälschung. Ich hoffe, eine gute!« Das lässt sich feststellen. Er kennt in Haifa einen Experten für *Deep Fakes*, der ihm die Frage nach der Qualität kompetent beantworten wird. Der Mann ist so gut, dass selbst der Mossad hier und da auf seine Dienste zurückgreift.

Die Frage, wer das Foto hergestellt hat, ist sicher interessant, aber noch interessanter ist, wer es ihm zugeschickt hat und warum. Er starrt auf das Handy. Die Nummer des Absenders ist unterdrückt, aber er hat eine Ahnung, um wen es sich handeln könnte. Möglicherweise hat Safiye Wassouf ihre Meinung geändert. Bei ihrem letzten Telefonat hat sie gedroht, ihn umzubringen. Aber das hier ist definitiv besser.

Er lächelt dem Friseur im Spiegel zu. »Könnten Sie eventuell vergessen, dass Sie dieses Foto und mich jemals gesehen haben, wenn ich Ihnen einhundert amerikanische Dollar gebe?«

Ali Reza lächelt zurück. »Bei einhundert Dollar wären meine Erinnerungen sehr verschwommen. Für zweihundert US-Dollar würde ich alles vergessen, was ich jemals gewusst habe.«

»Tamam! Aber dann ist der Haarschnitt enthalten.«

Ali Reza nickt und lässt das Lächeln verschwinden. »Sie werden nicht mehr hierherkommen, stimmt's?«

»Nein.« Er schiebt seine Hand noch einmal unter den Umhang und entnimmt einem kleinen Portemonnaie zwei 100-Dollar-Noten und eine Visitenkarte.

Der Friseur steckt das Geld ein, betrachtet die Karte und versucht aus Namen und Anschrift schlau zu werden. »Das ist eine Frau, oder?«

»Ja, eine Rechtsanwältin. Falls Sie es jemals schaffen sollten, nach Deutschland zu kommen, gehen Sie zu ihr. Sie ist die einzige Person auf der Welt, der Sie von unserem Gespräch und diesem Foto erzählen dürfen.«

»Was wird dann passieren?«

»Schwer zu sagen. Sie macht, was sie will. Aber ich glaube, sie wird Ihnen helfen.«

NACHTRAG

Auch bei diesem Buch, dem dritten Teil der Reihe um die Frankfurter Strafverteidigerin Carla Winter, sei darauf hingewiesen, dass es sich selbstverständlich um einen fiktionalen Text handelt. Romanhandlung und Protagonisten sind frei erfunden, und etwaige Ähnlichkeiten der Figuren mit realen oder gar noch lebenden Menschen, sofern sie nicht Personen der Zeitgeschichte sind, wären unbeabsichtigt und rein zufällig.

Real und nicht erfunden sind allerdings die im Roman geschilderten kriminellen Machenschaften rund um die illegalen Adoptionsgeschäfte sowie die brutale Ermordung von Elisabeth Short im Jahr 1947.

Wie bei allen meinen Büchern hatte ich auch bei diesem Roman Hilfe von netten und kompetenten Menschen, die mir in vielerlei Hinsicht mit Informationen, Anmerkungen und Verbesserungsvorschlägen zur Seite standen.

Mein herzlicher Dank gilt hier in besonderer Weise Vanessa Gutenkunst, Felix Rudloff und Caterina Schäfer von Copywrite sowie meiner Lektorin Johanna Schwering und Sarah Iwanowski vom Tropen-Verlag.

Last but not least wäre selbstverständlich auch dieses Buch nicht möglich gewesen ohne die tatkräftige und umsichtige Unterstützung durch meine Frau Thekla Pfeiffer, die mir wie immer beim Schreiben den Rücken freihielt.

Auch in diesem Buch kommt die Corona-Pandemie nicht vor, obwohl die Handlung in den Jahren 2020–2021 angesiedelt ist und das Leben aller Menschen weltweit mehr oder weniger von Covid-19 beeinträchtigt war.

Den Grund, so zu verfahren, habe ich bereits im Nachtrag des vorangegangenen zweiten Teils der Reihe (*Das falsche Opfer*) erläutert. Zwar hätte auch die Handlung dieses Romans unter Corona-Bedingungen stattfinden können, aber die sattsam bekannten Einschränkungen des Lockdowns hätten bei einer realistischen Schilderung zahlreiche Modifikationen nach sich gezogen. Drastisch reduzierte Mobilität der Romanfiguren, Quarantäne, Reiseeinschränkungen, keine Restaurantbesuche etc. und natürlich insgesamt eine Verlagerung von zahlreichen Handlungen aus dem wirklichen Leben in den virtuellen Raum.

Ich wollte das alles nicht mehr thematisieren, weil ich mir, um ehrlich zu sein, einfach nicht vorstellen konnte, dass jemand sich dieses ganze Elend zu Unterhaltungszwecken noch einmal zu Gemüte führen wollen würde.